katō norihiro
加藤典洋

新旧論
三つの「新しさ」と「古さ」の共存

Kodansha Bungei bunko

目次

新旧論

三つの「新しさ」と「古さ」の共存

はじめに

梶井基次郎について、秋山駿が書いている。それを読んで、小林秀雄の世代がぼく達の近代精神史のなかで果たした、ある特異な役割、というようなことを考えた。それ以前にはそれ程鮮明なかたちで現われてこなかった問題の図式のいわば雛型が、彼らの世代に、はじめて現われ、その「図式」から、ぼく達の頭と手はいまも十分に自由ではない、そんな気がしたのである。

西洋が自分の近代性の原理を信じて直線的な〝進歩〟の道程をすすんでいる間は、後進国日本は単にそれを追いかけ、それに追いつくことを考えればよかったのだが、そのお手本の西欧近代が、いきづまり、その中から、従来のあり方に反抗し、それを自己否定する動きが現われてくるに及んで、日本の西洋文化受容はこれまでと全く異なるある問題に逢着したと考えられる。

ぼく達は、折り返し地点に辿りつく前に、前方を走っていた筈の走者がむこうからやってきて、ぼく達のかたわらをすり抜けるや、逆方向に走り去っていく光景にぶつかったので、この時、ぼく達には、先行走者の後を追いかけるということが、何であるか、そういう問いが、いわばはじめて、実践的な課題としてつきつけられたのである。

一言でいうと、これは、西洋の近代が、自分を支えてきた合理性と実証主義という原理自体に疑いの眼を向けだした時、西洋の近代思想を移入することで成立してきた日本の近代に、どのような問題が生じたか、という「問題」である。

ある走者は、その地点から、回れ右して先行走者の後を追うことが「新しい」ことだと考え、またある走者は、その地点が折り返し地点だと思い誤って、やはり回れ右して先行走者に従った。さらにある走者は、そこで途方にくれてたちどまり、最後にいく人かの走者は、とにかく前方に走りつづけようとして、どこに折り返し地点があるのか、行路を自分の走行自身に問う必要にさらされた。

けれども、この時彼らのぶつかったアポリア（難問）は、その後、一つの思想経験としても文学的な困難としても、ぼく達に手渡されなかったので、秋山の文章は、その意味でもぼくの注意をひいたのである。

まず、彼の言葉をひいておく。

彼（梶井――引用者）の手紙を読んで、私が不思議なことに感じたのは、彼が小林秀雄達と同世代であるということだった。それにしては、彼の思い描く「芸術家の像」の、なんと古めかしいことだろう。ロダン、ベートーヴェン、マーテルリンク……一世代以前の、白樺派流というものである。

（略）

梶井とそんな「芸術家」との関係を、同時代の富永太郎、河上徹太郎、小林秀雄、中原中也といった、あの一派の者と芸術家との関係を、対比してみると、ほとんど断絶といっていいものが感ぜられる。梶井のそれは、白樺派や芥川に通ずるもので、ほとんど大正調といってよい。これに反して、小林達のそれは、むしろ梶井が思い描くような、現実の自己と芸術家の関係の仕方を、破壊するところから始める。そこに特徴があるので、昭和期に始められた日本の近代文学の現代文学化は、その特徴を一つの踏み切り石にしているはずである。

（「梶井基次郎の場合」一九七九年）

この「日本の近代文学の現代文学化」という言い方が、面白い。秋山は、ここで面白い問題を提示しているのではないか。

それは、こういうことである。

文学者の態度というような、作者周辺のあり方に眼をやると、小林達と梶井とのあいだには秋山の指摘するような違いがある。つまり、梶井の態度は、ほとんど「大正調」であり、「近代文学」然としているのに比べ、それを脱している点で、小林達の態度は、「現代文学」をささえる新しい質を備えているかにみえる。

ここまでは、一つの見方として、秋山のいうところは十分理解できる。けれども、作品自体に眼をやれば、むしろその逆の感想が、ぼく達に浮かぶ、といったほうがよいのではないか。近代日本における「現代文学」の先駆的作品といえば、やはりぼく達の念頭に浮かぶのは、梶井の小説であって、少くとも、けっして中原の詩作品ではない。秋山に倣って、「日本の近代文学の現代文学化」という符牒をそのままに受けとり、そのぼく達に呼び起こす反応を検証してみる。するとぼく達は、ふた様の「近代文学の現代文学化」のイメージを持つ。その一つは、梶井に「大正調」をみて、小林、中原に「現代」性を見出す、というイメージであり、もう一つは、逆に、中原、小林に「近代」性の限界をみて、梶井に「現代」性をみる、というイメージである。「日本の近代文学の現代文学化」というコトバは、そのイメージ次第で、全く逆の意味に取ることができる。これは、面白いことではないか、というのがぼくのこの考察の出発点である。

ここからぼくは、二、三の問題をひきだして考えてみることにしたい。事は、小林秀雄、梶井基次郎、中原中也にかかわるが、要は、彼らの経験の質をある問題仮説の光で照射してみればどのような「困難」が浮かびあがるか、その困難のぼく達にとっての意味を浮き彫りにしたいというのが、ここでのぼくの目論見なのである。

1　小林秀雄の世代の「新しさ」――「社会化した私」と「社会化されえない私」

1　「故郷を失った文学」――その同世代性と「新しさ」

秋山の見方は、梶井の小説に「現代」を見、たとえば中原の詩に「近代」の限界を見出す、どちらかといえば外国文学者流の常識的なものの見方に疑問符を付す働きをもつ、という側面は理解する。けれども、問題は、梶井と小林達にあるというのでは、ないだろう。このような見方は、たしかにぼく達に生き生きした映像をともなう理解を授けるが、それは一定の理論的枠組みのなかでのことであり、その枠組みそのものを問う視点は、ここから生まれにくいのである。

秋山はここで、ゼロからかぞえなおす、ということをしていないと思う。小林がかぞえ、江藤淳がかぞえた数のうちから、受けとれる部分は受け取って、そこからかぞえはじめていると見える。しかし、ここではゼロからかぞえてみよう。そうすれば、「小林達」と一つに括られる小林、富水、中原と梶井の、そのそれぞれの間の距離は、三対一というようなものでなく、等距離にみなされるべきだという当り前のことに、ぼく達は、気づくのである。

秋山が、梶井と小林達の同世代性に気づいたことは、よいことである。しかし、この考えをゼロの地点にすえるために、フェアな態度を持してみよう。ぼく達は、一九〇一年生れの梶井、富永と、一九〇二年生れの河上徹太郎、小林を、同世代として考えることができるが、一九〇七年生れの中原を、ここに加えることはむずかしい。小林の世代ということを考えるのであれば、中原を除いたうえで、批評における小林、詩における富永、小説における梶井の関係を考える、というのが適切である。

この三者の同世代性というものは、あるか。さらに、ここに一九〇一年生れの岡本潤、尾崎秀実《ほつみ》、鍋山貞親、村野四郎、一九〇二年生れの中野重治、梯《かけはし》明秀などを加えて、そこから、小林の世代の日本近代思想史上の意味ともいえるものを探す理由は、あるか。

ぼくはここでは、後者に触れずに、前者について考える。

小林、富永、梶井の同世代性の根拠というものは、あるか。

ぼく達にばくぜんと「同世代性」あるいは「現代性」というかたちで受けとられている

ものの正体は、思う程、明瞭ではないのだが、その「現代性」の構成因の一つによりかかって、現在からこれをぼく達の文学史の過去に向かってオリジンを辿ってみる。そうすると、詩における「現代性」の下限に富永の詩をみ、小説における「現代性」の下限に梶井の小説をみ、批評における「現代性」の下限に小林をみるということは、可能である。つまり、ぼく達に、このように感じさせる「現代性」のイメージが生きており、それをささえる理論的枠組みが受けいれられているのは、否定できない。

たとえば高橋英夫の「聖なる無心——手塚富雄『ヘルダーリン』を読む」(「海」一九八一年三月号)には、このようなくだりがある。

ヘルダーリンがドイツ文学の秘められた精髄であることを手塚氏は明らかにした。ここから何がわれわれに与えられるのだろうか。それはとうてい言いつくせないが、一つだけ挙げておくなら、これによってドイツ文学そのものが豊かになったことは確かだと思う。すべての糸がゲーテに集まってゆくような構図のほかに、秘められた中心としてのヘルダーリンに幾本かの糸が張りわたされてゆくイメージが浮ぶからだ。それは、例えば近代日本小説を漱石によってではなく梶井基次郎によって、近代詩を朔太郎によってではなく富永太郎によって示すような場合とやや近い一つの意志であるだろう。

現代の視点から同時代性というものを辿って時代をさかのぼって、詩において、富永にはあり、朔太郎、三好達治にはないと感じられるもの、一九〇〇年生れの北川冬彦にさえ、ないと感じられるもの、さらに、小説において、梶井にはあって、川端、横光にはないと感じられるもの、批評において、小林より先にはさかのぼれないと、感じさせるものがある。或る見方にたつと、富永太郎、梶井基次郎が、「秘められた中心」として浮かんでくるが、その意味は、このようなところにあると考えてよいと思う。ヘルダーリンを例として、富永と梶井を思い浮かべたとき高橋の手にしていたのは、このような見方だろうし、また、梶井にたいし「小林達」を考えたときその「小林達」に「現代文学」の名を秋山が考案した背景には、やはりこの見方が、生きている。

ぼくの疑問は、彼ら、現代の気鋭の批評家と呼んでよい人々が、このように現在から富永太郎、梶井基次郎の地点へと、あまりにあっさりと引照対象《レフェランス》を求めるのは、なぜか、というものである。ここにはあるナイーブさがありはしないか。共に、小林についての著作を持ち、小林から多くを学んだと思われる彼らが、この点では、何ひとつ小林から学んでいない、そういう思いが、ぼくをたちどまらせるのである。

いったい、このような見方、富永、梶井に同時代性のしるしをみ、そこから「現代性」ともいうべきもの、つまり、それ以前から断絶した何か新しい質の文学性を抽きだしてく

るという考え方、見方は、どこからきているか。ぼくの考えでは、小林が一九三三年「故郷を失つた文学」のなかで、

私達が故郷を失つた文学を抱いた、青春を失つた青年達である事に間違ひはないが、又私達はかういふ代償を払つて、今日やつと西洋文学の伝統的性格を歪曲する事なく理解しはじめたのだ。西洋文学は私達の手によつてはじめて正当に忠実に輸入されはじめたのだ、と言へると思ふ。（「故郷を失った文学」一九三三年）

と述べた時、はじめてこの見方の根拠が、近代日本の文学史にむけて、示されたのである。ここに示された小林の自負の念は、小林にとって新しいものではない。彼はその文学的閲歴のはじめに、「芥川龍之介の美神と宿命」と題された芥川論を書いているが、そこで彼のいうのは、芥川の西洋文学理解がいかに恣意的な、浅いものだったか、ということであり、小林は、若い時分からこの自負をうちに秘めてきたと考えるのがよいのである。

彼は言ふ。「ヴェルレェン、ラムボオ、ボォドレェル、――それ等の詩人は当時の僕には偶像以上の偶像だつた」（「彼」）と。然し僕にはこれを一つの戯画としない以上了解出来ない。それ等の詩人程彼から遠いものはない。

（「芥川龍之介の美神と宿命」一九二七年）

一九三三年の「故郷を失つた文学」は、その自負の念を、はじめて語るに値いする文学的しるしとして、表現したものだ。

ところでここで「私達」という時、彼が念頭においているのは、誰か。「西洋文学は私達の手によつてはじめて正当に忠実に輸入されはじめた」、「私達が故郷を失つた文学を抱いた、青春を失つた青年達である事に間違ひ」はない、という時、小林は一九三三年の時点で、誰を考えているのか。

こう問いを設定することで、ぼくは二つのことをいいたいのだが、その一つは、ここに、確実に梶井がかぞえられていたことであり、もう一つは、ここに恐らく、中原が加えられてはいない、ということである。

小林が、こう書くうえで、念頭においているのは富永太郎だろうが、これを「文壇」にマニフェストとして語る上に一つのささえをなしているのは、おそらく梶井の存在である。小林は、富永、河上、また或る意味では中原をもそこに加えたかたちで、その周辺に大岡昇平や中村光夫を牽引しながら、これまでの日本近代文学の伝統とは明らかに異なる、そこから断絶した文学気圏をかたちづくってきたが、そこにあるのは、世代的な同質性というより、交遊圏に重なる、それを基盤の一つとした同質性だった。一九三二年二月、小林は梶井について書く。梶井は彼に世代的な同質性という考えを与えた、——その人となりを知ることなく作品をつうじて知ることとなった、——はじめての同世代人中の「他者」だったのである。

昨年梶井氏の創作集「檸檬」が上梓された時、著者から贈られてこれを通読し、清澄鋭敏稀れにみる作家資質と私は感服した。当時この著書に就いて何か書き度いと思つてゐた折から、氏の病気が大変悪いといふ噂を耳にした。そして何も書くのが嫌になつた。たとへ私の批評が正鵠を射たものにしろ、今の氏にとつてはうるさい事であらうといふ、甚だ得手勝手な一種の感情が、私の筆をさまたげて了つた。

併し見ず知らずの作家からさういふ親近な感じをうける事は稀れなことで、少くとも私には大変稀れなことで、これは必ずしも得手勝手な私の感情ではない。感情の親近性は氏の作品にしかと表現されて存する。

(「梶井基次郎と嘉村礒多」一九三二年)

この梶井の発見なしに、「故郷を失つた文学」が「私達」を主語として書かれたかどうかを、ぼくは疑いたい。ここに、中原が加えられてはいまいというぼくの推定については、後に触れるが、とにかく、秋山、高橋の見方、昭和文学史の初原期に小林、富永、梶井という「秘められた中心」を見る光のあて方は、先の小林の一九三三年の自負の延長上に、そのまま、それを損わない形で位置するのである。

しかし、小林の一九三三年に感じた「現代性」は、はたして無傷のまま、現在につながっているだろうか。現在の眼から富永、梶井、そして「Xへの手紙」（一九三二年九月）に頂点を見出すような、そうした小林の仕事を、そのままのかたちで、ぼく達の現在に応用可能なものとみなしてかまわないのか。

ぼくの眼に、秋山、高橋はそうしていると映るのだが、繰り返せば、そのことで彼らは、小林が夭折しないで生き残ることで、その「現代性」にどのような思想的課題を賦与することになったかを、見落しているのである。

富永の一冊の詩集と、梶井の小説と、小林の「Xへの手紙」とのうちに、ぼく達は、日本近代文学の可能性の原点を見ることができる。しかし、その可能性をぼく達に引照可能なものとするために、ぼく達は、ぼく達のいまいる場所と、彼らの場所のディスタンスというものを、もういちど歩いてみなければならない。

富永、梶井は、その可能性にみちた詩と小説とを残して、夭折する。ところで彼らは、時代の中に、社会の中に生きるという人間一般の問題にぶつかろうとして、文学の可能性と「社会」が衝突した時にどんな悲鳴が聞かれるか、という意味深いシインを実現しないまま、その直前に生の舞台から、退くのである。

彼らの「新しさ」が、どのような根拠と、強さと、意義とをもつものだったか。この思想的な問いは、一人残された小林に、負託される。小林は、彼らの「新しさ」を受けて、それが「社会」、「人生」のなかでなにものであるかを、一人、ためされるのである。

この観点にたつなら、富永、梶井の問題はぼく達各人の全人生をおおうに足りない。勿論それはそれでかまわないのだが、そのことがもの足りない、という感覚をぼく達は失うべきではないのである。小林が、富永、梶井よりも思想的にすぐれている所以は、文学上の「新しさ」が、社会の中に生き、それに関与し、それから関与されるなかで、どこまで通用するかを身をもって示した点にある。これが、この問題に関するぼくの、基本認識である。

2　「私小説論」――「社会化された私」をめぐって

彼らの「新しさ」は、どこまで通用し、どこで躓いたか。ぼくはその答えを、「私小説論」（一九三五年）、「思想と実生活」論争（一九三六年）、『ドストエフスキイの生活』（一九三五年―一九三七年）をへて一九三七年十一月の「戦争について」にいたる小林の思想経験のうちにみるものだが、ここでは、「私小説論」に沿ってこの問題を考えてみたい。

ぼくの考えでは、彼らの「新しさ」は、近代日本の文学土壌に、西洋文学にこれまでとは違う仕方でうごかされながら、いままでになかったものを持ちこんだ点にある。いままでになかったものとは何か。富永、小林、梶井の影響された共通の西洋文学者を探せば、ひとまずボードレールということになるだろうが、それまでに日本の近代文学の土壌に、全くなかったものは、ボードレールにはじまるフランスにおける文学意識の革新運動の摂取、そしておそらくはボードレールを生んだフランス第二帝政下の社会変化に見合う、関東大震災後の日本の社会変動を二つの理由として、彼らにやってくるのである。「今日やつと西洋文学の伝統的性格を歪曲する事なく理解しはじめた」、「西洋文学は私達の手によつてはじめて正当に忠実に輸入されはじめた」、しかもそのために「故郷を失」う、という代償を払わなければならなかった、という小林の自己認識は、ここで驚く程、問題の核心をとらえているといわなければならない。

いままでになかったもの、とは何か。小林の「正当」かつ「忠実」な西洋文学理解の一つの到達を示す、「私小説論」での言葉を聴いてみる。

十九世紀の実証主義思想は、この思想の犠牲者として「私」を殺して、芸術の上に「私」の影を発見した少数の作家達を除いては、一般小説家を甚だ風通しの悪いものにした。個人の内面の豊富は閑却され、生活の意欲は衰弱した時にあたつて、ジイドはすべてを忘れてたゞ「私」を信じようとした。自意識といふものがどれほどの懐疑に、複雑に、混乱に、豊富に堪へられるものかを試みる実験室を、自分の資質のうちに設けようと決心した。(略)彼が文学の素足を云々する時、彼は在来の文学方法に反抗したのでもなければ、新しい文学的態度を発見したのでもない。凡そ文学といふものが無条件には信じられぬといふ自覚、自意識が文学に屈従する理由はないといふ自覚を語つたのだ。花袋が「私」を信ずるとは、私生活と私小説とを信ずる事であつた。ジイドにとつて「私」を信ずるとは、私のうちの実験室だけを信じて他は一切信じないと云ふ事であつた。

(「私小説論」一九三五年)

この言葉をうけて小林達が近代日本文学の土壌に持ちこんだ全く新しいものとは、「自意識」と、そう小林であれば呼ぶもの、と考えてみることができる。それでは小林のここにいう「自意識」と、たとえば芥川の自意識とのあいだには、どのような違いがあっただろうか。

大正時代、多くの作家達が、さまざまな角度から、明治以来の私小説に対してあげた反抗は、人のよく知る処である。白樺派、新思潮派、早稲田派、三田派、と反抗の声は種々雑多であつたが、従来の私小説の決定的な否定の声は何処にも聞かれなかつた。二十四歳で実生活に別れを告げたと宣言しなければならなかつたフロオベルの小説理論に戦慄を感じた人は恐らく無かつたのである。これらの人々の反抗に共通した性格は、依然として創作行為の根柢に日常経験に対する信頼があつた事だ、日常生活が創作に夢を供給する最大なものであつた事だ。反抗は消極的なものであつた、即ち、日常生活を、各自が、新しく心理的に或は感覚的に或は知的に解釈し操作する事が反抗として現れたのである。（同前）

小林達の「自意識」は、日常経験、生活意識から独立し、また、自立している。その人間の内面の独立の自覚が、小林の「自意識」という言葉をささえている。そこが、芥川の「自意識」と小林の「自意識」の違いである。また、人間の内面の、その個人からの独立、感覚の独立ということが、梶井の小説を、芥川の小説から隔てるものでもあったろう。小林は先の「梶井基次郎と嘉村礒多」で梶井の小説について、自分が梶井の近作（「のんきな患者」）を読んで、その「憂鬱冷徹な外皮」の底に探りあてたのは、「やはり柔らかい感情」、「人なつこく親密な情感と云つてもい丶程の柔軟な感情の流れ」だったと述べているが、ここで小林に共感を呼びおこしているのは、この「柔らかい感情」が「憂鬱冷徹な外皮」をもって現われてくるところにひそむ、作品中のある逆接の契機、断絶の契機なのである。それをささえているのは、「憂鬱冷徹な外皮」と「柔らかい感情」の間の断絶であり、つまり、その断絶した二つのものからなる関係である。別にいうなら、梶井の小説には、憂鬱冷徹な外皮をとおしてしか現われえない質の「柔らかい感情」が表現されており、また、その中に柔らかい感情を蔵することなしには表現されえない、という形で、その「憂鬱冷徹な外皮」が描かれている、そのことへの直観が小林に、自分は梶井の作品から「親近な感じ」を受けた、これは「少くとも私には大変稀れなこと」だと、言わせているのである。

　梶井の小説における「感覚」の独立、内面の独立、というようなものは、その小説、たとえば「檸檬」を、芥川のいかにも芥川らしい小説、たとえば「蜜柑」と比べてみる時、明らかである。「蜜柑」では、貧しい少女とその幼い弟妹の一瞬の交感の象徴としての〝蜜柑〟が、外からやってきて主人公の「憂鬱冷徹な外皮」を破り、その中にひそむ「柔らかい感情」を流露させる。汽車で乗り合わせたみすぼらしい少女に、主人公は当初嫌悪感を抱くが、発車後、汽車がとある踏み切りに近づいて、やにわに窓を開けた少女が、踏み切りまで見送りに来ていた幼い弟妹に「バラバラッ」と蜜柑を投げ与えると、そのまぶしい蜜柑は、主人公の「憂鬱冷徹な外皮」を擲《う》ち、そこから主人公のみずみずしい「感情」が流れだす。つまりそこで「感情」は、感動となって彼を動かし、彼を代表するのである。しかし「檸檬」では、むしろ「柔らかい感情」が、それ自体「憂鬱冷徹な外皮」をもたなくては、それ自身を拒否するものを通じないでは、表現されえないものと感じられる。その分厚い「外皮」をつき破るどのような〝蜜柑〟もない、というもどかしさが、主人公をいよいよ苛立たせるのである。

　この短篇は鋭敏な孤独な青年期の心の錯乱が、一顆のレモンにその支へを求めると云ふ神経的感傷を鮮明に描いたものである。不吉な焦燥に悩んだ肺を病む青年が、都会の塵埃の中に一顆の檸檬を買ひ、彼が探りあぐんでゐた率直な明朗性が、この果物の伝へるいかにも単純な冷覚や嗅覚や視覚に生きてゐる事を発見して感動する、彼は呟く、――つまりはこの重さなんだな――総ての善いもの総ての美しいものを重量に換算して来た重さを掌の上に感じて彼は幸福になる。（「梶井基次郎と嘉村礒多」）

　小林はこう書くが、「総ての善いもの総ての美しいもの」を代表する形で芥川の小説の主人公の「憂鬱冷徹な外皮」を搏った〝蜜柑〟は、ここでは、それ自身が「憂鬱冷徹な外皮」をまとい、単純冷徹で、しかも硬い〝檸檬〟と化すことで、――断絶しつつ、梶井の神経の秤《はかり》の二つの秤皿にそれぞれ置かれ、つり合う形で――ようやく彼の「柔らかい感情」に見合うもの、その客観的相関物となっている。蜜柑は芥川から「柔らかい感情」をひきだし、その「柔らかい感情」は芥川を表現するが、檸檬は、梶井の表現されえない「柔らかい感情」といわばその重さでつりあい、その「心の錯乱」、「不吉な焦燥」は、彼によっては名指しできないものとして、彼の手の届かないものとして、かろうじてその作品に定着されるのである。

小林の「自意識」は、こうしてその「生活」の意識、日常の経験から断絶するが、そればかりではない。同時にそれは「社会」の意識、社会に関与し、これを変えようという「社会化された意識」との間にも、明確な対立の契機を持つ。

ここに名高い「私小説論」の言葉がある。

フランスでも自然主義小説が爛熟期に達した時に、私小説の運動があらはれた。バレスがさうであり、つゞくジイドもプルウストもさうである。彼等が各自遂にいかなる頂に達したとしても、その創作の動因には、同じ憧憬、つまり十九世紀自然主義思想の重圧の為に形式化した人間性を再建しようとする焦燥があつた。彼等がこの仕事の為に、「私」を研究して誤らなかつたのは、彼等の「私」がその時既に充分に社会化した「私」であつたからである。（同前）

ここで小林は、何といっているのか。一つの受けとり方は、次のようなものである。日本でも、西欧でも、「私」に関心を示した「私小説」の運動が生じたが、そこから齎《もた》らされた小説が、田山花袋の『蒲団』とアンドレ・ジイドの『贋金造り』程に異なるものとなった理由は、西欧の文学者たちの「私」が、その時既に十分に「社会化」していたのに比べ、日本の私小説家達の「私」が日常経験の信頼のうえに立ち、生活意識から独立した自己意識に立脚せず、さらに、「社会化」していなかったためである、と。

ここまでは、この見方を、そのまま受けいれることができる。けれども、小林は、だから「私」の社会化が必要だと、そういっているのだろうか。

この、いままで誰にも疑義をはさまれたことのない点[註1]に、あえてこだわるのは、そのように解釈した場合、「私小説論」の論旨に釈然としないものが、残るからである。

どこが釈然としないか。もし、小林が、十分に社会化した「私」というものを、右のように肯定的な意味で、ジイド、プルーストらの仕事の前提と考えたとみなすなら、ジイド、プルーストがその「私」の研究をつうじて小説世界に提示、定着した「私」とは、「社会化した私」だということになる。しかし、こう考えること程、彼らの文学の意味を無に帰す考え方というものも、ないだろう。なぜなら、ぼく達が、『贋金造り』を読み、『失われた時を求めて』を読んで知るのは、むしろその逆のこと、つまり、そこに彼らが、「社会化された私」ならぬ、「社会化されえない私」ともいうべきものを発見して、定着しているということだからである。彼らは、「私」を研究し、それをつうじて、「私」の内面に社会化されえないもの、を見出した。その「私」の研究は、彼らにとって、十九世紀自然主義、実証主義思想によって制度化され、形式化した「人間性」を再建したいという希求に根ざしていたが、その希求は、社会化されえないもの、社会意識に対立する自己意識ともいうべきものにたいする確信によって、彼らのものとなっているのである。

それでは、なぜ彼らは、「私」の研究をつうじて、誤ることなく「社会化されえないもの」を摑むことができたか。それは、「彼等の『私』が時既に充分に社会化した『私』」だったから、だから彼らはその「社会」に侵犯された「私」を踏査することをつうじて「社会化されえないもの」にぶつかった、というのが、ぼくの考えによれば、ここで小林のいおうとしていることである。

小林が、フローベールの絶望に見出し、マラルメの詩作、ヴァレリイの『テスト氏』、ベルグソンの思索に読みとったものは、「社会」万能の世の中に、「社会化されえないもの」を抱えることで反抗しようとする人間的試みに、ほかならなかったわけだが、そこから転じて、眼を日本の現実に向けた時、日本と西欧の懸隔は、小林の主張に、或る複雑なニュアンスをつけ加えたように、思われる。一九三三年の「故郷を失つた文学」と、二年後の「私小説論」の主張の違いは、小林の西欧認識ならぬ、日本認識の深化に根ざしている。この時既に、小林は、嘗ての自分達の世代の「新しさ」への自負というものが、いかに無邪気なものだったかについて、ひとつの反省をへているのである。

小林の自己反省は、「私小説論」にどのように現われているか、ということについて、ぼくは語ってみたいのだが、これが、どの程度にたやすいわざでないか、ということから、触れることにする。

平野謙は、こう書いている。

ついでに、『私小説論』の「社会化した私」という用語の思いちがいについて書きしるしておきたい。（略）

どういうわけだか、私は永年のあいだ『私小説論』のなかの「社会化した私」という重要な用語を、「社会化された私」とおぼえちがいしていて、従来の私の文章にはすべて「社会化された私」と書かれてあった。その錯覚を、近藤功がはじめて指摘してくれたのである。（略）近藤功はただ私の錯覚を指摘しただけではない。その拠ってきたる原因も推理していて、おそらくそれは昭和十年九月に発表された中村光夫の『私小説について』のなかの一句を混同したせいだ、と訓えている。たしかに中村光夫の同論文には「彼等にとって自己を識るとは社会を知ることであり、またその逆も真なのだ。云いかえれば彼等の〝私〟とは〝社会化された私〟なのである」という個所があって、私はそれと混同しておぼえこんだのだろうというわけである。

（『昭和文学の可能性』第六章「自我の社会化」一九七二年）

ぼくがこれを引くのは、小林の「私小説論」が、いかに、いつから、誰によって誤読されてきたかを、示すためである。結論をいえば、小林の「私小説論」の「社会化した（された）私」という言葉は、その発表完了の翌月に出た中村光夫の「私小説について」以来、中村、平野、本多（秋五）、江藤（淳）ら、全ての小林についての評家たちに誤読され、その誤りは、たとえば次のように語る中上健次にまで——拡大されたかたちで——踏襲されているのである。

『私小説論』で「社会化された私」という名言があるんですが私小説の根ざすものはつまり社会化された私と耳にすると、なるほど諸関係の総体としての私ともつながるなと読み直し、考え直すのですが、ところがこれも言われている基盤を視ると、つまり思考の停止、思考の寸足らずに映るわけです。近代の文学主義、人間中心主義の基盤で彼は「社会化された私」という考えを導いているわけです。

（中上健次・柄谷行人対談『小林秀雄をこえて』一九七九年）

ここで中上がいうのは、小林の「社会化された私」と「私小説」をめぐる主張は、自分に多様な読解を許すようにも見えるが、小林の文脈に帰れば、この「社会化された私」という考えを小林は、「私」の社会化という「近代の文学主義、人間中心主義」の基盤で述べているにすぎない、ということである。ここで「社会化された私」という小林の言葉は、やはり中村光夫、平野謙同様、「私」の近代化とでもいうべき文脈で受けとられている。中上は、一見意想外なことをいうかに見えながら、その「私小説論」理解は、従来の読みを全く疑っていないのである。

しかし、「私」の社会化という考えを、というより「社会化した私」という言葉を、そもそも小林はこのようなナイーブな意味で用いているのだろうか。

先の「私小説について」の中で中村光夫が述べているのは、次のようなことである。

個人の再建が、社会の認識を通じてのみ行はれるといふ点に、ルソーからジイドに至るヨーロッパの私小説を貫く根本の性格が存する。彼等の「心理」の表現がいかに精妙にならうと、彼等の文学が決して社会性を失はなかつた所以も亦こゝにあるのだ。彼等にとつて自己を識るとは社会を知ることであり、またその逆も真なのだ。云ひかへれば彼等の「私」とは、「社会化された私」なのである。

（「私小説について」一九三五年九月）

どのような経緯があって、ほとんど同じ言葉で同じ事実を指した類似した主張が、小林と中村とによって、ほとんど日を隔てずに発表されているのか、訝《いぶか》らせずにはいないような文章である。それ程、このくだりは、「人間性の再建」のために「私」を研究したジイド、プルーストらが誤まらなかったのは、彼らの「私」が「既に充分に社会化した

『私』」だったからだとする、前記小林の「私小説論」のくだりに、一致する。

ことによれば、この「私」の社会化という考え方の出所は、年少の中村のほうにあったかも知れない可能性を、この一致は示しているといえなくもないが、重要なことは、ここで小林の語っていることと中村の語っていることとが、似て、全く非なるものだと、いうことである。

通説のように、小林の「私小説論」を受けて中村の「私小説について」が書かれているなら、中村は、小林の「私小説論」を誤読し、小林のいおうとしているところを歪めたことになる。一方、中村の示唆を受けて小林が「私」の社会化という考えを独自に展開したとするなら、そこには意味上の逆転が含まれていたと、いうべきである。

小林によれば、ジイドはただ「私」だけを信じようとした、「私」以外の何ものも、信じまいとした。そこから、彼をはじめとするフランスの小説家達の「私小説」の運動は、生じたのだが、彼がそうする必要をかんじたのは、彼の前に、十九世紀の実証主義思想の人間内面における僭主化という風潮が強力にたちはだかっていたからである。このような実証主義思想の僭主化を打破するために、彼は「社会化されえない」私、即ち「社会」に代わる新しい神たる「私」を、必要とするのである。

ところで、十九世紀の実証主義思想は、誰によって、何にたいして育まれ、また力を得てきたのか。

ここでも、小林のいうところを追ってみて、ぼく達はルソーこそが、——ディドロ、ヴォルテールらと共に——人間の社会化、社会の人間化を主張することで、フランス革命を用意し、また革命後の「実証主義思想」を準備したという世の常識に、小林が反対しているわけではないことを、知るのである。ルソーの生きたフランスの十八世紀は、「啓蒙の世紀」と呼ばれるが、ここにいう「啓蒙」にフランス語は、「光」lumière の語をあてる。ここから、ぼく達は、革命以前の封建制社会の人々の内面の暗がりに、一条の理性のひかりがさしこむイメージを得るのだが、このひかりは、徐々に明るさを増し、力を加え、やがて煌々と人間の内面をまぶしい白光でいっぱいにして、そこから「暗がり」を放逐するにいたって、ふいにその意味あいを逆転させたと思われるのである。

十八世紀の啓蒙思想は、人間の内面に理性のひかりをもたらしたが、そのひかりは、やがて人間の内面を支配するにいたって十九世紀の実証主義思想と、なる。中村は、ルソーからジイドへとつづく連続面について語るが、ルソーに源を持つ実証主義思想へのその反逆が、逆にジイドをつくるという断絶面に、小林はジイドの問題をみているのである。

具体的にいえば、これは、次のようなことだ。

十八世紀の啓蒙思想家達は、封建制下に階級を形成しつつあったブルジョワジー達に「自由、平等、博愛」という価値が普遍的なものであるという観念をうえつけ、それが、革命におけるブルジョワジーの道義的根拠となった、とひとまずここで、考えてみる。ぼく達は、ここに、近代のはじまりをみるが、この時「近代」をそれ以前から隔てるのは、近代にいたり、社会が人間の内面に何ごとかを要求するようになったという、一点である。

「自由、平等、博愛」というフランス革命のスローガンは、社会、国家にたいしてはそれぞれ、個人の自由、個々人間の平等、個人同士の博愛の保障と尊重をうったえているわけだが、一方では個人の内面にたいし、自由、平等、博愛という普遍的真理の尊重、というより、自由、平等、博愛の普遍的真理としての尊重を、要求している。近代は社会にたいして「個人」の尊重を要求するばかりではない。逆説的な言い方になるが、個人の内面にたいしても「個人」の尊重を、——即ち個人という社会的単位の尊重を、要求するのである。

ここで注意して欲しいのは、ここにいう「個人」という近代社会の原理のもっている、二重性である。この原理は「社会」「組織」「国家」にたいして、「個人」の原理として現われ、個人の自由、平等、博愛という考えをみちびくが、一方個人の名づけられない内面のなかでは、いわば社会性として現われるのである。

これを別にいうと、近代は、社会にたいして個人の尊重を要求し、個人にたいしては社会の尊重を、要求している。この二つは、いわば一枚のコインのうらおもてのように、分けることのできないものとして、存在しているが、啓蒙主義から実証主義への移り変わりのうちに、このコインは、必ずどこかで裏返る、というより、このコインがうらがえるようにして、啓蒙主義は、実証主義へと逆転して、つながっていくのである。

この比喩におうじて、ぼく達は、社会にたいして個人性を主張していく方向に、啓蒙主義を考えることができる。フランス革命は、この意味で、文字通り社会の人間化にほかならなかったが、この人間化された社会は、企ての達成後、逆に個人の内面にたいして、社会性を主張するようになっていった。「自由、平等、博愛」という原理を信奉するようにと命ずる新政府の主張のうちに、人間内面の自由の抑圧をかぎとるサドのような抵抗者を、革命政府は、「自由」の名のもとに弾圧していくのである。

嘗て、啓蒙主義思想において「個人の社会化」といえば、それは、個人が社会に関心を抱き、そこに参加、介入していくというイメージからなっていたのが、いまでは、この同じ「個人の社会化」というコトバが、全く逆の、個人内面に社会が侵入し、これを制度として領するという、別個のイメージによってつくりかえられる。ここに、みてとりやすい啓蒙主義と実証主義の関係の図式がある。ここには、はっきりと「私の社会化」の意味内容にかんし、一つの逆転がみとめられるが、これが、ルソーとジイドのあいだにある逆転なのである。

小林が、ジイド、プルーストをさして、彼らが十九世紀自然主義思想の重圧の為に形式化した人間性を再建しようとして、この仕事のために、「私」を研究して誤らなかったの

は、

彼等の「私」がその時既に充分に社会化した「私」であったからである。

と述べる時、ここにいわれる「社会化した『私』」が、必ずしも彼において右の後者の意味で理解されているとは、断定できない。しかし、「私小説論」の小林の主張を追うようにしてこの部分を読むなら、ここで小林は、「私の社会化」に関するイメージの「裏返り」を含む主張を、行なっていると考えるのが、よいのである。

そうでないと、実をいえば、ぼく達には小林のいうところが理解できない。ルソーは、「私」を研究することをつうじてこれに対置されるべき「社会」という観念を得、「社会」に対立する「私」の観念を発見するが、ジイドとプルーストが百五十年余をへて、再び「私」を研究することによって発見するのは、いうまでもなく、そのルソーの「私」ではないのである。

それでは、彼らが発見し、確立したのはどのような「私」だったか。彼らの小説、小林が、フランスにおいて自然主義小説が爛熟期に達した後に現われた「私小説」と呼ぶところの小説、ジイドの『贋金造り』、プルーストの『失われた時を求めて』を読んでぼく達が知るのは、繰りかえすなら、やはり、彼らの発見した「私」が、個人の内面を侵し、これを支配する実証主義に抵抗するものとしての「私」、いわば「社会化されえない私」だったということなのである。

これは、「様々なる意匠」から「Xへの手紙」にいたる小林に、けっして目新しい考えではない。「十九世紀の実証主義思想は、この思想の犠牲者として『私』を殺して、芸術の上に『私』の影を発見した少数の作家達を除いては、一般小説家を甚だ風通しの悪いものにした」という時、小林は、この少数の作家達の中心にフローベールを考えているのだが、フローベールにとって、実証主義思想による「社会」の個人内面への浸透とその支配とは、彼を絶望させるに十分な理由を、なしたのである。彼は、それ程深く「社会」に浸透された「私」を強いられる、そうした時代に生きた。彼には、小林に従えばその「私」を殺して、小説に「ボヴァリー夫人」という「私」の影を発見するという途だけが、残されていたわけだが、この彼をさしてぼく達は、彼においては「私」の社会化が、「私」の生存をもはや許さない程に進行していた、といってみることも可能である。

しかし、フローベールの眼に衰えることを知らないと映った実証主義思想も、十九世紀の終り近く、ベルグソンやヴァレリイらによって、公然と強い疑念を表明されるようになる。ジイド、プルーストらの「私小説」の運動――と小林の呼ぶもの――は、このような外的状況の変化のなかから、生まれてくるのである。彼らは、「私」を研究して、誤ることなく「社会化されえない私」というものを見つけた。同じように「私」を研究した日本の私小説家達が、そこに「日常経験」という生活意識を見出し、またルソーがそこに「社会化された私」ともいうべき社会意識をみつけたのにくらべ、彼らだけがそこに「社会化されえない私」ともいうべき自己意識を発見しているのは、どのような外的事情によるか。

小林は、その理由を、ジイド、プルーストの「私」が、既に充分に社会的関心にめざめたという意味で「社会化」し、また同時に、そのことをつうじて社会による自己内面の支配、自己内面の制度化というものを、既に充分に身に蒙っているという意味で「社会化」してしまっているところに、求めているのである。彼らの「私」は既に充分に「社会化」していればこそ、その「私」を踏査しつくした果てに、「人間性の再建」の根拠として、人間の内面の自由の根拠として、ジイド、プルーストは「社会化されえない」点に「私」というものの核心があることを、発見している。

ここに、小林の主張の最も見えにくい点がある。中村光夫は、この小林の「社会化」のイメージの二重性を見落すことにより、小林の主張を、ほとんど似て非なるものに変えてしまうのである。

ジイド、プルーストにとって、自己を識るとは、社会を知ることだった。そこに彼らの「私」が社会化した「私」だったことの意味は、あるが、その逆は、果たして真だったろうか。そうは思われない。彼らにとって自己を識るとは、社会を知ることだったが、社会を知ることは、そのまま自己を識ることを、意味しなかった。いわば、社会を知ることによっても、けっして識られない「自己」がある。或いは、「自己」の根底には、社会の触れえない、社会化されえない実質がある。こうした認識を摑むことによって、二十世紀のフランスにおける「私小説」運動は、ルソーのそれと全く異るかたちで成立する端緒をひらくのである。

小林は、これは後にもういちど考えるが、たとえば次のように語りながら、啓蒙主義思想における個人性と社会性の比重、実証主義思想における同じものの比重が、その相対的な量の変化により、どのような質的逆転を齎しうるかに、実は注意をうながしているのではないだろうか。

わが国の私小説家達が、私を信じ私生活を信じて何んの不安も感じなかつたのは、私の世界がそのまゝ社会の姿だつたのであつて、私の封建的残滓と社会の封建的残滓の微妙な一致の上に私小説は爛熟して行つたのである。ジイドが「私」の像に憑かれた時に置かれた立場は全く異つてゐる。過去にルッソオを持ち、ゾラを持つた彼には、誇張された告白によつて社会と対決する仕事にも、「私」を度外視して社会を描く仕事にも不満だつたからである。彼の自意識の実験室はさういふ処に設けられたのであつて、彼は「私」の姿に憑かれたといふより「私」の問題に憑かれたのだ。個人の位置、個性の問題が彼の仕事の土台であつた。言はば個人性と社会性との各々に相対的な量を規定する変換式の如きものの新しい発見が、彼の実験室内の仕事となつたのである。　（「私小説論」）

ルソーの「誇張された告白によつて社会と対決する仕事」が、個人を発見し、社会を発見し、そのことをつうじて「社会的自我」の形成されていく段階、つまり、人間が社会に入っていく段階を、代表するとすれば、ゾラの「『私』を度外視して社会を描く仕事」は、社会が逆に人間に入っていく段階、社会性が、人間の内面を全きままにおおってしまう段階を、代表している。これは流れとしては一つの向きの、同じ動きだが、社会の人間化は、革命というかたちで社会そのものの転覆をもたらし、また人間の社会化もやはり、ルソーの段階での、いわば人間が主導権をもつ社会化から、ゾラの段階の、社会が主導権をもつ社会化へと、ひとつの変質、逆転をへていることが、ここで重要である。小林によれば、ジイドはルソーとも、ゾラとも違うところに、彼らへの不満にみちびかれるようにして、「私」の問題をみる。小林のいうところに、虚心に向きあうなら、そのいうところは、十分にはっきりしているといってよい。ここでは、この逆転の意味をみとめない中村と小林の違いは、けっして無視できない重さをなしているのである。

フランスのブルジョアジイが夢みた、あらゆるものを科学によつて計量し利用しようとする貪婪な夢は、既にフロオベルに人生への絶望を教へ、実生活に訣別する決心をさせてゐた。モオパッサンの作品も、背後にあるこの非情な思想に殺された人間の手に成つたものだ。彼等の「私」は作品になるまへに一つぺん死んだ事のある「私」である。（同前）

「あらゆるものを科学によつて計量し利用しようとする貪婪な」この夢が、やがて人間の内面を荒廃させたあげくに、ベルグソンらの反抗を生む。これをさして、ぼく達は、「私の——この意味での——社会化」が、やがて、それ自身への反逆を、自ら呼びこむ、といってよいのである。

ぼくがここに述べてきたのは、小林の「自意識」が、いわば「社会化されえない私」というものを核にもっていたということにほかならない。小林達の世代が何か新しい質をもっていたとする秋山達の考えに、根拠があるとすれば、それはこの「社会化されえないもの」の提示をおいて、ほかにはないのである。

ぼくにとっての問題は、この先にある。「社会」にたいする反抗の拠点として「自意識」を摑んだ小林の「新しさ」は、人生にどのように相渉《あいわた》ることになるのか。現在の時点からこの小林の場所を振りかえる。ぼく達と彼の「新しさ」を隔て、同様にまた、高橋、秋山という批評家と小林達の世代を隔てているのは、一言でいえば、戦争という「人生」の非常時の顔、なのである。小林の「新しさ」は、戦争をどのように通過できただろう。この「社会化されえない私」という核は、「戦争」に衝突して、どのような不協和音をあげたか。

小林達の世代の「新しさ」には根拠があったがこのことを、考えない限り、ぼく達は単にその「新しさ」を賞揚できない道理なのである。小林のぼく達に残している最大の思想的遺産はここに、ある。

結論を先にいえば、小林のこの「新しさ」は、戦争に衝突して、これに有効な、或いは独自のくさびを打ちこむことは、できなかった。彼のよって立っていた「自意識」或いは「自己意識」から、ずるずると、「社会意識」へ、そしてまた、「生活意識」のほうへと思想のよって立つ点を移行して、「Xへの手紙」、彼の自意識の表現の一頂点であるこの散文から八年後に、小林は、こう書いている。

自我とか自意識とかいふものが、どう仕様もなく気にかゝつた。自己描写用に拙劣な小説家を一人傭ひ込んでゐた様なものだ。青春は空費されたのか。恐らくさうだらう。誰でも自己を語る事から文学を始める。だが、さういふ仕事を教へてくれたルッソオは、自己告白を一番後廻しにした。

また、

自意識の過剰といふ事を言ふが、自意識といふものが、そもそも余計な勿体ぶつた一種の気分なのである。他の色々な気分と同様、可愛がればつけ上るし、ほつとけば勝手にのさばるのだ。自意識の過剰に苦しむといふ事は、憂鬱な気分に悩むといふ事と全く同じ様子をしてゐる。何かが頭のなかでのさばるのを、その儘放つて置く苦痛なのだ。

（以上、「自己について」一九四〇年十一月）

あるいは、こういう文章を読んでみてもよい。

疑はうとすれば、今日ほど疑ひの種の揃つてゐる時はないのだ。一切が疑はしい。さういふ時になつても、何故疑へば疑へる様な観念の端くれや、イデオロギイのぼろ屑を信ずる様な信じない様な顔をしてゐるのであらうか。疑はしいものは一切疑つてみよ。人間の精神を小馬鹿にした様な赤裸の物の動きが見えるだらう。そして性慾の様に疑へない君のエゴティスム即ち愛国心といふものが見えるだらう。その二つだけが残るであらう。そこから立直らねばならぬ様な時、これを非常時といふ。

（「神風といふ言葉について」一九三九年十月）

ここには、嘗て、「自意識以外には何も信じない」ことに、自分の文学の根拠をおいた小林の面影は、ない。

「Xへの手紙」から、「私小説論」、「思想と実生活」論争、『ドストエフスキイの生活』をへて、「戦争について」という文章までの推移のうちに、ぼく達は、小林がその「新しさ」を、どのように自ら否認していったかを、みてとることができる。この小林の思想経験については、ここでは述べないが、小林達の「新しさ」が、戦争にたえなかったという事実は、ぼく達をもういちどその「新しさ」の方へと、つきかえすのである。その原因はどこにあったか。その一半の原因は、そもそも彼らの「新しさ」が、彼らの「古さ」との接点をその身内にもたなかったところにこそ、あるのではなかっただろうか。彼らがその自分の身内における「新しさ」と「古さ」の共存の意味を一つの思想経験、文学経験に鍛えあげるのを、怠ったためではなかっただろうか、と。そして、こう書けばわかるように、この問いは、彼らの経験をどう受けとり直すかという、そのままぼく達にはねかえってくる問いでもある。

2 小林秀雄――ランボーと志賀直哉の共存

1 再び「私小説論」――二つのモチーフの混在

小林秀雄の「新しさ」はそのなかに自分の「古さ」との接点を、もたない。ぼく達は、秋山駿に教えられて梶井基次郎の芸術観の意外な「古さ」に驚き、そこから対比的に、中原中也の詩形と芸術観の奇妙な組合わせという点にいまさらながらのように、気づくことになるが、そのような眼で一九三五年前後までの小林を見ると、この「古さ」の欠如は小林の同世代者と比べてみた場合の一つの際立った特色である。

このことは、ぼくには、次のように見える。

小林だけが、たとえば梶井や中原と違って「古さ」をその身にもたなかったのではな

い。彼は先の「故郷を失つた文学」に、

私達は生れた国の性格的なものを失ひ個性的なものを失ひ、もうこれ以上何を奪はれる心配があらう。一時代前には西洋的なものと東洋的なものとの争ひが作家制作上重要な関心事となつてゐた、彼等がまだ失ひ損つたものを持つてゐたと思へば、私達はいつそさつぱりしたものではないか。

と書くが、こうした「生れた国の性格的なもの」、「個性的なもの」を失うという代償を払って「今日やつと西洋文学の伝統的性格を歪曲する事なく理解しはじめた」というのが、ここで、彼のいうことなのである。

　小林のいうところをぼくなりにいい直せば、彼は「新しさ」を手にするのに自分のなかの「古さ」を奪われざるをえなかったといっている。これにはおそらく二つの側面がある。一つは、彼の「新しさ」の獲得が、彼から「古さ」を奪ったという側面であり、もう一つは、彼における「古さ」――「生れた国の性格的なもの」、「個性的なもの」――の喪失が彼にこれまでにない「新しさ」の獲得を可能にさせた、という側面である。

　小林はどこかで、ランボーに震撼されてなお富永が詩作を断念しないでいるのを見て、信じられない、と感じたという意味のことを書いていたと記憶するが、彼は、富永や梶井や中原と違って、ある「新しさ」を理解してそれを自分の創作活動に定着しようとする方向を示したのではなかった。そうすれば、彼にもまた「眼高手低」という成語にいう「眼」の高さと「手」の低さの問題、自分のなかにおける「新しさ」と「古さ」の共存という問題が訪れないではいなかった筈なのだが、彼にまずランボーという形でやってきた「新しい」ものは、むしろ、そのような試みを根こそぎにするものとして彼を捉えたというべきなのである。

彼は、この頭で理解したものの手による定着と実現という企ての放棄に賭けて、「新しい」ものの「忠実」で「正確」な理解をめざす。それだけではなく、彼には、今日ようやく彼らに西洋文学の歪みのない理解が可能なのは、彼らの生の環境自体が過去から切り離され、これまで人々の信じてきた支えから彼ら新しい世代の人間が隔離されてしまったためであると、感じられるのである。

ランボーは小林を「小説」から根こそぎにする力として働く。彼は、それまでめざしていた「一ツの脳髄」や「女とポンキン」といった小説制作の試みから離れて、ランボーに没頭するが、その「夢」から放逐されてみれば、彼に帰るべき表現の場所はもうなかったのである。

彼がおそらく小説の書き手として梶井と近い場所にいながら、そこを離れ、詩の理解者として、またありうべき詩作者として富永と近い場所にいながら、詩を断念したという意味、つまり、小説家にも詩人にもならずに批評家になったという意味は、このようなものである。「故郷を失つた文学」にいう、「故郷を失」うという「代償」を支払ってようやく可能になる西欧理解を言葉に定着しようとした時、小説、詩という「故郷」を失った彼には批評という未知の表現領域しか残されていなかった。批評は、彼にとって当初から、彼のなかの「新しさ」が「古さ」と出会わないことをつうじて摑まれた、「古さ」とは無縁なジャンルを意味していたのである。

その結果として、小林は、先の「眼高手低」という問題がもつある思想的な意味ともいうべきものを、自分の視界から逸することになった。彼もまた、当然ながらその思考にいくつかの綻び目ともいうべきものをもったが、彼はそこに立ちどまり、そこに躓くより、その躓きの石自体を後日さりげなく取って捨てることを選ぶようになる。そのような仕草は、彼が批評家でなかったなら、――小説家ないし詩人であったら、――必ずや彼の仕事にただちにはっきりした影響を及ぼさずには、いなかっただろう。

小林における「新しさ」と「古さ」の共存というものがもしあるとすれば、それは、小林のこの躓きの場面にこそ見出される。小林に、「新しいもの」と「古めかしいもの」の共存に苦しむという場面がなかったのではない。ただ彼は、後日そのような場面を整序し、彼自身の眼からもそのような躓きを見えなくした。その最後のライフ・ワーク『本居宣長』にしてからが、その躓きの場面をそっくり削除することで雑誌連載時のダイナミクスを失ってしまっていることについては、国文学者桑野（百川）敬仁の指摘があるが、[註2]小林は、「私小説論」においても、実は書誌に明記されているように一度ではなく、二度、加筆訂正を施しており、[註3]そのうち論旨に直接影響するものを取りあげれば、そのほとんどがこの彼の躓きにかかわっている。即ち、彼はこの躓きの個所に手を加えるが、それはその躓きによる論旨の乱れを再検討し、論旨を精緻にするためではなかった。逆に、その個所を削除することで、いわば見かけの論旨の明晰を救うということが、そこでなされたことだったのである。

先に見た「社会化した私」について、彼は後年、自分は「昔、私の社会化などという言葉を使ってたいへん誤解されたけれども」、そういうところに正宗白鳥の「私」はない。「『私』は『私』を超越する。社会を超越する」という意味のことを正宗白鳥に関する対談（「白鳥の精神」河上徹太郎との対談、一九六三年一月）の中で述べている。つまり、「私の社会化」として世に流布した考えは自分の真意ではなかった、という。しかし、その「誤解」の責任の一半は、中村光夫をはじめとする読み手側の誤読にあったというより、そのような見かけの理解を放置し、いわば志賀直哉、正宗白鳥といった優れた私小説家の「私」とジイドの「私」の間の距離を自ら構造的に明らかにする努力を放棄し、その努力と模索の痕跡さえ後には消した小林自身に、やはり、帰せられるのである。

彼が一九五一年九月、第一回目の加筆訂正で削った第一章末尾近くの個所に、次のような文章がある。

小林は書いている。

モオパッサンが、時代精神の上に自分の身が死ぬのを経験した様に、わが国の私小説家等は、実生活のうちに、「私」が死に、作品の上に「私」の再生する事を希った。私生活を描いて名品を創つた人達はみな、モオパッサンがその社会的我を思想の上で殺した様に、彼等の個人的我を私生活の上で殺したのである。これが私小説が心境小説に通ずる所以であり、私小説論とは当時の文人の純粋な小説論だと言つた意味もそこに由来する。

（「私小説論」一九三五年初出形）

ここで小林が述べようとしているのは、小林自身よく気づいていなかったかも知れないにせよ、一言でいって、なぜ自分が、ジイド、フローベールら西欧の小説と日本の私小説の双方に、ひかれるか、ということである。彼は、かつてランボーにせきたてられるようにして一人の女性との極端な同棲生活に自分の文学的な夢を賭けたが、それに破綻した折り、走った先は以前から私淑していた私小説家、志賀直哉の許だった。小林における「新しさ」を象徴的に体現するのが、ランボーだとすれば、その「古さ」を象徴的に代表するのは、志賀直哉であり、「私小説論」を書いていた折り、彼を動かしていたのは間違いなく、この全く相反する二つのものに同時にひかれる自分というものへの「不思議さ」の感情だったと、考えられるのである。

そもそも、小林が「私小説」に関心を抱くようになったのはなぜだっただろうか。彼が日本の私小説に、はじめて、この種の深い関心を示すのは、「私小説論」に約一年半先立って書かれる一九三三年十月の「私小説について」においてである。その関心のきっかけを提供しているのが、この小文に取りあげられた前月発表になる宇野浩二の「私小説私見」という文章だったことは、疑いがない。

小林はこの宇野の文章に触れて、こう書いている。

「文藝首都」（九月号）の宇野浩二氏の「私小説私見」によると、日本の近代小説の主流は今日まで所謂「私小説」にあり、明治末期から昭和の今日に至るまで傑作は「私小説」の側にあるといふ意見である。そして「これは日本だけのもので、また日本の最近代の小説の特徴の一つと思はれるが、よく考へて見ると不思議な現象である」と氏は書いてゐる。「私小説」がわが近代文学の主流であつたといふ意見は間違つてはゐないと思ふが、今日重要な問題は、「よく考へて見ると不思議な現象である」といふ処だけにある。「不思議な現象だ」と今日の日本文学ほど明瞭に自覚した事は嘗てなかつたのである。この自覚が今日新しい作家の正当な戦場だと信ずる。

（「私小説について」一九三三年十月）

小林はここで、日本において「私小説」がこれまでちょうど空気のような存在で、それ自身文学と文学観のすみずみに偏在し、人々に強く働きかけながら、そのようなものとしては意識もされてこなかった事実に眼を向け、そのような「私小説」という存在は「不思議だ」という宇野の自覚に、「今日新しい作家の正当な戦場」はある、と言うのだが、彼が宇野の言葉にこれ程動かされているのは、疑いなく、そこに彼の虚を衝くものがあったからである。

彼は、宇野はいわば「私小説」の日本近代文学における主導性を明らかにしたが、「今日重要」なのは、自分達が、そのことにようやく気づいて「よく考へて見ると不思議な現象だ」と自覚した点、つまり、自分達にいわば「私小説」の制度性ともいうべきものが明らかになった点だと考える。宇野の指摘が小林に強く働きかけるのは、その「私小説」の主導性の指摘が、小林に、「私小説」の制度性という問題にたいして、眼を開かせるきっかけとなっているからである。

しかし、この「よく考へて見ると不思議な現象だ」という指摘、その制度性の問題によって「私小説」が小林の関心をとらえるのは、なぜだろうか。

「私小説について」を書いた三ケ月後、小林は再び「文学界の混乱」と題する文章で「私小説」に言及する。これは、マルクス主義思想の導入によって生じた「文学界」の混乱を、「批評」と「小説」についてそれぞれ観察して問題点を述べたものだが、「批評について」と「私小説について」と二つに分かれた文章中、前者末尾近く、ちょうど「批評の困難」と「私小説」への関心をつなぐような位置に置かれるのは、次のような感想である。曰く、「恐らく批評界の混乱は、一層烈しいものとなるだらう。己れの外部にしか戦ふべき敵を感じなかつた批評家等にも、やがて身内の様々な敵を処理しなければならぬ様な時が来るだらう」（「文学界の混乱」一九三四年一月）。

ところで、ここにいう「身内の様々な敵」とは何か。ぼくの考えをいえば「私小説」こそ、宇野浩二によって示唆を与えられたその制度性への着眼をつうじてこれまで「己れの外部にしか戦ふべき敵を感じなかつた」小林自身にはじめて発見された、「身内の様々な敵」のうちの最大のもの、あの、「よく考へて見ると不思議だ」というかつてない自覚をつうじて小林に発見された、自分に「正当な戦場」、彼自身の「身内」の敵だったのである。

彼は「私小説論」では、ここのところをやはり宇野の文章に引かれていた久米正雄の「私小説」擁護の一文に触れて、こう語っている。

久米氏の意見の当否は別としても、率直な氏の言葉は一つの抜き差しならぬ事実を語つてゐる。それは、西洋一流小説が通俗読み物に見えて来たといふまさしくさういふ点まで、わが国の自然主義小説は爛熟したといふ事で、このわが国の私小説が遭遇した特殊な運命を、この私小説論議者が思ひめぐらさなかつた事は仕方がなかつたとしても、今日広い視野を開拓したと自信する批評家達が、何故かういふ大切な点を見逃してゐるのであらうか。見逃してゐるから、今時私小説論でもあるまいといふ無意味な表情をしてゐるのである。わが国の近代文学史には、かういふ特殊な穴が方々にあいてゐる。僕等は批評方法について、西洋から既にいやといふほど学んだのだ。方法的論議から離れて、さういふ穴に狙ひをつけて引金を引くべき時がもうそろそろ来てゐる様に思はれる。

（「私小説論」）

先の「身内の敵」への言及から一年余りを経て文脈はだいぶ〝一般化〟されているとはいうものの、彼がいうのは、やはり「私小説」の問題が自分達の「身内の様々な敵」のうち、最大のものの一つだということである。日本の自然主義小説が、ドストエフスキーを通俗読み物視するように成熟してきたというのは、特殊なことではないだろうか。しかも、その特殊なことが特殊なことと自覚されず、ずいぶんと長い間、あたかもそれが自然であるかのように余り「不思議」でなく感じられてきたというのは、それ以上に特異で不思議なことというべきではないだろうか。これが「大切な点」だということ、そのことをまず多くの批評家は「見逃してゐる」。「見逃してゐるから、今時私小説論でもあるまいといふ無意味な表情をしてゐる」のだ。

小林は、これに続けて日本の近代文学史の「方々にあいてゐる」こうした「特殊な穴」に狙いをつけて引金を引く時期が、もうそろそろ来ているのではないか、と述べるのだが、ぼくの考えをいえば、ここにいう日本の近代文学史の「方々にあいてゐる」「特殊な穴」と、一年余り前に言われた、それまで「己れの外部にしか戦ふべき敵を感じなかった」批評家の内部の「方々にあいてゐる」「特殊な穴」即ち彼らの「身内の様々な敵」との間には、隔たりがある。それらは同じではない。日本近代文学史の方々にあいている「特殊な穴」の一つとしての「私小説」の問題は、日本近代文学及び近代の文学者の特殊な事情によって説明され、それは、前章に見たように、「私」の社会化の有無、日常経験への反抗の有無、封建的遺制の強度の彼我の違い等として語られた。しかし、小林の「身内の様々な敵」、彼の内部の「方々にあいてゐる」「特殊な穴」の一つとしての「私小説」の問題は、一言でいうなら、一方でジイドの個人主義文学にひかれる自分が、なぜ同時に、他方で志賀直哉の「私小説」にひかれるのか、さらに、その不思議な事態に、なぜ自分はこれまで長い間、気づき、訝ることさえなかったのか、という問いに要約され、それに答えることは、彼における「新しさ」と「古さ」の共存ともいうべき事態を直視して、その差し出している困難を構造的にとらえ、他方、「私小説」の制度性、制度としての

「私小説」批判ともいうべきものを、それとして展開する作業を、新しく必要とする筈だったからである。

おそらく小林は、「私小説論」を執筆した時にこの二つのモチーフの間の隔たり、つまり自分は同じではない二つのモチーフをもって「私小説」について考えようとしているということに、十分に自覚的ではなかった。その二つのモチーフを架橋するために、どのような作業が必要か、ということを、十分には考えなかった。小林の論旨の乱れは、一つには、前章で触れた、「私」の社会化の二重の意味を十分にとらえきれていない点から来るが、もう一つには、この異種のモチーフの混在から来る。先の小林の削除個所は、まさしくこのモチーフ上の混乱を物語っていたのである。

そこで彼がいうのは、時代精神と実生活、「社会的我」と「個人的我」という違いこそあれ、モーパッサン、フローベールと志賀直哉ら私小説の名人とは、「私」の征服という一点で、共通しているということである。

二十四歳のフローベールは、「芸術家たるものは、彼はこの世に生存しなかつた人だと後世に思はせるように身を処さねばならぬ」と日記に記し、四十歳の志賀直哉は、自分にもし法隆寺夢殿の救世観音のような完全な作品が書けるなら、その時その作品に「自分の名など冠せようとは思はない」と書く。両者が共に「己れの作品に作者の名を冠せまい」という覚悟を披瀝しているのは、それぞれ、そのあり方こそ違え、そこで、前代のロマン主義的な「私」が否定されているからである。西欧ではルソーが、日本では田山花袋が、全く違う土壌に立ってロマン主義的な「私」の文学に先鞭をつけたが、フローベールは、文学的なロマンチシズムが紋切型としてしか現われない時代に文学的出発を余儀なくされた逆説的なロマン主義的素質をもった小説家として、モーパッサンと共に、自分の「時代精神の上に」ルソーの「私」が死ぬのを経験し、一方志賀直哉は、ロマン主義的な自己像を抱えて文学的出発を果しながら、そこにやはり虚偽と紋切型をかぎとり、「モオパッサンがその社会的我を思想の上で殺した様に」その「個人的我」いいかえれば田山花袋の提示した「私」を「私生活の上で殺」す方向に自分の文学の錬磨を賭けた。彼らは共に、ロマンチックな「私」の像というものに、虚偽のにおいをかぐ。その否定、「私」の征服の上に作品の「私」の再生を願った点で、彼らは共通しているのである。

小林が、こう書くことで、実は、先にあげた二つのモチーフのうちのおそらくは彼自身にさえ明瞭に摑まれていなかった後者のモチーフ、彼自身の「身内の敵」に関わるモチーフにこたえようとしていたことは、疑いがない。つけ加えるなら、彼が「私小説論」をつうじてなぜ、西欧の個人主義小説を、論旨の混乱という犠牲を払ってまで、本来日本の「私小説」にのみ適用すべき「私小説」の名で呼んだかということも、この、二つの相異なるものを共通視したいというモチーフを考慮しないでは、理解されないのである。

自分はなぜ、志賀の「私小説」とジイドの「私小説」という全く相反する二つのものにひかれるのか。それは、彼らの「私小説」が、それぞれの仕方で、ロマン主義的な前代の「私」への否定に立って書かれているからではないのか。

彼らの「私小説」が、共に「私」の征服をモチーフにしているからではないのか。

小林があの削除個所とそれに続く志賀とフローベールの共通点に触れた個所を執筆しながら、そういうことを念頭に置いていたことは、大いに考えられる。

しかし彼は、その個所を十年後には削除してしまう。それに続く志賀とフローベールに関する個所も、もし可能であれば、削ったことだろう。なぜか。

彼が先の個所を削っているのは、単に、そこで「社会的我」とか「個人的我」とかという論述上の足のもつれが目立っているからではない。そうであれば、彼はそれを精確に修正することもできただろう。削除の理由はもっと深いところから来ている。彼は一方で、モーパッサンと志賀は、ロマン的な「私」の征服という一点で共通している、それが、自分が両者にひかれる理由だ、と考えるのだが、他方で、志賀がロマン主義的な「私」として拒否する方向を示す田山花袋の「私」は、そのモーパッサンから、田山が学びとったものだという指摘を行う必要に迫られる。

田山はモーパッサンからロマン主義的な「私」の文学を学びとり、他方、その「私」の対極に自分の「私小説」の理想の方向を見る志賀は、その「私」の征服という一点で、モーパッサンに通じる。

小林は、この三者の一見混みいった関係を解けなかったために、一方のモチーフに立つ主張を取り下げているのではない。田山はモーパッサンに単に手法の提示を見た。田山がそこからロマン主義的な「私」の提示を示唆されたモーパッサンの作品に、明瞭な「私」の死を見る小林に、この点で論旨の混乱はありえないのである。

小林に十分に解けなかったのは、なぜ自分は一方で、相異なる二つのものの共通性を提示したがり、他方で、その厳然たる違いを指摘したがっているか、という、モチーフの混在の意味だった。というより、彼は、彼のなかに二つの相異するモチーフが混在している事実に気づかなかった。気づいていれば、彼のことだ、その二つを直ちに架橋しようと試みたに違いない。彼がその架橋に成功したかどうかはわからないが、ただ、彼は、その事実に気づかず、そうしなかった。彼が行なったのは、十年余り経ち、かつて彼を動かしたうちのより深く、より彼に気づかれにくかったモチーフ、あの自分の中の「様々な敵」に関わるモチーフが消えかかった時、その彼の眼に不要に映る論旨の乱れた個所を、削除し、十年後の彼の眼から見て論旨の整った形に「私小説論」を整序することだったのである。

結局のところ、彼は彼の中における「新しさ」と「古さ」の共存、彼がなぜジイドの「私」にひかれ、同時に志賀の「私」にもひかれるかということの意味、そこにひそむ問題の拡がりを、明るみに出していない。彼に起こったことは、やがてジイドに教えられたドストエフスキーの場所に立った時に、ジイドの「私」が、つまらないものに見え、「自意識といふものが、そもそも余計な勿体ぶつた一種の気分」と思われだした、ということであり、「昔、私の社会化などという言葉を使ってたいへん誤解された」けれども「私」というのは、そのようなものではない、志賀や正宗の「私」は、そもそも「社会」を超越しているのだ、という感慨が、彼のものになったということで、小林においては、問題を解く以前に、いわば問題自体が消滅の憂目を見ているのである。

しかし、ここで一言つけ加えるなら、小林が一九五八年から五年間、苦しい連載を続け、ついには中断し、放棄するベルグソン論（「感想」、一九五八年五月より一九六三年六月まで「新潮」に連載）は、仕事としては、このジイドの「私」、前章の言葉にいう「社会化されえない私」の問題の延長上に位置する。小林におけるジイドの「私小説」と志賀の「私小説」の共存とは、そのまま彼における「社会化されえない私」と「社会化されていない私」の共存である。間にルソーの近代的な「私」を置けば、その「私」の否定という点で、ジイドのいわば後近代的な「私」と志賀の前近代的な「私」は対立項のうちの同一陣営に並ぶ。ロマン主義的な「私」の否定、あるいは「社会化された私」への距離感を指して、「『私』の征服」という曖昧な言葉を用いたため、「私小説論」において両者が近いものと錯覚を許す存在になっているのはそのためである。

しかし、志賀の「私」とジイドの「私」は前近代と後近代が非近代である点、共通していても、その内実は全く異なるばかりか深く対立しているように、深く対立している。その深く対立するものを、そのような自覚のないままに、同一視しうると考えたところに、言葉を変えれば、自分の内部の「新しさ」と「古さ」の共存に引き裂かれるという経験を回避したところに、小林の「私小説論」の論旨の曖昧さと不徹底性は、ひそむのである。

2 「私小説」という制度

これは、彼が最後まで自分で追求したことではないが、もし、「私小説論」が、より明確に彼の一九三三年十月、一九三四年一月に表明された、自分の「身内の敵」をそれとして「処理」するモチーフに立って書かれていた場合、そこに現われることになった問題とは、どのようなものだっただろうか。

その一つは、いま述べた彼自身の「身内」の「新しさ」と「古さ」の共存の構造を、明らかにすることだったろうが、そのもう一つは、先の「身内の様々な敵」に触れた個所に戻れば、彼がランボー、志賀直哉という相反する二つのものにひかれながら、そのことの奇妙さに気づかなかった、という点に関わる。おそらく、宇野浩二の、「よく考へて見ると不思議な現象である」という私小説隆盛の事実への感想に会って、小林が虚を衝かれたのは、彼自身、そう言われるまで、そのことを不思議に思わなかったからである。自分は、なぜこの奇妙な事実に気づかなかったのか。ここに顔を出しているのは、どのような問題か。

ぼくの考えを繰り返せば、ここで彼は「私小説」の制度性の問題にぶつかっている。「私小説」の制度性の問題とは、次のようなことである。

小林が初期に試みた小説は、白樺派、特に志賀直哉の影響を受けた、一人称的（?）な小説だった。彼の残した小説習作のうち、三人称「彼」で書かれた処女作「蛸の自殺」も、主人公「彼」と話者、書き手の距離に眼をやるなら「作家が自分を、最も直截にさらけ出した」（久米正雄）「私小説」の範疇に入るものである。あとの「一ッの脳髄」、「飴」、「ポンキンの笑ひ」の三作は、共に一人称「私」で書かれている。

小林は、「日本の近代小説の主流は今日まで所謂『私小説』にあり、明治末期から昭和の今日に至るまで傑作は『私小説』の側にある」という指摘に続いて、しかも「これは日本だけのもので、また日本の最近代の小説の特徴の一つと思はれるが、よく考へて見ると不思議な現象である」という宇野の一文に接して、かつての自分のことを思い返さなかっただろうか。自分の書こうとしたものは、よく考えてみれば全て志賀直哉の「私小説」にお手本を置いた「私小説」にすぎなかった。しかもその時自分はそれを、「私小説」とみなして書いていたのではない。つまり「私小説」を書こうとして、当時の習作を試みていたのではない。自分は、「小説」を書こうとしていた。しかもその「小説」は、──頭では別の「小説」が厳然と存在するとわかっていたにもかかわらず──今の眼から振り返ると、「わが国の近代文学史」の「方々にあい」た「特殊な穴」の一つたる「私小説」にほかならなかったのである、と。

たしかに彼は、ランボーに出会ってそれまでの小説習作の場所から根こそぎにされ、詩作さえ、禁じられて、ランボーに与えられた「夢」から投げだされた時「小説」はとても彼の表現したい何かを盛るに足る器とは思われなかった。

しかし、実をいえば彼は「小説」を本当に試みたことはなかったというべきではないのか。なぜなら、その当時、彼が──彼の手が──「小説」と思いみなし、書こうとしていたものは、小説というよりは「私小説」というもの、「小説」の中の一変種にすぎなかったからである。

小林は、「自意識」の問題にがんじがらめになって小説を試みるが、厳密にいうなら彼は、新しい自意識の小説、たとえばヴァレリイの『テスト氏』のような小説を試みて、あの眼高手低という問題、「手」が「頭」の高さについていけない、という問題のために、めざす小説を実現できずに、小説を放棄するにいたったというのではなかった。

彼は何より、志賀直哉にお手本を置くような「私小説」をめざし、それを書くことができたが、いってみるなら別種の「『私』の小説」をめざすことができなかったばかりに、ランボーとの出会いをきっかけとして、以後小説を離れたのである。彼にあきたらなかったのは、彼の小説の出来でも、能力でもなく、彼のめざす「小説」そのものだった。ランボーに震憾された眼に「小説」は彼の表現意欲に見合う表現の器とは思われなかった。しかしその時、彼の前に「小説」として現われていたもの、それは実は「私小説」にすぎなかったのではないだろうか。

「私小説」の制度性とは、それが、無意識裡に日本の近代文学のなかで「小説」を僭称していたということである。小林が批評家となって数年後、批評という表現形式にあきたらず、『テスト氏』の翻訳のかたわら、「おふえりや遺文」（一九三一年）、「Xへの手紙」（一九三二年）を試みたことはよく知られている。大岡昇平によれば彼はそれらを「小説」として書く。ただ「文壇」はそれらを「理解しなかった。右からも左からも罵声が聞えただけで、批評家小林秀雄を小説家と受け入れることを拒否した。以来小林さんは『小説』を書こうとはしない。『小説の問題』を構造的に考え、『私小説論』で批評に文学史的観点を加えることによって、当代の日本文学と付合う道を考えはじめる」。（大岡昇平、新潮社版『小林秀雄全集』第二巻解説、一九六八年）

この「Xへの手紙」を「これまでの私小説が作者の生活の私小説であったに反して、精神の私小説といった観を呈」した、「小説という形式の特質をまったく無視して書かれた小説」と呼んだのは、中村光夫だが（筑摩書房版「現代文学大系第四十二巻、小林秀雄集」後記「人と文学」、一九六五年）、「私小説論」は、小林自身が意識していたかどうかは知らず、いわば制度としての「私小説」批判をそのモチーフの底に秘めた彼の「純粋小説批判」だったのである。（註4）

この小林の、彼自身にさえ十分に意識されていたとはいえないモチーフの二重性から来る論旨の乱れは、「私小説論」の二度にわたる加筆訂正の作業により、「整地」され、姿を消す。小林が二度にわたって初出時の本文に加筆訂正したことは、先に触れたが、この訂正削除個所から逆に、ぼく達は、これまで取りあげた二点で小林が論述上の困難にぶつかり、足をもつれさせていたことをもういちど確認するのである。即ち、小林は第一に、ルソーは「社会化した私」を提示したが、その「私」の社会化がある時点で人間内面への「社会」の浸透とそこでの僭主化、というように意味を逆転させ、その「社会」の僭主化への反抗として今度はジイドらの「個人主義文学」の運動が生じてくるという推移を、十分に構造的に明るみに出すことができなかった。そこから、あの「社会化した私」の、意味の二重性に関する中村光夫以来の誤読は来る。また、第二に、彼は自分の「私小説」への関心が、日本の近代文学の特殊性への関心であると同時に自分の内部の「方々にあいた「特殊な穴」への覚醒に立つ関心でもあることを、なかば意識しながら、「私小説論」においてその「身内の敵」——彼における「新しさ」と「古さ」の共存——を十分に明らかにすることができなかった。彼自身による「私小説論」の誤読、執筆当時彼が何から動かされていたか、ということの後年の彼の忘却は、その直接の帰結の一つである。

後者に関わる削除については、先に引いたが、前者に関し、一個所あげれば、彼は前章で引用した「個人性と社会性との各々に相対的な量を規定する変換式の如きもの」に触れた個所を、こう書いていた。

二度の加筆訂正は、一九五一年十月の創元文庫版『私小説論』上梓時と、五年後、一九五六年八月の新潮社版『小林秀雄全集』第三巻（「私小説論」を収録）上梓時になされているが、以下、傍線部分が、一九五一年にそっくり削除され、波線部分が、五年後にさらに削除訂正を受けた部分であって、この二度にわたる削除訂正の結果としてこの個所はいまぼく達の眼に触れるようなものとなっているのである。(1)は一九三五年に書かれた初出形、(2)は、一九五六年の二度目の修正の該当個所の現在の形である。(（1)全文の現在の形は前章三九頁の引用文を参照)

(1)　わが国の私小説家達が私を信じ私生活を信じて何の不安も感じなかつたのは、私の世界がそのまゝ社会の姿だつたからである、私の封建的残滓と社会の封建的残滓との微妙な一致の上に私小説は爛熟して行つたのである。ジイドが「私」の像に憑かれた時に置かれた立場は全く違つてゐる。過去にルウソオを持ち、ゾラを持つた彼には、誇張された告白によつて社会と対決する仕事は不可能だつたし、社会に於ける

「私」の位置を度外視して自意識の点検は無意味であつた。己れを告白する事も、他人を描くことも進んで出来なかつたところに彼の実験室は設けられたのであつて、彼は「私」の姿に憑かれたといふより「私」の問題に憑かれたのだ。個人の位置、個性の問題が彼の仕事の土台であつた。言はば個人性と社会性との各々に相対的な量を規定する変換式の如きもの、発見が、彼の実験室内の仕事となつたのである。

以上の様な言葉は、や、誇張に過ぎる嫌ひもあると思ふが、前に述べた、ジイド等が新しい人間性の建設を夢みて、「私」を研究して誤らなかつたのは彼の「私」がその時既に充分に社会化した「私」だつたからだといふ言葉で言ひたかつた意味は以上の様な事情を指したのであつて、かういふ困難を執拗に征服して行つたところに、彼が現代知識人の所謂不安の文学の典型的なものを創り上げた所以がある。

（作品社版『私小説論』一六九—一七一頁）

右の文中、波線で示した個所を一九五六年さらに削除修正した結果、該当個所は次のように変わった。

(2) 過去にルッソオを持ち、ゾラを持つた彼には、誇張された告白によつて社会と対決する仕事に《ママ》も、「私」を度外視して社会を描く仕事に《ママ》も不満だつたからである。彼の自意識の実験室はさういふ処に設けられたのであつて、彼は「私」の姿に憑かれたといふより「私」の問題に憑かれたのだ。

先にジイドが、ゾラを過去に持ったことの意味は、そのためジイドに「社会に於ける『私』の位置を度外視して自意識の点検は無意味」になった、と語られたのが、ここではその同じことの意味が、そのためジイドに「『私』を度外視して社会を描く仕事」が不満に感じられた、というように改められている。

先に小林が言おうとしたのは、このようなことである。つまり、自分は第一章で「ジイド等が新しい人間性の建設を夢みて、『私』を研究して誤らなかったのは彼の『私』がその時既に充分に社会化した『私』だったからだ」というような意味のことを述べた。そこにいう「彼の『私』がその時既に充分に社会化した『私』だった」という意味は、これを言いかえれば、その時彼に「社会に於ける『私』の位置を度外視して自意識の点検は無意味」だった、ということである。「過去にルウソオを持ち、ゾラを持つた」ジイドにとって「自意識の点検」即ち「私」の検証とはそのまま「社会における『私』の位置」の検証を意味した。「私」は「社会」に対立するものではなく、ここでは「社会」の中に位置し、「社会」に浸透、侵蝕される、いわば包み包まれる関係にあるものとしてとらえられるのである。

しかし、改竄された文章の意味は、ジイドはゾラが「『私』を度外視して社会を描」こうとしたことに、不満を覚え、反対した、というものであり、ゾラの文学的営為の意味も、ジイドのそれも、いわばルソーの立場から「ロマン主義的」に平板に解されてしまっている。ここにはジイドが過去にルソーを持ったことの意味は現われていても、彼が、過去にゾラ、そしてフローベールを持ったことの意味は、脱落しているのである。

ここに抜け落ちているのは、文字通り、ゾラ、フローベールの時期における、啓蒙主義から実証主義へとその意味を反転させていく「私の社会化」の意味の逆転への注視である。

小林の初出形での文章は、何とかそれを語ろうとしていた。「言はば個人性と社会性との各々に相対的な量を規定する変換式の如きもの、発見」という晦渋な表現は、その「私の社会化」の二重性を何とかとらえようとしていたのである。

彼が削除したのは、まさしくそのような個所――『本居宣長』の場合と同様、「思索は解くべからざる設問に直面し、テーマは殆んど立論の底を破り露頭せんばかり」(前出百川文、註2(二四二頁)参照)の――〝暗中模索〟の現場にほかならなかった。

「私小説論」の「個人」と「社会」をめぐる変換式は、この削除によって、いわば二次方程式から一次方程式へと下落し、これによって、「私小説論」は、見かけ上の「わかりやすさ」を増す一方、その本来のモチーフを自ら否定するにいたるのである。

梶井と中原にこれから見ようとする「新しさ」と「古さ」の共存という事態は、別に小林を例外としていたのではない。小林もまた、一方で志賀直哉にひかれ、他方でランボーにひかれるという自分で統御できない矛盾を生きたという点、ほかの文学者に変らなかった。ただ彼は、その矛盾を取りだし、彼の内部の「新しさ」と「古さ」に引き裂かれるところに彼の表現の問題を置かなかった。また彼の思想の問題を置かなかった。

これはまた、彼の批評が彼のそのような困難の回避を、受けいれたということである。ここに顔をだしているのは、批評の問題だろうか。それとも、小林の問題だろうか。いずれにせよ、そのようなものとして、それがぼく達の問題をなしていることを、否定できない。

3 梶井基次郎——玩物喪志の道

1 「白樺派流」の意味

梶井基次郎の「新しさ」は、どこにあるだろうか。

秋山は、梶井がその現代文学に通じる「新しい」小説を書きながら、一方その小説、文学、芸術に関する考え方がいかにも「古い」点にぼく達の注意を喚起したが、もし梶井にいつまでも古びない「新しさ」があるとすれば、それは彼の小説の「新しさ」に基づくのではない。彼が、あのようにも「古い」、紋切型の世界観、人生観、芸術観にとらわれながら、にもかかわらず「新しい」小説を産みだしてしまった点に、彼の「新しさ」は基づくというべきなのである。

そもそも、彼の芸術観、人生観の「古さ」としてここで語られているものとは、どのようなものだったか。まず、順序として、彼の芸術観、世界観がどのように「古い」、「一世代以前の」、また、そのようなものとして「白樺派流」のものだったかを、見ておく。たとえば、一九二〇年、十九歳の日記の次のようなくだり。

何を為すべきか。
一、及第せざるべからず、
二、常に哲学的考察をおこたるべからず、
三、冗費をなすべからず、
四、健康を増進せざるべからず、
五、風采に拘泥すべからず、
六、軽薄なる言辞を喋々すべからず、
七、常に正義なるべし、誠実なるべし、
八、我が癖をなほすべし、
　曰く、自堕落、
曰く、他人の意志に迎合すること、

（日記、第一帖、一九二〇年）

同じく、

孤独《アインザムカイト》だ、自分の道を唯一本調子に、傍目もふらずに、他人にわずらはされずに、
宇賀を他人といふのか、畠田もか、中出もか、悲しいことだ、
中出は俺を見棄てたのか、
みな俺を離れてしまふ、
友情とは？ 俺は疑ふ、自身を高める為には他のもの、気を顧る必要はない、
考へて見ると友情といふものは空しいものらしい、
わからん、わからん、　（同前）

翌一九二一年、二〇歳の日記にはこのような述懐も見える。

俺ノ新シイ生活ガ開ケタ、コノ生活ガ俺ヲモツト強イモノタラシメ、俺ヲモツト偉イモノタラシメルノニ、コレマデノ生活トハ比ベモノニナラナイ程益《ママ》〔役〕立ツコトヲ俺ハ期待スル、（略）要スルニ俺ハ根本的ニ考ヘテ見ナケレバナラナイ、如何ニシテ強ク偉クナラウカ、俺ハ武者小路ノ様ナ態度ノ中核ヲ与ヘテ呉レルモノヲ見出サナケレバ、俺ガ百ノ小説ヲ作リ千ノ戯曲ヲ造ツテモ何ニモナラナイ、

独自ノ途ヲ歩ム、トイフコトニ俺ハ大ナル力ト大ナル望ミヲ感ズル、
(日記、第一帖、一九二一年)

同じ年の五月に梶井は、「自我を統一する事が俺の仕事である、/善の標準を定めよ、/連日の飲酒に我が魂は萎えたり、/目覚めよ、我魂!」と文字通り「白樺派流」の心情吐露を日記に試みる。(日記、第一帖、一九二一年五月十一日)その数ケ月後の日記の言葉は、内容だけではなく、文体ごと「白樺派流」である。

自分の個性を生かし抜いて其処に安住の地を見出すことが、自分を優越に導く最善の方法だらうと思ふ。/然し自分は、自分が若し甲に適さないであらうとも、その甲をある程度迄は成長せしめうると思ふ、そしてこれが自分に適さないからと云つて捨てゝ失舞《ママ》ふのは残り惜しい気がする。/然しその甲にかゝず《ママ》らわ《ママ》つてゐると肝心のものを生かし切れない。/この様なデイレンマが今の自分を支配してゐる様な気がする、
(日記、第二帖、一九二一年十月十五日、傍点引用者)

ここまで来ると、もうほとんど「白樺派流」というよりは、白樺派特に武者小路実篤の口写し、という感が深いが、この時期の彼の日記と書簡によく現われるのは、武者小路、

志賀であり、また、倉田百三、賀川豊彦であって、それらの人名と影響が彼の日記に現われるみちすじに、おそらく彼固有のものは、ないのである。これら当時の青年に影響を与えたと覚しい大正期の「人道主義」知識人の動向を見ると、阿部次郎の『三太郎の日記』が上梓されるのが、一九一四年、また、一九一六年に『出家とその弟子』を発表した倉田百三が『愛と認識との出発』で「旧制高校の青年を熱狂させ」(奥野健男『日本文学史』)るのが、これらの梶井の言葉の書かれるのとほぼ同時期の一九二一年である。その前年、一九二〇年には、やはり当時の青年にその理想主義的な社会活動で大きな影響を与えた賀川豊彦の『死線を越へて』が発表され、同年、一九二一年一月には、当時の文学青年にとって偶像的存在だった志賀の『暗夜行路』前篇が発表されはじめる。この志賀の代表作が単行本として翌年七月上梓されると、梶井は早速これを求めているが、当時の雰囲気を示す一例としてあげれば、梶井と同年(一九〇一年)生れの富永太郎は、ほぼ同じ頃これを求め、その感想を、やはり次のように――程度の差こそあれ、「白樺派流」で――友人に書き送っている。

今日「暗夜行路」を買つた。百頁ほど読んだ。やつぱりすてきだ。しかしなぜか雑誌で読んだときほど来ない。もう少しよんで行つたらいゝんだらうと思ふ。以前よんで気のつかなかつた小さなアラ(僕から見て)が目についたりする。あんまりかたくなつ

てよんだんだらう。　（富永太郎「書簡」正岡忠三郎宛、一九二二年八月二十二日）

右に引いたもののほかにも、「自分は自我といふものを知つてゐる。それは自己の主張である。それは自主であると云ひうる」、「自分の信仰はこの自我の意識を根底とする」（日記、第二帖、一九二二年二月十三日）とか、「此頃は自分は何一つ責任を持って云へる様なことはない様な気持ちである」、「一体これがどうなるのかわからない、本当に虚無へ転ぶか信仰へ転ぶかわからない」（書簡、一九二三年二月一〇日付）とか、「白樺派流」の梶井の人生観、芸術観の吐露の例には事欠かない。しかし、この「白樺派流」は、こうして見るなら、秋山のいうように「一世代以前」の、「古めかしい」芸術観、人生観というよりは、当時流行の紋切型として、梶井に摑まれていたというべきである。むしろ、秋山が梶井の比較の対象とした小林や中原、富永が、同世代人に「一世代分」先んじた少数者だったので、梶井の「白樺派流」の、いまの眼から見ての「古さ」の意味は、同世代者より「遅れて」いたことにあるというより、同世代人同様、当時の世界観、芸術観の「紋切型」にとらえられていたこと、つまり、彼の踏襲した「白樺派流」が、当時にあって人生把握、世界把握、芸術把握の仕方の「紋切型」にほかならなかったことにこそあると、思われるのである。

敗戦時の少年として私は当時、梶井の小説を読み、中也の詩を読み、それぞれ面白かった。しかし、やがて梶井の小説は、私の手の中から消えてしまった。私は『若き詩人の手紙』を読んで、呆っ気に取られたのである――これは古めかしい、まるで大正期の芸術家の像じゃないか、なんと暇なことを言っているのだろう?

（秋山駿「梶井基次郎の場合」）

当時「古く」なかったものが、いま、秋山の眼から見て「呆っ気に取られ」る程古めかしく見えるのは、それが時代の束縛を越える力をもっていないから、つまりかつて新しくやがて古びる「一世を風靡した」流行思潮の「紋切型」を、それが免れていなかったからである。秋山の経験は、時代の紋切型を越えた場所で書かれた小説によって梶井を知った読者が、その芸術観の紋切型ぶりに触れて「呆っ気に取られ」るという型を示している。「若き詩人の手紙」などというたしかにいささか気羞しい題名のつけ方から推して、編者淀野隆三の戦後における梶井紹介の姿勢が、その梶井の芸術観のつまらなさ、紋切型ぶりを強調する結果になっていることも否めない。いずれにしても、ここから見えてくるのは、梶井の小説の「新しさ」あるいは新鮮さと、その小説執筆をささえたはずの芸術観の「古めかしさ」つまり「紋切型」ぶりの、奇妙な対照ということになる。

やってくるのは次のような疑問である。即ち、このようにも「古めかしい」紋切型の芸術観を抱いて、梶井はなぜ、また、どのように、「檸檬」以降の「新しい」小説を書くことができたのか。

そこに顔を出しているのは、どのような問題か。

まず、梶井はあのようにも「紋切型」の芸術観を抱いて、なぜ、「檸檬」のような全く「新しい」小説を書くことができたのだろうか。

ここで梶井の芸術観、世界観の「紋切型」と呼ぶものは、たとえば、秋山がこのように語るものである。

要約しておこう。梶井の手紙が示す、自己の「芸術家の像」との関係は、白樺派以後の私小説家が示す、大正期の芸術の理念、と考えていい。川端康成を敬愛しているところなどに、その気分が露骨に現われている。

小林秀雄の世代が破壊したのは、自己と自分の敬愛する芸術家の像との間の、「素直な関係」といったものである。（略）

梶井が自己演技の結果あらわした「芸術家の像」とは、つまり、いわゆる世間の思う芸術家の像である。彼は、その像を獲得しようとし、その努力の折り折りの成果を、手紙で他人に報告した。

つまり、梶井の手紙は、すでに出来上っている「芸術家の像」を模倣し、自己演技によってそれを習得することが、すなわち一つの芸術であると考えられるような場所（略）に、彼がいたことを示している。（同前）

秋山のいうところをぼくなりに言い直せば、梶井にとって小説を書くということは、すでに出来上っている「小説」というものを、彼もまた書いてみる、ということを意味した。彼は日記に、小説の創作ノートめいた言葉を書き残しており、「檸檬」以前の習作の一つにとりかかろうとして「第一のテーマは浩二式な……面白い筋で運ぶこと」とか、「第二のテーマは全然スタイルを変へた、浄い感じのする百三か直哉の様に書くこと」とかと記している。ここにいわれる浩二、百三、直哉がそれぞれ宇野浩二、倉田百三、志賀直哉を指していることはいうまでもない。彼にとって小説を書くとは、何よりもたとえば志賀直哉のような小説を書く、ということ、また世界を見るとは、白樺派のように世界を見る、という以外のことではなかったのである。

先に述べたように、小林秀雄の世代、ならぬ小林秀雄の周辺の例外的な少数者がその同世代者に数歩先んじる形で、破壊したのは、この既存の世界の見方、世界への対し方にほかならなかった。彼らは、自分の身体にまず訊いた。小林がランボーを発見して衝撃を受けた時、彼にその理由が呑みこめたわけはない。彼はただ、ほとんど未知の異国の詩人の言葉にガツンとやられた。その身体的な体感だけは、誰が、何といおうと、信じる、それを言い表わす言葉がないなら、その言葉を作ってみせる、というところから彼らははじめたのである。

この点、梶井は、全く違っている。彼の白樺派理解には、どのような苛立ちの痕跡も見られない。彼は、それら先行する「芸術家」や世間に通用している「芸術家の像」を全面的に信仰し、少しでもその像に自分を近づけようと努め、商家の出である自分の出自を、「町人根性」というような言葉で恥と受けとめ、その引け目の裏返しの表現として「偉大なもの」や「天才」を渇望する。彼は、自分の身体に耳を傾けることなくもっぱら彼の頭の読み、知ることを上位に置いた。しかも彼の頭は、ほぼ完全に世の「いかに生きるか」という「紋切型」を踏襲した、あの「自我」と「世界」の関係式の図式にとらえられていたのである。

2　モノへの自由——「白樺派流」と「町人根性」

梶井が「檸檬」のような「新しい」——それまでにない——小説をなぜ書くことになるか、という問いにたいする答えは、別のところからくる。彼の「頭」を問題にすれば、彼の世界理解、芸術理解に世の凡庸な文学青年を抜きんでるところは、ほとんどない。梶井を彼の他の凡庸な「白樺派流」の文学青年から隔てるのは、彼の「頭」の新しさではない、その「身体」の新しさ、なのである。
彼をよく知る友人、中谷孝雄はこう書いている。

思ふに梶井の文学は、われわれの世代の誰のよりも西欧近代的であるが、それは梶井が単に文学を通してだけではなく、音楽や美術を通して西欧を学んでゐるからである。殊に音楽や美術はぢかに感覚に訴へるものであり、人一倍感覚の鋭敏だつた梶井は、それを直接肌で吸収したのであつた。それに梶井は理科の生徒であり、ともかくも近代科学を勉強したことであるから、そのことも彼の文学に影響するところがあつたに違ひないのである。われわれの世代の作家で、西欧を学ばなかつた者はないが、彼のやうにあらゆる方面からそれを学び、吸収した者は他に見当らないのである。

(『梶井基次郎』)

梶井がヴァイオリンをいじり、オペラの楽譜を手に朗唱を試み、名高いヴァイオリニストの演奏会に出かけ、そのヴァイオリニストと握手して感激する音楽青年だったところは、たとえば小林秀雄の年少時のマンドリン愛好や音楽好きを思いださせるし、また彼が年長の友人に影響されて絵画に没頭し、ポール・セザンヌをもじって「瀬山極」という筆名まで用意したあたりは、富永太郎の絵画制作を連想させる。しかし梶井の西欧文化摂取のあり方は、大きくいって二つの点で、小林、富永達のそれと異質なものを含んでいたと思う。第一に、小林、富永にとって、彼らの西欧文化理解の手がかりの最大のものが、やはりランボーに代表される「詩」であり、「文学」であって、音楽や美術は少くとも自分の文学の確立期にあって副次的だったのに対して、梶井の場合、その西欧文化の摂取の最大の手掛り、通路は、文字通り、音楽であり、美術であるほかはなかった。勿論、後にはボードレールが梶井にとってなくてならない西欧の文学者となる。彼は『パリの憂鬱』所収の散文詩の幾篇かを、その英訳からノートに筆写さえしている。しかしそれは彼が自分の文学を確立した後のことで、「檸檬」にいたる習作期、小林と富永らが既にボードレル、ポーに親しみはじめている頃、梶井にとって「文学」とは第一義的に「白樺派の文学」を意味し、その西洋文学者の筆頭は、トルストイ、また、秋山のあげる、「ロダン、ベートーヴェン、マーテルリンク」といった「一世代以前の、白樺派流」のそれだった以上、彼に「文学」による同時代の西欧文化の摂取は望むべくもなかったのである。

即ち、梶井の西欧文化摂取は、「直接肌で吸収する」、その「頭」（＝文学）を介在させない身体性、盲目性にその特徴をもつ。ここからただちに次の第二の違いが現われるが、おそらくこうした梶井の、小林、富永を含めた同世代の西欧派文学者と比べた場合の違いの最大のものは、彼が、というより彼だけが、「檸檬」に登場するあの丸善の舶来香水、鉛筆、ポマード、石鹼に代表される「心をときめかせる」モノたちへの強度の盲目的な

「グッズ・マニア」ぶりを貫いたという点に、逆説的に見出されるのである。

中谷のいうように、彼は「あらゆる方面から」西欧を「学び、吸収した」。『広辞苑』によると、「玩物喪志」とは「珍奇な物を愛玩して大切な志を失うこと」という意味だが、いわば、「大切な志」を失うまでに「珍奇な物を愛玩」すること深く、音楽、美術だけでなく無意味な舶来小物にいたる「あらゆる方面」での西欧文化摂取を通じて梶井ほど「新奇なもの」、「心ときめかせるもの」、また「何かしらなつかしいもの」への直接的、盲目的没頭を示した文学者は梶井の世代にあって、他にいない。梶井はこの「玩物」という「手」の行為によってこそ、「白樺派流」にいう「大切な志」を失い、そのことによって「白樺派流」から自由になるという、まあたらしい可能性の道を示すのである。

「檸檬」は一九二四年十一月に脱稿されるが、その直前に書かれた習作の一つ「太郎と街」はこう書きだされている。


秋は洗ひたての敷布《シーツ》の様に快かつた。太郎は第一の街で夏服を質に入れ、第二の街で牛肉を食つた。微酔して街の上へ出ると正午のドンが鳴つた。

それを振り出しに第三第四の街を歩いた。飛行機が空を飛んでゐた。新鮮な八百屋があつた。魚屋があつた。花屋があつた。菊の匂ひは街へ溢れて来た。

呉服屋があつた。菓子屋があつた。和洋煙草屋があり、罐詰屋があつた。街は美しく、太郎の胸はわくわくした。眼は眼で楽しんだ。耳は耳で楽しんだ。鼻も敏捷な奴で、風が送つて来るものを捕へては貪り食つた。

（「太郎と街」一九二四年）

おそらく、梶井の身体感覚の「新しさ」と「強さ」を最もよく証しだてるのは、彼が「檸檬」以前、「白樺派流」の小説を書こうとして、一度としてその試みに成功しなかったという事実である。このことは、その名づけられない、そもそも梶井自身にさえその意味を知られない身体感覚が、余りに強固であるため、借物の思想にとらえられ、借物の芸術観に占領された「頭」の命じるままに、彼の良しとする「浩二式の」あるいは「百三か直哉の様」な小説を書こうとして、梶井がそれを果せなかったことを意味している。

「檸檬」は一九二四年十一月に脱稿され、同じ年の七月には小林秀雄の小説「一ツの脳髄」が活字になっている。日本の近代文学史に、梶井の「檸檬」以降の作品の類縁を求めて、その最も近いものの一つに、ぼく達は小林の初期小説を見出すことになるが、その小林の初期小説が、本来白樺派流の「小説」の器に盛りきれないものを未経験の筆の強さで一回限りのものとして盛った、危うい達成にほかならなかったという意味のことは、前章にも触れた。ということは、この時小林は、「白樺派流」の小説――後に彼が「私小説」として対象化してみせるもの――を、とにもかくにも自分に書かせおおせた、ということにほかならず、それでも、それに安んじるわけにいかず、もしこれが「小説」なら、自分の〝身体〟の求めるものを「小説」によって満たすことはできない相談だとばかり、彼はこの後、小説自体の放擲という方向に進むのである。

梶井は、小林のように白樺派流の小説に違和感を抱いていたどころではなく、「直哉の様に」書きたいとその模倣をこそ欲した。もし、まがりなりにもその主観的な希望が達成されていれば、ぼく達は一人の――それこそ「時代遅れ」の――白樺派のエピゴーネンを得たかも知れない代りに、梶井という独創的な小説家を見なかっただろう。彼は何度も、自分の放蕩、父母への呵責の念、反省心、自己顕示の欲求、自己欺瞞への自責といった「白樺派」的な命題を自分で実地になぞり、「百三や直哉の様」に自己をさらけだし、しかも「浄らかな感じのする」小説らしい小説を書こうとする。そして失敗しつづける。「太郎と街」という小品は、このような失敗の連続の中で、梶井にどのような盲目的な欲求が芽生えつつあったかを、はっきりと教えるのである。

「太郎は巨大な眼を願望した」。街は彼の前で点描派の絵のような「定まらない絵画」となる。また「太郎は巨大な脚を願望した」。彼は昂奮しながらただ街を歩き回るのである。

この梶井の中で、「白樺派流」の「頭」と、つまり「身体」のない「頭」と、その「頭」から分離し、独立しかかっている「頭」なしの「身体」つまりトルソーとしての身体の共存は、どのように意識されるか。

一九二三年当時の梶井の武者小路観に触れて、前出の中谷孝雄は、またこのようなことを言っている。

ところで「新しき村」の運動は、その根本に農本主義があり、それは又トルストイ晩年の思想に相通ずるものがあつた。（略）ところが梶井は、トルストイや武者小路を熱心に愛読しながら、その農本主義にはつひになんらの関心を示さなかつた。これは彼の出身が大阪の庶民であり、彼のあこがれがひたすら西欧の近代にあつたからであらうが、トルストイを愛読しながらそのトルストイが否定してゐるものばかりが好きだといふことは、梶井としてもやり切れないことだつたらう。彼はよくトルストイのことを「頑固爺さん」などといつてゐたが、そこには愛情と共に拒絶があり、一方で強くトルストイの芸術にひかれながらも、他方ではその強烈な近代否定の思想に辟易してゐたのであらう。（『梶井基次郎』）

梶井の中でトルストイつまり「身体のない頭」と彼の身体感覚つまり「頭から切り離されたトルソー」とは、微妙な乖離として意識される。このような場面でぼくに思い浮ぶのは、あの先の「玩物喪志」というコトバである。

梶井は、紋切型の芸術観に頭を占領されながら、なぜ「檸檬」のような紋切型を脱した、今までにない「新しい」小説を書くことができたのか。玩物喪志。彼は、小林のように「頭」で白樺派流の芸術観に違和感を覚え、やがてそこを離れたのではない。「頭」は白樺派流の芸術観を「大切な志」と信じて疑わないまま、いわば「珍奇な物を愛玩して」その「大切な志」を失うという玩物喪志の回路をつうじて、「古い」——紋切型の——頭をもってなお「新しい」小説を書いたのである。

「玩物喪志」というコトバがよく表わしているように、古来人間が「モノ」にこだわることはよく思われない。しかしおそらく人間に働きかける外界の何か新しい変化は、まず、しばしば新しく現われてきたモノへの好奇心と、眼につかなくなりつつあるモノへの哀惜の心をつうじて人の手に渡るのである。梶井のこのハイカラ好きから新奇なモノへの好奇心をへてやがて「眼」や「脚」の「頭」からの独立、「玩物喪志」にいたるみちすじには、その関西生れ、あるいは商家生れ、ということも関係しているかも知れない。

オ前ハ町人タルコトヲ愧ジナイカ、煙草ヲノム、イクラ決心シテモノム、ソレデ町人根性ヲ肯定シタノト同ジ結果ニナツテハヰナイカ、明朝ノ早起キハ必ズ実行スルべシ、

（日記、第一帖、一九二〇年十二月二日）

ここでは喫煙と早起きが、先の「トルストイが否定しているもの」と「トルストイの農本主義」に遠く対応して、前者は彼自身の出自と結びつけられて、「町人根性」と呼ばれ

るにいたっている。また、

大宅の殉教者的の態度が自分を嚇す、見たところ彼は絵画や音楽に何の趣味をも持たぬらしい。自分は音楽は好きである。然し音楽の天才でなければ、今から音楽を研究し始める(これは時々自分の起す欲望である)ことは何の益にもならない。(略)これから音楽の研究なんぞを始めるのは自分にとつては凡人的の趣味を養ふに過ぎないことになる。元来趣味などは非凡人になる為には贅沢の沙汰である。「自分は音楽に趣味を持つてゐます」。何たる馬鹿げた、忌まわしい言葉なんだらう、全く町人根性だ。

自分の裡の非凡人はかく趣味を捨てよと迫る、自分が此頃近藤さんの刺激でやつとわからうとしてゐる絵画も彫刻も捨てなくちやならない。

(日記、第二帖、一九二一年十月十五日)

これは梶井二十歳の折りの京都での日記の言葉だが、ここでは友人大宅壮一の「殉教者的」な社会運動への没頭の行為が、梶井の中の非凡人志向と結びつき、彼の「白樺派流」の世界観を代表するものとして浮かびあがり、それに対して、彼の音楽や絵画の「趣味」

は、無益で贅沢の沙汰として再び「町人根性」と結びつけられ唾棄すべきものとして語られるのである。

梶井の三高時代の同期にあたる大宅壮一は当時賀川豊彦のキリスト教社会運動の実践活動に献身的に従事していた。この大宅が後年自ら「無思想人宣言」を行い、その「思想」から一人立ちすることによって非凡なジャーナリストになったことは、ぼく達のよく知るところだが、梶井において生じたことも、それにそう違わない。梶井が「檸檬」以降の一群の小説を残した非凡な小説家だとすれば、それは彼の「白樺派流」の非凡人志向、あの凡庸きわまりない非凡人への憧れのせいではなく、その彼に「何たる馬鹿げた、忌まわしい」「町人根性」かと自嘲された、西欧の文物への趣味、それをつうじて培われた身体感覚（感受性）のためだったからである。彼は当初谷崎潤一郎にひかれ、後に、志賀直哉に信従する。その谷崎への親近には彼の「町人根性」、ハイカラ趣味につうじる身体感覚が働いていたかも知れない。そうだとすれば、その志賀直哉への鞍替えが意味しているのは、いわば梶井なりの町人否定、サムライ志向であり、「檸檬」の成立は梶井にとってある自分に固有な身体感覚の回復、あるいは発見、という意味も担っていたのである。

3　トルソーについて

それでは、この彼の「玩物喪志」の過程はどのように、具体的には、生じているか。鈴木貞美は、その梶井論の冒頭に、およそ次のような問いを置いている。梶井の書簡や友人の回想の文章などを読むと、彼の自作「檸檬」に対する評価が、時期をへだてて逆転しているのに気づく。即ち、彼は、一九二四年十一月、「檸檬」脱稿直後には、友人に、

創作といつても短いのを一つ——あまり魂が入つてゐないものを仕上げて此度出す雑誌へ出しました。此度いよいよ雑誌が出るのです。名前は青空。——
（近藤直人宛、一九二四年十一月十二日）

と書き送り、「檸檬」を指して、「あまり魂が入つてゐないもの」と語っていたのに対し、二年半後この同人雑誌が終刊になる頃、別の友人に、もし創作集を出すなら「いつ頃の作品から入れる」かと訊かれると言下に「最初の『檸檬』から」と答えて、その友人、中谷孝雄に強い印象を、与えるからである。

ところで、この評価の逆転は、どこから生じているか。ここで、「作品『檸檬』をめぐって、梶井に一体何が起こっているのか」。(『転位する魂——梶井基次郎』、一九七七年)

この問いを受けて鈴木が提出しているのは、次のような答えである。「檸檬」は、必ずしも梶井のめざした通りの小説ではなかった。彼は「これまでの模索を集約し、ひとつの精神の全体像を立体的に刻もうと腐心した」習作「瀬山の話」の制作に失敗して、かろうじてその中の一断片を独立させた「檸檬」を得ているのにすぎない。「瀬山の話」の「意気込みからみれば、頽廃の生活のなかの一瞬の慰安を定着しただけの作品『檸檬』が、『魂の入らぬもの』に映ったとしても不思議はない」、と。

しかし、そうであれば、この「魂の入らぬもの」が、後に、梶井に自分の文学的出発を画すものとして意識され、創作集の題名にまで選ばれているのは、何故か。鈴木の答えは、梶井が執筆直後なぜ「檸檬」を「魂の入らぬもの」と見たかは説明しても、後年彼がその見方を、どのように、なぜ変えるかには、触れることがない(註5)。

この鈴木の議論から、先の問いだけを受け取ることにすれば、この問いの形が興味深いのは、それが、「檸檬」の、彼における特異な位置、言葉を換えれば、「檸檬」とそれまで彼がめざしてきた「小説」の違いを浮き彫りにすると思われるからである。「檸檬」のいわば母胎となった習作「瀬山の話」を鈴木は「これまでの模索を集約し、ひとつの精神の全体像を立体的に刻もう」とした、可能性を多く含んだ習作と見るが、ぼくの眼にそれは、何よりあの「白樺派流」にとらわれた、借物の思想と借物の小説観のアマルガムと見える。中谷孝雄は、この習作について、これは梶井が雑誌創刊にあたり、第二作として知られる「城のある町にて」の執筆を考えていたところ、「それに着手しようとすると、やはりその前にあつた長い憂鬱時代が反省されてくる。そこで洗ひざらひ京都時代の憂鬱、倦怠、放埒を書き切らうとして」「取りかかつた」ものと述べているが（『梶井基次郎』）、「瀬山の話」は、自分の「内面」の問題を「洗ひざらひ」「書き切らう」とした、これまでの習作の集大成でこそあれ、その意味は、「すでに出来上っている『芸術家の像』を模倣し、自己演技によってそれを習得することが、すなわち一つの芸術であると考えられるような場所」（秋山駿）での試みの〝集大成〟というところに、あったのである。

梶井は、十八歳の頃、京都、四条大橋の上で「肺病になりたい。肺病にならんとええ文学はでけへんぞ」と語ったというが、「瀬山の話」に「洗ひざらひ」彼の「書き切らう」とした「放埒」や「学業怠業」や「借金」による「父母への負い目」がどこまで、その「肺病」同様、そうしないと「ええ文学はでけへん」と思ったための所業と懺悔だったか、彼には明瞭ではなかったに違いない。梶井にとっては、その「人生上の苦悶」、「自我の苦しみ」、「父母との葛藤」を――白樺派流に――赤裸々に、あるいは清澄に描くことが、文学を行う、ということだったので、「檸檬」は、こういってよければ外的な理由から彼の手になることになった、はじめてのこうした彼から見て「魂の入らぬ」作品だったのである。

「檸檬」は先に、この「瀬山の話」の作中の一挿話として書かれる。梶井は、この白樺派流の「小説らしい小説」、〝文学〟的な悩みを満載した「魂の入つた」作品をめざすのだが、「しかしそれは締切か何かの都合で完成せず、やむをえずそのなかの一挿話を独立させて発表したのが『檸檬』であつた」（中谷孝雄『梶井基次郎』）。

ところでこの作中から「独立させ」られた一挿話が、梶井に「あまり魂が入つてゐない」と感じられたのは、なぜだろう。それが単に、書こうとしたものの一部だったからというのは、十分な説明ではない。冗長な作品の最も密度の高い一部を截り出し、それを単独の作品として世に送り出す、というようなことは、古来しばしばなされてきたと思うが、そのような時、人は、「あまり魂が入つてゐない」部分をこそ、捨て去り、「魂」の部分を、「独立」させているからである。

こう考えてみると、「檸檬」が梶井にとってもった意味の特異さは、彼が、よりにもよって、「あまり魂が入つてゐない」部分を残したことにあることがわかる。というより、「独立」させた個所を、「あまり魂が入つてゐない」と感じた点に、あることがわかる。

まず、「檸檬」という形をとることになった断片が、なぜ「あまり魂が入つてゐない」と梶井に感じられているか、といえば、それは、この断片が、いわば「頽廃の生活のなかの一瞬の慰安を定着しただけの」（鈴木貞美）、「人生上の苦悶」に触れない、「感覚」の揺らめきだけを追った作品と、そう梶井に意識されているからである。「瀬山の話」は、語り手が、瀬山という友人について話す〝瀬山の話〟と、語り手が、瀬山になり代わって一人称で独白する、〝瀬山の話〟と、二つの意味を重ね合わせられているが、いずれにせよ、語り手の立場から見た瀬山の外貌と、その瀬山として（語り手が瀬山の代わりに）独白する瀬山の内面とが、別個のものとして語られる、その意味では当時にあって特異な構成をもつ習作である。

　作中、語り手は書く。

> 　彼は一度私にかう云つたことがある。――親といふものは手拭を絞る様なもので、力を入れて絞れば水の滴つて来ないことはない。彼は金をとることを意味してゐたのだ。
>
> 　彼に父はなかつた。父は去（さ）る官吏だつたのが派手な生活を送つてかなりの借財と彼を頭に数人の弟妹（略）をのこして死んだのだつた。その後は彼の母の痩腕一本が瀬山の家を支へてゐた。彼の話によれば彼の母程よく働く人はない、それも精力的なと云ふよりも気の張りで働くので、それもみな一重《ママ》に子供の成長を楽しみにして、物見遊山をするではなし、身にぼろを下げて機械の様になつて働くといふのである。
>
> （「瀬山の話」）

このような語り口で、語り手は「瀬山」の育ち、家庭環境、家との関係、学校での生活ぶり、借金癖、友人関係、失恋を外から読者に向かって〝説明〟していく。それらはいずれ、あの梶井が四条大橋で語ったという「ええ文学」のための〝施肥〟となるような文学青年によく見られる〝物語〟である。

しかしやがて語り手は、この「瀬山」が自分の「視野から遠ざかって行った」と語り、瀬山からきかされたいくつかの「話」に触れると、

> 私は今その挿話を試みに一人称のナレイションにして見て彼の語り振りの幾分かを彷彿させやう《ママ》と思ふ。

と述べ、「檸檬」以下、いくつかの、一連の挿話を断片として挿入し、その後、尻切れトンボの形のまま、「瀬山の話」は終わるのである。

この二つの「語り」のレベルは、この習作にあって、明らかに、あの「白樺派流」に見られた芸術観、人生観の世界と、先に見た習作「太郎と街」に現われた、梶井の身体性の世界に対応している。「太郎と街」で、彼は「巨大な眼」、「巨大な脚」そのものになることを主人公に「願望」させているが、前者の、幽霊のような、透明人間のような「語り

手」に語られる瀬山が、ちょうど梶井における「白樺派流」の人生観、芸術観の、身体を欠いた「頭」にも似たあり方、借物性を体現しているとすれば、後者（断片「檸檬」）の、「人生」から切り離され、「自我の苦しみ」から切断されたかのような「私」のあり方は、梶井における「巨大な眼」、「巨大な脚」、即ち感覚性の、「頭」を欠いた胴体にも似たあり方、盲目性ともいうべきものを、体現しているのである。

　梶井の、「檸檬」完成直後の「あまり魂が入つてゐないものを仕上げ」た、という評言は、ここにいう、「檸檬」の「私」が、「人生上の苦悶」、あの「白樺派流」の世界観から切断されたところに、いわば頭部を欠いた「巨大な眼」、「巨大な脚」として置かれていることへの、彼なりの率直な感想として、書かれている。これは、「檸檬」を読めばすぐわかることで、後に作品に即して見ていくことになるが、「檸檬」の「私」は、自分の「家」について語るわけでも、その「人生上の苦悶」について語るわけでもなく、これまで彼に数万言を費しても語りつくせないと感じられていたあれらもろもろの所業とそれへの悔恨は、ただ一言、冒頭の

　　えたいの知れない不吉な塊が私の心を始終圧へつけてゐた。

の「えたいの知れない不吉な塊」に、置き換えられ、その置換、換算の作業の上に、

「檸檬」の作品世界つまりフィクションの世界は、成立するのである。

中谷孝雄は、別の個所で、こう書いている。

梶井の死後、私は彼の遺稿を整理しながら、『檸檬』が完成するまでの過程を知っていよいよ驚きを新たにした。梶井は既に三高時代、レモンを詩に詠んだり、小説（未完の草稿）の中で挿話的に書いたりしてゐるが、『青空』の創刊に際しても『檸檬』を挿話とする『瀬山の話』（六十枚ばかりのもの）を書いた。ところが『瀬山の話』は時間の都合か何かで完成せず、また考へて見れば『檸檬』こそその話の心臓部であつたので、作者はその部分だけを独立させて完成し、他の部分（五十枚ほど）を惜しげもなく捨て去つてしまつたのだつた。（略）

ところで飜つて私は思ふのだが、梶井が捨て去つた部分にむしろ「小説」があつたのではないだらうか。私は梶井の最初の全集を淀野隆三と共に編みながら、淀野に向つて言つたことであつた。

「おれは梶井が捨て去つたものだけで小説を書くんだ」

もとより誇張の言たるをまぬかれないが、それにも多少の真はあると、私は今でも思つてゐる。

（同前）

しかし、ここで中谷の感想は、梶井のあの小説家への道と、ちょうど真正面から擦れ違っているというべきなので、梶井は、彼もまた、自分の「捨て去つた部分にむしろ『小説』があつたのではない」か、と思えばこそ、一九二四年、「檸檬」執筆当時、「あまり魂が入つてゐないものを仕上げ」た、と友人に書く。その感想が、逆転し、いや、むしろ「あまり魂が入つてゐない」からこそ、「檸檬」はよいのだ、と考えるようになる方向に、梶井の小説家としての独立、成熟は、顔を向けるのである。(註6)

ここで、眼をあの「白樺派流」、つまり彼において身体性を欠いた「頭」の部分から、「巨大な眼」、「巨大な脚」、つまり彼において頭部を欠いた「身体」の部分の方に向け、そちらからこの「檸檬」執筆の事情に、逆に光をあてれば、この「檸檬」に結実するモチーフは、それなりに、長い前史を彼の習作の流れのうちに、もっていることがわかる。彼は「檸檬」を一九二四年十一月に脱稿しているが、まずその二年前にあたる一九二二年、中谷はある日、梶井の来訪を受け、彼から「妙に薄汚れがし」たレモンを受けとっている(『梶井基次郎』)。梶井は、「これ食つたらあかんぜ」と言ったというが、その日の梶井の経験が、後に「檸檬」に語られる主人公の経験に、一つの素材を提供しているだろうことは想像に難くない。

ついで、同じ年のうちに、「秘やかな楽しみ」という詩が書かれている。

一顆の檸檬《レモン》を買ひ来て、
そを玩ぶ男あり、
電車の中にはマントの上に、
道行く時は手拭《タオル》の間に、
そを見　そを嗅げば、
嬉しさ心に充つ、
悲しくも友に離りて
ひとり　唯独り、我が立つは　丸善の洋書棚の前、
セザンヌはなく、レンブラントはもち去られ、
マチス　心をよろこばさず。
独り　唯ひとり、心に浮ぶ楽しみ、
秘やかに　レモンを探り、
色のよき　本を積み重ね、
その上に　レモンをのせて見る、
ひとり唯ひとり数歩へだたり
それを眺む、美しきかな、
丸善のほこりの中に、一顆のレモン澄みわたる、

ほ、え《ママ》まひて　またそれを　とる、冷さは熱ある手に快く
その匂ひはやめる胸にしみ入る、
奇しきことぞ　丸善の棚に澄むはレモン、
企らみてその前を去り
ほゝえ《ママ》みて　それを見ず、

この、けっして上手でもない「詩」に、ぼく達の心を動かすものがあるのは、書き手が、自分の書いている感情を、全く取るに足りないもの、せいぜいが「秘やかな楽しみ」を出ない、〝文学〟に届かないものと、信じて疑っていないからである。ここにはどのような借物の〝文学〟臭もないので、いわば、彼の中の「トルストイ」から白眼視される、あの「町人根性」に通じる「秘やかな楽しみ」の無飾さ、無防備さが、この「詩」にあってぼく達を動かすものなのである。

このモチーフは、一年後の日記にも、「檸檬の歌」という語句として現われているが、彼の中でこの「秘やかな楽しみ」は、いま容易に忘れられなかったと見え、さらに一年後の一九二四年、日記（創作ノート）に、「『檸檬』を挿話とする断片」として知られるそう短くはない断片が書かれる。「瀬山の話」の中核の部分に、この「檸檬」断片が〝転用〟されるのは、それから数ケ月後のことなので、この頭を欠いた「身体」の方から見る

なら、「瀬山の話」を書こうとした時、彼が本当は、「地」の部分をこそ書きたかったか、「挿話」の部分をこそ書きたかったか、ぼく達にはどちらともいえないというのが、事実に近いのである。

勿論当時の彼に、この「挿話」の部分は「魂」を欠いた、単なる「秘やかな楽しみ」に通じる「一瞬の感覚の慰安」を定着した断片にすぎないと感じられていた。彼は、あの「地」の文によってこそ展開される「小説らしい小説」をめざしていたのである。しかし彼は、たとえ「自我の苦しみ」「人生上の苦悶」をこそ描くのが小説であり、自分が書かなければならないのは、そのような小説だと考えるにせよ、この数年、なぜか自分が書きたがってきたのは、あの「檸檬」にまつわる「一瞬の感覚の慰安」の挿話だ、ということにいつか、気づかなかっただろうか。

つまり、自分は自分の半身像を作ろうとしてきたが、そして頭部と身体部分の接合に長い間苦労してきたが、自分が作りたがってきたのは、実は、そうとばかり思ってきた頭部ではなく、身体部分のほうだったのではないかと、いつか、考えなかっただろうか。

この頭部を欠いた身体像、つまりトルソーというあり方の発生について、ところで、ドイツの美術史家、ハンス・ゼードルマイヤーはこう述べている。

トルソー、つまり頭を欠いた胴体像といえば、ずっと昔からあるように考えられがちだが、実は、いま考えられているようなトルソーが成立するのは、十九世紀後半になってからである。勿論、それまで、現に頭部を欠いた胸像がなかったわけではないが、それらはつねに、発掘時の毀損によるものでなければ、「絵画の下絵のように」完成の前段階のものとみなされたからである。それ自体として完成品として示される、頭部を欠いた胸像、つまり「独立した主題としてのトルソー」が彫刻芸術に現われるのは、ロダンをもって嚆矢とする。ロダンが「主題として」トルソーを提示して以来、この「独立したトルソー」は西欧の彫刻芸術の世界において「好まれるテーマとなった」。ところでそれは、「近代の芸術家」の中でも、「対象がその本来の意味を失ってしまうような」作品、つまり作り手の意図の裁量度合の強い作品をつくる芸術家達に好まれる。反面「対象的なるものの本来の価値が尊重されている場合には（略）近代芸術であっても、テーマとしてのトルソーは現われてこない」。

ゼードルマイヤーは書いている。

それではいったい独立した芸術形式としてのトルソーを成立させたものは何であろうか？「トルソーは、その意味からいえば、当初の目論見を作品にまで高めることである」（H・フォン・アイネム）。しかしながら、こうした当初の目論見の完成された作品としての自己提示が可能になるには、芸術的な主題、つまり表現すべきものについての決定権が、かつての権力（教会、宮廷、ブルジョアジー）から芸術家自身の

手に移されていなければならない。(註7)
（ハンス・ゼードルマイヤー『中心の喪失』「断片の意味――トルソー」）

ここで「当初の目論見」といわれているのは、書き手、作り手を創作活動にかりたてたものの原初の形態とも解しうるものである。ふつう書き手（作り手）は、それをそのまま提示するわけにはいかない。たとえば、ある色調の微妙な感じを表現したくて絵筆をとった画家も、少くとも古典時代にあっては、構図、主題など、一定の手続きを踏まなければこれを「絵」として提示できなかっただろうし、またラシーヌは、ある劇的効果の実現のため、時代、場所、人物の構成に破綻をみせない精緻な古典的戯曲を作ることを求められたのである。

つまり、かつてはこの「当初の目論見」と「作品」の間には千里の径庭があり、書き手（作り手）が経なければならない多くの手続きがあった。作り手は、自分は人体のある振り返る姿勢の背中の感じを造形したいからといって、そこだけを作り、人の前に提示するわけにはいかなかったのである。

しかし、人はやがて、この「当初の目論見」を、そのまま提示するようになる。それは一部の作り手に歓迎されるようになる。トルソーとは、こうした「当初の目論見」の――本来断片であったものの――それ自身独立し、完成したものとしての提示、「作品」としての提示にほかならないのである。しかし、このようなことが可能になるためには、「これでいい」、自分が作品として示したいのは、この「部分」、「断片」なのだ、ということが作り手によって自信をもっていわれるのでなければならない。つまり「表現すべきものについての決定権」が、あらゆる意味の権力、制度としての力から、「芸術家自身の手に移されて」いるのでなければならない。「小説」といえば一定の物の見方、価値観、文体、主題があり、それらの要件をみたしてはじめて「小説」と認められるのではなく、自分の書きたいものの、そのままの提示をもってこれを「小説」と認める、この「表現すべきものについての決定権」が書き手に帰しているのでなければならないのである。

ところで、梶井に個体発生的に生じたことは、ほぼここにゼードルマイヤーが系統発生的に「トルソー」の成立をめぐり、述べている通りのことといってよい。ただ一つ違うのは、梶井にあっては、当初、彼の「書きたいもの」、彼の「表現すべきもの」の原初の形態が、ある事情から、彼自身に隠されていたということ、外的な事情による「本来断片であったもの」の「それ自身独立し、完成したもの」としての提示が、逆に、彼にそれを明るみに出す効果をもち、ひいては彼に、「作品」の意味を開示した、ということである。

即ち、彼に彼の「当初の目論見」、彼が本当に書きたいものは秘されていた。彼は、それとは異なるものこそ〝文学〟だと思い、自分の「身体」の欲するものを、時に「町人根性」と感じて自ら愧《は》じ、また時に「秘やかな楽しみ」と呼んで、小説中の一挿話が似つかわしい、そんな程度のものとみなしたのである。「檸檬」は、「そんな程度のもの」、つまり「魂が入つてゐないもの」として書かれる。しかし、やがて彼には、ある手応え、書くという仕事をつうじて、――「手」から教えられるようにして――自分が本当に書きたかったのは、この「あまり魂の入つてゐないもの」だったのではないか、という感想が生じる。そしてこの感想をつうじて、彼には、自分に「あまり魂が入つてゐない」と感じられるものこそが、自分を自由にする、自分は自分が「大切な志」と思ってきたものに信従することで、実は自分を偽ってきたのではないか、何かを回避してきたのではなかったか、そしてそれが自分が「小説」を書けない、その理由だったのではないか、こんな自問が浮かぶのである。

「大切な志」が、いつも、誰にとっても大切な志だとは限らない。武者小路を自由にした原理が、自分には拘束するものとして現われるということは大いにある。

彼の気づいたことが、あの「白樺派流」の世界観、人生観の制度性だったと、そこまではいわない。しかし、「檸檬」を書いて二年後、創作集には「最初の『檸檬』から」収めると言下に答える時、梶井において、「表現すべきものについての決定権」は、たしかに「かつての権力」から彼自身の手に移されているのである。

4　「檸檬」の記号学

「檸檬」は次のようにはじまっている。

えたいの知れない不吉な塊が私の心を始終圧へつけてゐた。焦燥と云はうか、嫌悪と云はうか――酒を飲んだあとに宿酔があるやうに、酒を毎日飲んでゐると宿酔に相当した時期がやつて来る。それが来たのだ。これはちよつといけなかつた。

ここにいう「私」は、ただこの「えたいの知れない不吉な塊」に始終心を圧えつけられながら、いくつもの風物の周りを徘徊する。彼は、その「えたいの知れない不吉な塊」の中身については、過度の飲酒の結果の「肺尖カタルや神経衰弱」、また「背を焼くやうな借金」がそこに影を落としているかにほのめかしてはいるものの、それが実は、学校を卒業できるか、とか、母親の悲しみにどう処するか、とか、「自我」をどううちたてるか、とかという問いに要約される現実上の諸懸案の総体からのしかかってきている不安だなどとは、けっして読者に「説明」しない。その代わりに彼は、いわば、彼のなかで均衡する神経の秤の、もう一方の秤り皿に載っているものを、読者に示す。

何故だか其頃私は見すぼらしくて美しいものに強くひきつけられたのを覚えてゐる。

そして、それによって彼は、彼自身が主観的なコトバで——自我だとか芸術だとか——説明を試みるよりも遥かに正確に、彼の「不安」の彼における「重さ」を、読者に伝えるのである。「見すぼらしくて美しいもの」として彼がぼく達に差しだすのは、風景でいうなら「壊れかかつた街だとか、その街にしても他所他所しい表通りよりもどこか親しみのある、汚い洗濯物が干してあつたりがらくたが転してあつたりむさくるしい部屋が覗いてゐたりする裏通り」であり、モノでいうなら「あの花火といふ奴」、「花火そのものは第二段として、あの安つぽい絵具で赤や紫や黄や青や、様ざまの縞模様を持つた花火の束」、そんなものである。

それからまた、びいどろと云ふ色硝子で鯛や花を打出してあるおはじきが好きになつたし、南京玉が好きになつた。またそれを嘗めて見るのが私にとつて何ともいへない享楽だつたのだ。あのびいどろの味程幽かな涼しい味があるものか。私は幼い時よくそれを口に入れては父母に叱られたものだが、その幼時のあまい記憶が大きくなつて落魄れた私に蘇つてくる故だらうか、全くあの味には幽かな爽やかな何となく詩美と云つたやうな味覚が漂つて来る。

しかし彼をひきつけるのは、こうした「見すぼらしくて美しいもの」だけではない。それは、これと明らかに異なるもう一つの嗜好の方向と一対となって、彼の気分の一種のバロメーターめいた働きをになうのである。

彼は書いている。

察しはつくだらうが私にはまるで金がなかつた。とは云へそんなものを見て少しでも心の動きかけた時の私自身を慰める為には贅沢といふことが必要であつた。二銭や三銭のもの——と云つて贅沢なもの。美しいもの——と云つて無気力な私の触角に寧ろ媚びて来るもの。——さう云つたものが自然私を慰めるのだ。

生活がまだ蝕まれてゐなかつた以前私の好きであつた所は、例へば丸善であつた。赤や黄のオードコロンやオードキニン。洒落た切子細工や典雅なロココ趣味の浮模様を持つた琥珀色や翡翠色の香水壜。煙管、小刀、石鹸、煙草。私はそんなものを見るのに小一時間も費すことがあつた。そして結局一等いい鉛筆を一本買ふ位の贅沢をするのだつた。然し此処もう其頃の私にとつては重くるしい場所に過ぎなかつた。書籍、学生、勘定台、これらはみな借金取の亡霊のやうに私には見えるのだつた。

つまり、「見すぼらしくて美しいもの」――花火の束、びいどろ、南京玉――がある時は彼をひきつけるが、また別の時には、これとは明らかに範疇を異とする一系列、――オードコロン、オードキニン、切子細工、香水壜、煙管、小刀、石鹼、煙草――が彼を魅惑する。作中の、「二銭や三銭のもの――と云つて贅沢なもの。美しいもの――と云つて無気力な私の触角に寧ろ媚びて来るもの」という対句法に借りれば、花火、びいどろ、南京玉といった「見すぼらしくて美しいもの」に対置される舶来のオードコロン、香水壜、石鹼は、「贅沢で、無気力な私の触角に寧ろ媚びて来るもの」なのである。

習作「瀬山の話」の中に置かれた「檸檬」断片を仮りにここで原「檸檬」と呼ぶなら、原「檸檬」は、「私」がこれら「見すぼらしくて美しいもの」に愛着を感じる理由を、「そ《ママ》うだ外でもない、それの廉価といふことが、それにそんなにまでもの愛著を感じる要素だつたのだ」と記している。また「檸檬」に「生活がまだ蝕まれてゐなかつた以前」自分が好んだと語られる「丸善」の舶来小物については、それらを「ほんの稀だつたが」、「家から金がついた時など買つた」と、述べられている。[註8] びいどろがそれを口に含む行為をつうじて幼時の記憶と結びついていることが示唆しているように、ぼくに前者は、過去志向的でノスタルジックな要素が、現在の「落魄」感、脱落感と結合して生じる感興のように見えるし、一方後者は、何か舶来の美術、音楽、芸術に通じる西欧志向的でエキゾチックな要素が、この現在の脱落感を「落魄」感とは逆の方向に、――あの「倦怠」とか「憂愁」というコトバが似合う方向に――なじませるところに生じる感興のように見える。彼は、「まるで金がな」いような時、そして世の中からの脱落感――「度かさなる飲酒放蕩、放擲した学業、堆積する借金」による[註9]――が、父母への後めたさなどを喚起し、「落魄」感をにじませるような時、前者にひきよせられ、たまにお金が入ったりすると、そして世の中からの脱落感が「文学」や「西欧」や「芸術」の色に染まり、「倦怠」感などを漂わせると、後者にひきよせられていると考えられるのである。

いわば、ここには梶井の感情の値によって画然と区分けされる二つの世界がある。しかもここで梶井はこの二つの世界を、「自我」とか「頽廃」とか「芸術」といったあの芸術観の世界のコトバで語るのではなく、モノ、風物をして語らしめる、つまり、「見すぼらしくて美しいもの」と「贅沢で無気力な私の触角に寧ろ媚びて来るもの」とによってさししめすのである。

「えたいの知れない不吉な塊が私の心を始終圧へつけてゐた」。この「不吉な塊」がどのような現実的な問題に起因するものであれ、ここで重要なことは、それが彼を「見すぼらしくて美しいもの」の方にひきよせるものだということである。「何故だか其頃私は見すぼらしくて美しいものに強くひきつけられたのを覚えてゐる」。

そのような気分の中にいる彼に、当然その頃転々と泊り歩いていた寄宿先の友人が「学校へ出てしまつたあとの空虚な空気」を「アンニュイ」感で攪拌してみる、という余裕はない。彼はそこに「ぽつねんと一人取残された」と感じ、「何か」に「追ひたて」られるように「其処から彷徨ひ出なければならな」い。彼は「街から街へ」さまようが、その区域は、どちらかといえば賑わいから遠い「先に云つたやうな裏通り」であって、そこを彼は、たとえば「駄菓子屋の前で立留つたり、乾物屋の乾蝦や棒鱈や湯葉を眺めたり」して歩み過ぎるのである。

　ところで「其頃私は以前あんなにも繁く足踏〔み〕した丸善から丸切り遠ざかってゐた」（「原檸檬」、『全集』第一巻、三九三頁）。「以前は金のない時でも本を見に来た」のだから、それは単にお金のせいではない（同前、三九三頁）。「本を買つてよむ気もしないし、本を買ふ金がなかつたの〔は〕勿論、何だか本の背皮《ママ》や金文字や、その前に立つてゐる落〔ち〕ついた学生の顔が（略）私を脅かす様な気がしてゐた」からである。（同前、三九三頁）

　しかし、その日、彼は、いつものようにして散策する駄菓子屋や乾物屋の並ぶ「寺町」を「二条」の方に下がったところにある果物屋で、「何時になく」ある買物をする。檸檬である。そして、それを手に握った瞬間から「始終私の心を圧へつけてゐた不吉な塊」が「いくらか弛んで来」て、「何処をどう歩いた」のか、気がついたら辿り着いていた丸善に、「今日は一つ入って見てやらう」とばかり「づかづか入って行」くのである。

語り手が檸檬を買う果物屋は、けっして寺町通りにあって駄菓子屋、乾物屋と異色の店ではない。「其処は決して立派な店ではなかつたのだが、果物屋固有の美しさが最も露骨に感ぜられた」。果物は急勾配の台上に並べられているが、その台というのは「古びた黒い漆塗りの板」で、その上に「何か華やかな美しい音楽の快速調《アツレグロ》の流れ」が「あんな色彩やあんなヴオリウムに凝り固まったといふ風に」青物と共に配置されている。そこはまた果物専門店というのでないこともわかる。そこの「人参葉の美しさなどは素晴し」いし、「それから水に漬けてある豆だとか慈姑だとか」もその八百屋は置いているからである。その日彼は「その店には珍らしい檸檬が出てゐ」るのに気づく。

　檸檬など極くありふれてゐる。が其の店といふのも見すぼらしくはないまでもただあたりまへの八百屋に過ぎなかつたので、それまであまり見かけたことはなかつた

からである。彼はそれを買う。そして心境に変化を来たして、やがてもう一つの世界、あの「丸善」が象徴する世界に「づかづか」入っていくのだが、ここで「檸檬」があの彼の二つの世界、「見すぼらしくて美しいもの」の世界と「贅沢で無気力な私の触角に寧ろ

媚びてくるもの」の世界を、その両方に流通する貨幣のような存在として、結合するものであることは、明らかではないだろうか。

その二つの世界とは、同時に「どこか親しみのある、汚い洗濯物が干してあったりがらくたが転してあったりむさくるしい部屋が覗いてゐたりする裏通り」の世界と、「他所他所しい表通り」の世界とであり、彼の気分を染めあげるものの色合いでいえば、「落魄」感の世界と「倦怠」感の世界とであり、またこれを別にいえば、大阪の生家と父母につながる「くらし」と「故郷」へのなつかしさに彩られた時間軸にひろがるノスタルジックな世界、「西欧」の美術と音楽と文学（芸術）、さらに船来の新奇なものへの憧れに彩られた空間軸にひろがるエキゾチックな世界とが、これに重なっているはずである。

檸檬は駄菓子屋や乾物屋の立並ぶ寺町通りの「果物屋」あるいは「八百屋」で買われる。書き手がここで、檸檬の買われる場所を先に「果物屋」といい、後に「八百屋」、それも「見すぼらしくはないまでもただあたりまへの八百屋に過ぎな」い、と書いていることに注意しなければならない。また、檸檬の置かれる場所を、その台というのは「古びた黒い漆塗りの板」であって、その上に置かれる果物・青物は「何か華やかな美しい音楽の快速調《アッレグロ》」が「見る人を石に化したといふゴルゴン」に一瞬にして凝固させられたふうに並んでいる、と書いていることにも。

それは「果物屋」であっても「八百屋」であってもならない。果物屋であり八百屋でなければならない。またその平台はやはり「古びた」しかし「美しいもの」で、その上に置かれる果物・青物は「何か華やかな美しい」そして「音楽」につながるものを髣髴とさせなければならないのである。

なぜなら、それが「果物屋」のハイカラな雰囲気を帯びる場所に置かれたなら、それはあの「どこか親しみのある（略）裏通り」の世界から遊離してしまい、一方、駄菓子屋や乾物屋の「乾蝦や棒鱈や湯葉」など、「くらし」に密着する「八百屋」にあるものとして提示されれば、檸檬に、あの「贅沢で無気力な触角に寧ろ媚びる」丸善のハイカラな「グッズ」の魅惑に匹敵する魔力は、失われるからである。

即ち、檸檬は、単にレモンではない混み入った字で書かれる「檸檬＝レモン」であることで、嗅ぐと、「それの産地だといふカリフオルニヤが想像に上つて来る」と同時に、昔「漢文で習つた「売柑者之言」の中に書いてあつた「鼻を撲つ」といふ言葉」も「断れぎれに浮んで来る」のである。この「鼻を撲つ」という言葉と「カリフオルニヤ」という言葉とがそのまま「檸檬」と「レモン」に対応し、さらに、「古びた黒い漆塗りの板」と「何か華やかな美しい音楽の快速調《アツレグロ》」、「八百屋」と「果物屋」に重なりながら、それぞれあの「見すぼらしくて美しいもの」、「贅沢で無気力な私の触角に寧ろ媚びて来るもの」、彼のいわばノスタルジックな世界とエキゾチックな世界にゆきつくものであることは、いうまでもない。

彼はそれまで、例の「白樺派流」の、あるいは「私小説家流」の、「ええ文学」を書くために「肺病」になるような所業の果ての苦しみを「洗ひざらひ」、隠しだてすることなく、「さらけだす」文学をめざした。その彼の「苦しみ」を構成していたコトバは、たとえば「自我」であり、「偉大」であり、「非凡人」であり、「芸術」であり、「天稟」であり、「孤独」であり、「憂愁」だった。しかしこのトルソーとして「魂」抜きで提示される作品世界を構成するのは、片やびいどろ、花火、南京玉、片や「赤や黄のオードコロンやオードキニン。洒落た切子細工や（略）香水壜」といったモノたちであり、その二つに分かたれた世界の区分の意味が揺らぐような時も、それは、びいどろの代りに、「乾蝦や棒鱈や湯葉」、オードコロンの代わりに「画集の重たいの」の積み重なった「奇怪な幻想的な城」が、双方の秤皿の上に置き換えられることによってであって、そこで「びいどろ」あるいは「オードコロン」、「乾蝦」あるいは「重たい画集」は、あの「自我」だの「非凡人」だのといった紋切型のコトバのおよそ届かない書き手の内面を、ある「魂」と「モノ」の変換式のようなものを通じて、また、作者の意図を越えて、いいあてているといってよいのである。

それでは、あの「見すぼらしくて美しいもの」、「どこか親しみのある（略）汚い（略）むさくるしい……裏通り」、「駄菓子屋や乾物屋」、「乾蝦や棒鱈や湯葉」によって示されている世界は何だろう。また、「贅沢で無気力な私の触角に寧ろ媚びて来るもの」、「他所他所しい表通り」、「丸善」、「書籍、学生、勘定台」によって示されている世界は、何だろう。大切なことは、ここに大きく二分された世界のその分けられ方が、確定し、ピンで留められたものではないということだ。(註10) つまりこれを前者の世界でいえば、「見すぼらしく美しいもの」と「裏通り」の意味するところにはズレがあるし、「裏通り」と「乾蝦や棒鱈や湯葉」の間にも、ズレが認められるのである。

たとえば、ぼくの感じをいうなら、「乾蝦や棒鱈や湯葉」は、書き手のけっして豊かとはいえない、しかし堅実な大阪の生家での幼時の生活の記憶と、いま自分に仕送りを続けている父母のくらしにつながるものとして、「寺町通り」を歩く主人公を立ちどまらせている。それは書き手の中の、「見すぼらしくて美しいもの」の世界の最も低いところ、最も深いところにある感情世界の層である。「どこか親しみのある(略)汚い(略)むさくるしい……裏通り」は、それに比べて、主人公の住んでいる場所から少し離れた所にある場所を示し、ある気分の時に散策、彷徨する「通り」であることが特徴的であって、大阪の生家から学生として離れて暮らす、しかも飲酒放蕩、学業放擲、度重なる借金によって父母の期待を裏切って暮らす、彼の現在の心境に対応している。前者の上部にひろがる彼の感情世界の第二の層といってよい。そこは「汚い(略)むさくるしい」場所であって、彼にはそのような世界への嫌悪感がある。しかしその嫌悪は、いわば自分の生家の属する階層への近親憎悪にほかならず、生家を離れ、またそこの住人でない「通行者」である彼には、この「裏通り」は、「どこか親しみのある」、なつかしい、しかし住めば憎悪の募るに違いない場所として、感受されるのである。

びいどろや花火や南京玉によって代表される「見すぼらしくて美しいもの」の世界は、いわば父母の期待、豊かではない生活につながるこの感情世界の第三層、最上界をなす、透明で清澄な上澄みといってよい。これらが全て幼時の記憶につながる、しかも生活臭のない遊びの道具であること、しかも、その遊びの王国の独自の回路をつうじて容易に生家の「生活」の底部をつき抜け、江戸文化というようなもう一つのひろやかな世界に人を連れていくモノたちであることに注意すれば、これらは、父母への負い目、脱落感、「落魄」感をある蒸留装置を介在させ〝滅菌〟することで得られた、この感情世界からの、彼への——あの玩物喪志による——貴重な贈り物、遺贈物であることが明らかなのである。

これにたいして、

然し此処ももう其頃の私にとつては重くるしい場所に過ぎなかつた。書籍、学生、勘定台、これらはみな借金取の亡霊のやうに私には見えるのだつた。

と語られもする「丸善」が書き手に意味しているのは、「書籍、学生、勘定台」を最低部の第一層とし、西欧の「画集」、レコード、文学書を第二層とし、やはり例の「オードコロン、切子細工、「香水壜」を最上の上澄みとする、もう一つの彼の感情世界である。「書籍、学生、勘定台」が彼を「借金取の亡霊」のように威嚇するのは、それらが彼の負い目（負債）をそれぞれに刺戟するからである。彼はとぼしい中から彼に仕送りをする父母を説きふせて、学業のための書籍代などを捻出させ、自分の積りとしては、それで自分の「偉大な」文学精進のため、あるいは芸術のための文学書、芸術書を購入すれば、少くとも自分として父母に負い目はない、自分の「刻苦勉励」を父母もいつかは――その実現の方向こそ違え――理解してくれるに違いない、ということを自分への弁解にしているのだが、「生活がまだ蝕まれてゐなかつた以前」はまだしも、飲酒放蕩がたび重なれば、「書籍」は彼の文学、芸術上の〝精進〟の怠慢を痛く想い起こさせ、「学生」は彼の父母との約束の違背、学業の放擲を辛く思いださせ、また、「勘定台」は、あの飲酒放蕩に消尽された「背を焼くやうな借金」――京都での選良予備軍としての学生社会からの脱落の可能性――を彼に思い知らせずにいないのである。

これらのものは、ちょうど、彼にとっての近代的で西欧的なものの両義性をよく知らせる。それは一方で、「芸術」、「偉大」、「非凡」への憧れの向かう場所であると同時に、――自分にとってはそうであると同時に――、父母に対しては、「学業」、「出世」、「選良」への欲求の向かう場所として説得のため、語られなければならない場所でもあった。世の中からの脱落感が「落魄」感として感じられるような折り、彼に「表通り」が「他所他所し」く見え、「丸善」が、敷居の高い「重くるしい」場所となるのは、この対世間的な文脈で、近代的で西欧的なものが、彼のとび越えるべきハードル、しかし彼のとび越えられないハードルとして、現われたからである。原「檸檬」の記述にあったように、しかし彼がいつも世の中からの脱落感を「落魄」感として受けとめていたというのではない。彼は「以前は金のない時でも本を見に来たし、（略）丸善に特殊な享楽をさえ持つてゐた」、以前は「あんなにも繁く足踏〔み〕し」「赤いオードキニンやオードコロンの壜や、洒落たカットグラスの壜や、ロコ、趣味の浮し模様のある典雅な壜の中に入つてゐる、琥珀色や薄い翡翠色の香水」を「硝子戸越に眺めながら」、「時とすると小一時間も時を費した事さへ」あったのである。

ここで、「赤いオードキニンやオードコロンの壜」によって代表される「贅沢で無気力な私の触角に寧ろ媚びて来るもの」が意味しているのは、おそらく、あの新奇なモノ、西欧的なものへの彼の身体感覚の、身についた到達点ともいうべきものである。先の彼の「檸檬」についての記述に倣うなら、「贅沢で無気力な私の触角に寧ろ媚びて来るもの」など「極くありふれて」いる。たとえば木下杢太郎や北原白秋らの「パンの会」、また永井荷風らの江戸趣味は、これを折口信夫のいうように広義の異国情調と見るなら、それに先行する異国頽唐趣味といって差しつかえないからである。[註11]

北原白秋はうたっている。

われは思ふ、末世《まつせ》の邪宗、切支丹でうすの魔法。／黒船の加比丹を、紅毛の不可思議国を、／色赤きびいどろを、匂《におい》鋭《と》きあんじやべいいる、／南蛮の桟留縞《さんとめじま》を、はた、阿刺吉《あらき》・珍酡《ちんた》の酒を。

（「邪宗門秘曲」）

しかし、再び「檸檬」の書き手に倣えば、この「贅沢で無気力な私の触角に寧ろ媚びて来るもの」は、たしかにこれを高踏的な異国頽唐趣味、白秋流のエキゾティシズムの所産と見るなら「極くありふれてゐる」が、この場合、その感情の持主は、ちょうど檸檬のあった「果物屋」が「丸善」にたいしてそうであったように、「見すぼらしくはないまでもただあたりまへの八百屋」としてこの白秋流のエキゾティシズムの世界に対峙していた。そして、そのような場所で、そのような文脈のなかにこうした感情を嵌めこんだ感情世界を、ぼく達はたしかに「それまであまり見かけたことはなかつた」し、また、いまもそういう例を多く持っているとはいえないのである。

このことを別にいうなら、たとえばぼく達は「びいどろ」の懐郷心（ノスタルジー）と「オードコロン」の異国情調（エキゾティシズム）から成る文学世界を、後期の北原白秋の詩などに認めることができるし、「乾蝦や棒鱈や湯葉」へのなつかしさ、後めたさとセザンヌ、アングルら西欧画家への心酔との葛藤からなる文学世界を、それこそ時の「私小説」作家から白樺派の文学までの間に、重ねてみることができる。より、「どこか親しみのある（略）汚い（略）むさくるしい（略）裏通り」に重心が傾けば、その文学世界は宇野浩二など私小説の書き手のそれに近づくだろうし、よりセザンヌ、アングルらの「重たい画集」のある「丸善」の方に重心がいけば、その文学は武者小路や志賀の文学世界に近づくだろう。

しかし、先ほど仮りに区分けした「檸檬」の感情世界のヒエラルキーでいうなら、その下半分を占める「見すぼらしくて美しいもの」の世界の第三層、最も低いところにある「乾蝦や棒鱈や湯葉」から、上半分を占める「贅沢で無気力の触角に寧ろ媚びて来るもの」の世界の最上層、「オードコロン、香水壜」までを内包する文学世界、別にいうなら、「乾蝦や棒鱈や湯葉」への眼差しを保持しながら、しかも「オードコロン」の媚びに感応する、それだけの「最長不倒距離」を内に含む感情世界の提示は、「檸檬」以前にはなかったのである。

梶井が、小林を含めた彼の同世代者の中にあって抜群の「新しい感受性」の持主であって、その「新しさ」への身体感覚において図抜けていたとは、ほぼこのような意味である。「白樺派流」の芸術観でもって既成の枠にはまった「小説」を書こうとした彼に、思っていたものが書けなかったのは、そうであればこそだったといってよい。その「新しさ」への身体感覚の柔軟さと幅広さの到達点は、ちょうど「棒鱈」から「オードコロン」

までの途切れることのない感情の持続、感覚の統覚によって示される。この小説にあってどの感情気圏をも通り抜けることのできる通行手形のようでもあった檸檬は、実をいえば、そのことを証しだてているのである。

5　キッチュ――玩物喪志の道

ところで、このように「檸檬」を書きあげることができたということ、そのことによって梶井の困難が解消されたというわけにはいかない。彼は、先に述べた独自の回路の発見によって、彼に固有の小説の理由に触れる。しかしそれは、先に出した例でいえば頭部を欠いた身体像、トルソーの獲得にすぎず、彼自身の頭部を自ら見出す、という課題はやはり梶井に残されるのである。

ここで、このことをもう少し広い視野の中に置き直してみると、たとえば江藤淳は、夏目漱石、志賀直哉、小林秀雄の三者の関係を、ほぼ、こんな文脈で語っている。

> 私見によれば、この問題（小林が最初の自覚的な批評家として日本の近代文学史に存在していること――引用者）は二つの側面をもっている。一面からいえば、それは、夏目漱石から志賀直哉に屈折していった日本の近代小説が、ふたたび屈折して小

林秀雄において「批評」を生むにいたる過程の意味である。「Xへの手紙」の背後には明らかに「暗夜行路」があるが、そのむこうにはおそらく「明暗」がある。漱石が発見した「他者」を、志賀直哉は抹殺し去ることによって「暗夜行路」を書いた。そこには絶対化された「自己」があるだけである。小林は、この「自己」を検証するところからはじめた。つまり、彼の批評は、絶対者に魅せられたものが、その不可能を識りつつ自覚的に自己を絶対化しようとする過程から生れる。これが芸術家の、しかも、きわめて近代的な芸術家のたどるべき道であることはいうまでもない。

（江藤淳『小林秀雄』一九六一年）

最後のところは分りにくいが、ここでいわれていることは、漱石の「自己」には「他者」の裏づけがあったが、志賀直哉にいたってその「他者」は消えて、「自己」の絶対化が生じた。小林はその志賀の絶対化された「自己」を検証することからはじめたが、その結果、小説制作を放棄し、これまでにない形で自覚的な近代批評の書き手となることになった、ということである。ここで、志賀にいたって漱石の発見した「他者」が見失われ、「自己」の絶対化が生じた、といわれていることをぼくの言葉でいい直せば、志賀、武者小路らの「白樺」派にいたって、「他者」の契機が見失われ、「自己」の問題が、「人類」・「世界」に直面する「自我」というように、絶対化され、容易に紋切型となり、いわば、

〝制度〟化されたということになる。

小林は、その絶対化され〝制度〟化された「自己」の検証からはじめる。言葉を変えれば小林は、「白樺」派の世界観とその中心に置かれた「自我」に深い違和感を抱きながら、志賀の小説と人となりに魅かれ、「白樺」派流の小説を書こうとして、いきあぐねたのである。小林が、そのような逡巡のさなか、ランボーという詩人に遭遇し、嵐にまきこまれ、気づいた時には、小説も詩も、彼の帰りつくべきところにはなく、批評の書き手になるについては、ぼくなりに前章で考えておいた。問題は、このような見取り図の中で、漱石に心酔し、また志賀に信従すること深かった梶井が、小林と同世代の小説家として、どう位置づけられうるか、ということである。

これまで見てきたことをこの見取り図に重ねあわせれば、梶井は、小林が志賀の絶対化された「自己」を、紋切型の「自我」として流通しているものから、志賀に固有の「私」の絶対化までをも含む幅で、検証しようとしたところで、その流通形態としての紋切型の「自我」をそのまま模倣し、反復しようとした。ただここに生じたことは、梶井が、実は志賀をはじめとする「白樺」派の文学者と、文学の身体性において全く違っていたために、その紋切型の「白樺派流」の模倣と反復に、ことごとく失敗したということだったのである。

彼がようやく「檸檬」をきっかけに、彼にとっての小説との接点を見出した時、それは、小林が検証の対象とした志賀の「自己」を、自分の頭ごと、切断するという形をとった。即ち、小林が検証の対象とした「自己」を、いわば、梶井は「無化」することで「檸檬」を書くのである。

梶井の「檸檬」をはじめとする小説に、何か「自己」ともいうべきものが欠け、その場所に、代わりに「感覚」が置かれている、というような指摘についていえば、小説集『檸檬』の公刊以来、その「自己」の欠如と「感覚」の君臨をプラスと評価するか、マイナスと評価するかの違いこそあれ、多くの論者がそれを行なってきた。たとえば井上良雄は、梶井の生前、『檸檬』の上梓に際して、

近代人にあつては観察とは常に飽くことのない自己意識を意味した。不安と焦燥がいつもそこから生れて来る。併し梶井氏にあつては、見るとは常に完全な自己喪失である。意識は対象の中へ吸ひ取られてしまふ。自分が死んで、対象が生きて来る。

（井上良雄「新刊『檸檬』」一九三一年）

と書いたが、ここで「完全な自己喪失」と語られているものは、梶井が「檸檬」ではじめて摑んだ自己の小説のトルソー性の、その後の諸作品におけるさまざまな変奏にほかならない。この少し前で井上が考えているように、この梶井の小説における「自己喪失」が

語っているのは、何も梶井が「近代知性の悲しみを知らない」原始人に通じる資性の持主だということでもなければ、ましてや、「主客分離の近代の不幸の超克」[註12]（鈴木真美）の萌芽がそこに見られるということでもなく、梶井にとって、その小説が断片としてようやく可能になったという一事、小林が検証の対象とした志賀の絶対化された「自己」を、梶井は要するに「無化」することで小説家になった、という一事だったのである。

　だから、そこに欠けているのは、単なる「自己意識」というようなものではない。もし漱石、志賀、小林とつづくみちすじに、近代の小説家、それも、漱石、志賀以後の小説家として、梶井を考えてみるなら、そのことの評価は別にして、梶井の小説には、たしかにこれを近代小説とさせる所以のものが何か、欠けているのである。大急ぎでつけ加えればそれは、中谷孝雄がいった、あの「檸檬」成立のために習作「瀬山の話」に遺棄されたものを指すのではない。そこに捨て去られたものは、いずれにせよ「白樺派流」の模倣にしか役立たない筈のものであって、梶井がそれを手離せたのはむしろ幸運だった。彼は画布を白く「無化」した。さて、そこには――もし梶井が近代的な小説家であろうとすれば――いずれ何かが描かれなければならなかったが、梶井は、その空白に彼自身の解答をさしだす前に、ぼく達の視界から消えるのである。

　彼がぼく達に残しているのは、この「無化」の力の可能性である。そしてこの可能性のゆくえを追ってぼく達が見るのは、またしてもあの、「檸檬」におけるダイナミックな

「無」のありよう、といわなければならない。

檸檬とは、何か。梶井は、これを味わわない。彼は、この小説に素材を提供したと覚しい日に、レモンを中谷に手渡し、「これ食つたらあかんぜ」といったというが、小説「檸檬」におけるレモンは、まず「レモンヱロウの絵具をチューブから搾り出して固めたやうなあの単純な色」、「それからあの丈の詰つた紡錘形の恰好」で愛でられ、次いで、その「冷たさ」、「鼻を撲つ匂い」、つまり、「冷覚や触覚や嗅覚や視覚」で味わわれ、ついには、「――つまりは此の重さなんだな。――」と、ちょうどあの「えたいの知れない不吉な塊」に見合う「重さ」に換算までされながら、ただ、食べられ、味覚によって味わわれることだけは、ないのである。

梶井は、ここで檸檬を食べられるものとして提示することを避けている。なぜか。ただ一つ、味覚をつうじて、檸檬はその特権的な位置からずり落ち、トマトやイチゴと同じカテゴリーの存在、つまり「レモン」になってしまうからである。そのことは、また檸檬が腐るものになる、ということとも無関係ではない。「檸檬」はレモンではない。「レモン」はここで、「無化」されているのである。ぼく達はこのことを指して、勿論これを小説における頭部の欠如として批判的に語ることもできるわけだが、ただ、檸檬は、一顆のレモンであればあのどこにでも自由にゆきかい、小説世界にあって万能の通行手形のようでもあったオールマイティ性をもたなかった。それは自分のなかに一つの固有な不能を抱えることで、あのオールマイティ性、万能を得ているのである。

無化ということは、回避と同義ではないだろう。「檸檬」に、あの「家」の問題や「人生上の苦悶」は現われないが、それはこれらの問題を回避しているということではない。このことを先の二つの感情世界に沿っていうなら、あの「見すぼらしくて美しいもの」の世界は、彼の「家」の問題からあの私小説の〝文学臭〟こそを抜きとったところに成立している。あの「乾蝦や棒鱈や湯葉」の世界の一歩先には、現実の父母との葛藤、落第、金銭、出世、経済的独立の問題などがひしめいているのだが、その一歩手前で、それらはいわば——つまりは此の重さなんだな。——というように〝換骨脱胎〟され、別の何かに〝換算〟されて「魂」ヌキで、この作品世界に参入しているのである。

一方、あの「贅沢で無気力な触角に寧ろ媚びて来るもの」の世界は、先の中谷の評言を借りれば、「白樺」派からトルストイ、つまり「白樺派流」こそを抜きとったところに成立している。言葉を換えれば、「白樺派流」を〝換骨脱胎〟し、そこからモノだけを抜き取り集めたところに、成立している。梶井は、「トルストイを愛読しながらそのトルストイが否定してゐるものばかり好き」だったが、おそらく「みすぼらしくて美しいもの」に、あえて「贅沢で」しかも神経に「媚びて来る」イメージを対置できたところに、即ち、そこまで彼のなかのトルストイに背を向け、自分の身体感覚に加担できたところに、あの「檸檬」の独自の回路はひらかれたのである。

だから、この小説の最後近く、丸善に「づかづか」と入っていった主人公が、再び気詰りな気分に陥り、書棚から取り出した分厚い画集で「奇怪な幻想的な城」を作り上げ、そのてっぺんに檸檬を「据えつけ」て次のような想像にふけるのは、やはり、この作品の終りにふさわしい。彼は素知らぬふりをして丸善を後にするが、ふと、「丸善の棚へ黄金色に輝く恐ろしい爆弾を仕掛て来た奇怪な悪漢」が自分で、もう十分後には、あの気詰りな丸善が大爆発を起こす、としたらどうだろう、と考える。

破壊されるのが「見すぼらしくて美しいもの」の世界と「贅沢で無気力な私の触角に寧ろ媚びて来るもの」の世界の区別、「裏通り」と「表通り」、彼の中のノスタルジックなものとエキゾチックなものの世界を隔て、「棒鱈」と「オードコロン」を対立させて彼を引き裂かずにいない、あの彼の世界のヒエラルキーそれ自体であることはいうまでもない。

「檸檬」の最後には、こう書かれている。

私はこの想像を熱心に追求した。「さうしたらあの気詰りな丸善も粉葉みじんだらう」

そして私は活動写真の看板画が奇体な趣きで街を彩つてゐる京極を下つていつた。

「活動写真の看板画が奇体な趣きで街を彩つてゐる」歓楽街、京極。それはエキゾチックな表通りでもノスタルジックな裏通りでもない、そのいずれの住人からも白い眼で見られる、けばけばしい、模造物にあふれた、奇体《キッチュ》な通りである。

以上のような、しごく日本的でもあるような、また別にひどく西洋的（！）でもあるような、二つの態度、二つの印象を総合して、もし梶井基次郎の小説の本質とは何か、と問われるならば——私はそれを一言に要約して、それは「エキゾティシズムの世界」なのだ、と答えるほかはない。（「エキゾティシズムの世界」一九七四年）

これは、秋山の評言だが、梶井は、この秋山の手厳しい批判に、実は「檸檬」ですでに答えているのではないだろうか。

梶井が無化したものは、そのまま白紙でとり残される。彼は彼の課題を解決してはいない。しかしその経験には、「新しさ」と「古さ」の共存ということに関して、ある、いまにひらかれた性格があるように思われる。一言でいえばそれは、玩物喪志、「珍奇《キッチュ》なモノ」を弄ぶことによって、「大切な志」を喪う道である。

4　中原中也——言葉にならないもの

1　「うた」の古さ

中原中也はもう一つの「新しさ」と「古さ」の共存のかたちを示す。それがいま、中原の生きた時代ほどぼく達の眼につかなくなっているのは、「新しさ」といい、「古さ」というその感覚が、本来時代とともに移ろう曖昧なものだからである。しかしこの曖昧なコトバを、あえて手がかりにして中原の生きた時点に遡行すれば、中原の詩は、今の眼から見て「古めかしい」ばかりではない。中原が十九歳で「朝の歌」を書き、これで、「ほゞ方針立つ」と考えたその時すでに、その詩は同時代人に十分に「古めかしい」ものと見られていたのである。

中原は、「朝の歌」に先立ってすでに「ノート一九二四」所収の詩としていま知られているダダイスムの詩を試みていた。つまり、一九二四年、彼十七歳当時、最も新しい文芸思潮の一つは、ダダイスムであり、当時の日本の詩壇の気分からいえば、一九二三年に上梓される萩原朔太郎の『青猫』、一九二五年に現われる堀口大学の訳詩集『月下の一群』などが、十分に「新しい」、歓迎すべき仕事だったのである。

　中原の詩が、少しなりと同時代の「詩壇」に知られはじめるのは一九三四年末に上梓された処女詩集『山羊の歌』によってだが、その詩に好意的に対したのは小林や河上徹太郎など周辺の文学者、あるいは草野心平など、例外的な少数の詩人達であって、同時代の詩人の一般的な受け取り方は、たとえば次のような評を、少くとも異とするものではなかった。即ち、角川書店版全集別巻所収の中村稔「中原中也像のなりたち」によれば、中原の詩には根強い全否定評価の系譜があり、中原は晩年になるとこうした詩人たちからの「非難にさらされ」るのだが、それはたとえば「三田文学」（一九三六年三月）の「詩壇一瞥」の「中原中也は詩の一歩手前で唄つてゐるだけ。趣味で詩を書くことは所謂悪徳です」（小林善雄）、「二十世紀」（一九三六年七月）の「文學界」評の「中原については遠慮なく言へば一体どういふ気持で今時こんな詩を書いてるのかと言ひたくなる」（奈切哲夫、傍点引用者）、「文藝」（一九三七年二月）所載、小熊秀雄「文壇諷詩曲」の、「中原中也は書くものより／名前の方がずつと詩的だ／せいぜい温ま湯の中で歌つてゐたまへ」といったもので、当時、中原が、詩壇外の「文學界」出身の、多分に小林秀雄の交遊圏の文学者に庇護された、七五調の歌うような詩を書く、時代錯誤の「古めかしい」詩人として受けとめられていたことは、そこからだけでもわかるのである。これは訳詩についてだが、当時「新しい」超現実主義風のモダニスム詩を書いていた春山行夫は、中原の『ランボオ詩集』に触れてこう書いている。

一読して、ランボオもひどいことになつたものだと、少々驚かざるを得なかつた。

（略）

ところで中原氏の訳だが、文語と口語、雅語と俗語、全くの無秩序で、これがいやしくも詩人の手になつたものとは到底想像もつかない。訳詩の困難なことは、重々承知はしてゐるが、これでは全くの下書き、すくなくともランボオの「コツプのやうに美しい」イメジなど、まるで浮びようもない。

（「中原中也訳『ランボオ詩集』」「新潮」一九三七年十一月）

ところで、これらの中原にたいする批判は、少くとも二つのことを中原の詩に関して教えてくれる。その一つは、中原の詩が、その当時すでに「古めかしい」ものとして受けとめられていたことであり、もう一つは、それが「詩の一歩手前で唄つてゐるだけ」の、

「下手糞な」ものとして受けとられていたことである。

しかし、中原の日記、書簡、詩論を丁寧に読むなら、彼のこの「古めかしい」詩が、単に自分の眼の前にあるものを無自覚に踏襲した結果として選ばれたものではないこと、また、彼の一見「下手糞な」詩が、必ずしも彼の技倆不足、あるいはナイーブな技術否定の考え方から出ているのではないこと等は、はっきりしている。

中原は、たしかにまず郷里の山口で十三歳の時から数年間、「短歌」に手を染めるが、右に触れたように、この「短歌」からそのまま「うた」と呼ばれる詩形に移行しているのではない。それは、いったん当時最も「新し」かったダダイスムの「技巧否定」の思想の波に洗われ、彼の中で否定された後、新たに、全く別の意味をもつものとして、彼に摑まれているからである。

これを、先に小林秀雄、梶井基次郎について見てきた「新しさ」と「古さ」の共存をめぐる考え方に重ねていえば、中原は、その芸術に関する考え方が「古かった」ために「古めかしい」詩を書いたのでもなければ、「新しい」考え方に触れて「新しい」詩を書こうとしたのでもない。ちょうど梶井が、頭では「古い」(紋切型の)ことを考えていたにもかかわらず、「新しい」小説を書いたように、中原は、頭では「新しい」考え方を視野におさめながら、それにもかかわらず、ある考えから、あえて「古い」詩を選ぶという斜《はす》かいのあり方を、梶井同様に、示しているのである。

梶井が「古い」頭で「新しい」小説を書いたとすれば、中原は「新しい」頭で「古い」詩を書く。梶井のそのあり方に、玩物喪志の道ともいうべき可能性が示唆されていたとすれば、中原のこのあり方は、どのようなことを語っているか、というのが、いってみればここで考えてみようとすることに、ほかならない。

　これまで中原中也は、「古い」詩の書き手か、あるいは、「古めかしい」ところはあるけれども「新しさ」をもつ詩人として評価されてきた。そのような評価の仕方に共通しているのは、評価するにしろ、否定するにしろ、そうする人々が、その自分の「新しさ」と「古さ」の評価軸を、それ自体何ら疑っていない、ということである。そのため、いずれその中原再評価は、しばしば、評価者の善意にもかかわらず、中原の詩の「新しさ」を限定づきのものとし、中原の詩は、ある点で新しいが、にもかかわらず致命的な「古さ」を負っていた、という形をとらざるをえなかったのである。

　たとえば北川透は、中原中也の抒情には、他の抒情詩人にない「風土にたいする異和」が認められるとして、立原道造との比較のうえで、中原について、こう書いている。

　現代詩の書き手の中に、中原と立原の詩から詩の世界に入りながら、後年、中原だけが彼の手に残る、という例の少くないのはなぜだろうか。

　そのことは必ずしも両者の作品の優劣とは関係がない。それをわたしは前に詩における風景認識の構造の差として書いたことがあるが、それを別に一口で言ってみれば、立原の詩のイメージの豊かな広がりが、自然への同化、風土への溶解の方向を示しているのに対して、中也の詩がイメージの展開において示す不能性のうちに、逆に彼の詩が風土に与えている異和の深さ、その否定的性格といった、より現代に肉迫する問題が孕まれているということである。（「中原中也と戦後の詩」一九六八年）

即ち、北川は、中原の詩の抒情には、「より現代に肉迫する問題」が含まれているゆえに、ある「新しさ」があるために、中原の抒情詩は当時の他の抒情詩人の作と違うものになっていると、考えるのである。この違いを延長していけば、どのようになるか。北川は、たとえば中原の詩に現われる「死児」のイメージには、戦後の「メタフィジカル」な詩の「源流」のようなものは認められないか、と考えすすめる。代表的な現代詩人の一人、吉岡実の長詩「死児」との比較のうえで、北川がいうのは、このようなことである。

中原中也の《死児》のイメージが潜在させていた可能性も、このような（吉岡の詩「死児」の――引用者）世界のうちにあったといえば、あまりに強引すぎるという謗りはまぬがれがたいが、しかし、こういう世界に接続しうる戦前の詩人を探せば、中也以外に見出すことができないこともまたたしかである。（同前）

しかしいうまでもなく、戦後詩を起点に、これを疑うことなく、戦後詩、現代詩、――「新しい」詩――に「接続しうる戦前の詩人を探せば」中原中也でなくとも、富永太郎がいる。そしてこの富永の場所から見れば、先の中原の抒情の「新しさ」も、「古さ」として現われるのである。中原の抒情の「新しさ」を指摘するのに、立原が引合いに出されるとすれば、富永は、その「古さ」を引合いに出す場合、好箇の引照例であり、その時明らかにされるのは中原の抒情の「新しさ」を排除しない、しかし、それを含んでしまう、いわば、その詩の「抒情」という「古さ」、なのである。

そのようなわけで、先の文章から八年後、北川透自身が、――富永と比べてみれば――中原の「古さ」を認めざるをえない。北川は、その富永論「鳥獣剝製所について」では、文字通り日本の戦後の詩の戦前における最良の先駆者の一人といってよい富永の詩への、中原の無理解、中原の側にある「盲点」ともいうべきものを衝いて、富永太郎においてはその「喪失感の深さ」が彼を「硬い透明な秋の空気」という「物象」に追いやっているのだが、中原はそのことを見なかったのではないかと、こう述べるからである。

中原中也は、「夭折した富永」において、よく知られているように、《さしづめ、彼は教養ある「姉さん」なのだが、しかしそれにしては、ほんの少しながら物質観味の混つた、自我がのぞくのが邪魔になる》と、皮肉っぽく言い放った。（略）しかし、中也は自分の劇に関心を奪われるあまり、まさしく富永がその《物質観味》に追いたてられた果てに、それをことばに補足してたたかわざるをえなかった苦しみは、まったく視えなかったに違いない。

（「鳥獣剝製所について――富永太郎の位置」一九七六年）

北川がいうのは、中原の詩における、あるいはその詩法における「物象」への眼差しの欠如、ということである。ここで中原に「物質観味」といわれ、北川に「物象」あるいは「時間の剝製化（物象化）」と呼ばれているものを、小林ならたとえば「テスト氏の言ふ内部《こゝろ》の島」と書いた。小林はそれを、

「「人間」がそのまゝ、純化して「精神」となる事に何んの不思議なものがあらうか、人間が何物かを失ひ「物質」に化する事に比べれば」（「「テスト氏」の方法」傍点引用者）

というように語る。ここで中原と富永・小林を隔てているのは、たとえば次のような一点であって、小林の眼に中原の詩に現われた「孤独」は、どこまでも、ここにいう、「浪漫派文学が発明した孤独」と見えているのである。

デカルトは、「その注意力の全体を以つて、自分のうちに閉ぢ籠つた」、テスト氏の

言ふ内部《こゝろ》の島を創り上げた。島を廻つて「形と運動とに還元された」人生といふ大海があるだけだ。（形と運動とは、勿論、理解の抽象的形式の意味ではない。ヴァレリイが好んで使ふ「真の無秩序」を言ふ。）伝統や因襲や約束や仮定の上に立つた理解といふものを疑つて、真の無秩序を見るに至るといふ事、この事を専ら出来るだけ自分自身になる事によつて行ふ事、さういふ精神の摑む孤独は浪漫派文学が発明した孤独とは凡そ似てゐない。

（「「テスト氏」の方法」一九三九年）

ここには、たえて中原の詩が関知しようとしなかった「孤独」があって、「物質」といっても「空虚」といってもよいその「真の無秩序」は、そのまま現代につながっているということができる。中原の詩が、「新しさ」はずいぶんあるが、やはり「古い」といわれるのは、この「物象」への眼差しの欠如のためなのである。

ところでぼくは、その「古さ」の指摘が中原の詩の実状に合わない、というのではない。つまり、中原にもまた、あの「物質観味」への好趣、富永にあり、小林にあり、また梶井にあったそれが、認められる、というのではない。ただ中原にそれが「ない」のは、それについて彼が富永や小林とは全く別の考えをもったからではないか、そう考えるのである。

中原には、「物質観味」への眼差しがなかったというより、彼は、むしろそれを否定していた。彼は富永の死後二年をへた一九二七年三月の日記でも、富永に触れて「彼は芸術家ではなかつた。彼は器物に対する好趣を持つてたまでだ」と一年前の追悼文（「夭折した富永」）同様、詩人としての富永を否定しているが、その理由はここでもあの「物質観味」の存在、「器物に対する好趣」なのである。（日記、一九二七年三月二十三日）

即ち、彼は、小林が『テスト氏』に触れて「空虚」といっても「物質」といってもよい、「真の無秩序」をいうような場所で、単にそれを評価しない、あるいはそれに関知しない、というのではなく、それを疑う。そしてその疑いは、彼において、「伝統や因襲や仮定の上に立つた」詩、「古めかしい」詩の採用という帰結をとる。ここで、中原は、単に「伝統や因襲」に資質的になじんでいたので、そうした、つまり、彼は「古い」資質の持主だったがゆえに、「新しい」物象性の契機に触れたが、あるいはそれを頭で知ったが、それを否定したのにすぎない、というのが、中原に「古さ」を見る従来の見方である。しかし、中原は、自分の資質や自然に従って新しいものを否認したというより、ある自分の考えから、「資質」や「自然」に独自の意味を見ればこそ、むしろ不自然に自分に「古い」詩形を与えている。しかもその考えは、当時の思潮に照らして十分に「新しし」かったのである。

「うた」という中原の「古さ」の指標は、むしろ中原の近代日本文学にあって全く異色の、その考え方の「新しさ」の指標と考えるべきなのではないか。それは戦後の中原評価と中原否定の評価軸それ自体にある反省を迫る、そのような全く独自の考え方の指標なのではないか。

一言でいえばこう考えればこそ、ぼくはここで中原を取りあげてみたいと思うのである。

2　モノの否定

中原がどのように「うた」を摑んだか、ということについては、彼の「詩的履歴書」という興味深い文章に、こう書かれている。

まず短歌。最初に書いたのは大正四年（一九一五年）、彼八歳の時で、「その年の正月に亡くなつた弟を歌つた」のが、そもそものきっかけである。以後、新聞に投稿などしながら歌作を続け、大正十一年（一九二二年）、友人と歌集を発行。しかし、翌年、彼の最初の人生との衝突が生じる。


大正十二年春、文学に耽りて落第す。京都立命館中学に転校す。生れて始めて両親を離れ、飛び立つ思ひなり。その秋の暮、寒い夜に丸太町橋際の古本屋で「ダダイスト新吉の詩」を読む。中の数篇に感激。

大正十三年夏富永太郎京都に来て、彼より仏国詩人の存在を学ぶ。大正十四年の十一月に死んだ。懐かしく思ふ。

仝年秋詩の宣言を書く。（略）

大正十四年四月、小林に紹介さる。

大正十四年八月頃、いよいよ詩を専心しようと大体決まる。

大正十五年五月、「朝の歌」を書く。七月頃小林に見せる。それが東京に来て詩を人に見せる最初。つまり「朝の歌」にてほゞ方針立つ。方針は立つたが、たつた十四行書くために、こんなに手数がかゝるのではとガッカリす。（以下略）

（「詩的履歴書」、「わが詩観」所収、一九三六年）

彼の幼少時からたしなんだ「短歌」が、そのまま、ここにいう「朝の歌」の制作につながっているのでないことについては、先に述べたが、その「うた」にいたるみちすじを、「詩的履歴書」に沿って述べれば、彼の「短歌」は、京都に転校してから後、ダダイスムの詩と思想、富永太郎に教示されたボードレール、ランボーらフランスの詩人、また小林をつうじて知ったそれらフランスの詩の背後にひそむ考え方などへの識知によって、彼の中でいったん死にたえた後、再び、「うた」として摑み直され、「朝の歌」に辿りつくのである。

それでは、彼のダダイスムの詩から「うた」への移行は、どのように生じているか。彼の残している詩の中で、明らかに「うた」として、つまり、七五調のリズムを用いて書かれた詩は、一九二五年の「秋の愁嘆」をもって嚆矢とする。これは、一九二四年に書かれた富永太郎の「秋の悲歎」を意識して、これに対置された、そのパロディだが、中原が「秋の悲歎」のような「ランボオばり」の堅固な、卓れた詩に、「秋の愁嘆」という「うた」を対置して〝お道化〟てみせたことの意味は、けっして小さくないと思われるのである。

まず富永の「秋の悲歎」から見れば、これは、このような散文詩である。

私は透明な秋の薄暮の中に墜ちる。戦慄は去つた。道路のあらゆる直線が甦る。あれらのこんもりとした貪婪な樹々さへも闇を招いてはゐない。

私はたゞ微かに煙を挙げる私のパイプによつてのみ生きる。あの、ほつそりとした白陶土製のかの女の頸に、私は千の静かな接吻をも惜しみはしない。今はあの銅《あかゞね》色の空を蓋ふ公孫樹の葉の、光沢のない非道な存在をも赦さう。オールドローズのおかつぱさんは埃も立てずに土塀に沿つて行くのだが、もうそんな後姿も要りはしない。風よ、街上に光るあの白痰を搔き乱してくれるな。

（富永太郎「秋の悲歎」前半部、一九二四年）

富永はこの詩を一九二四年十月前後、京都での中原との交遊のさなかに書く。(註13) ことによればこの詩の右に見える「オールドローズのおかつぱさん」には、――「オールドローズ」の意味こそ判然としないながら――当時富永の影響で「ボヘミヤンネクタイに、ビロードの吊鐘マント、髪を肩まで延ば」していた(大岡昇平『朝の歌』)中原の存在が、影を落としていたかも知れない。当時の二人は「終日詩を語り」、その「友情には他の容喙を許さぬ緊張したものがあった」ことを、大岡昇平の中原中也評伝『朝の歌』は伝えている。当時、中原は、

ウハキはハミガキ
ウハバミはウロコ
太陽が落ちて
太陽の世界が始まつた

というようなダダ詩を書いていた。彼は後日、「たゞ一度、エピキュリアンよろしくの富永が私の前に現はれた時(一九二四)、私は彼のしとやかさに、心理学圏的に魅せられた」と、およそ他人の「懐疑派流」から影響を受けなかった彼の唯一の例外的事例とし

て、富永からの影響について、日記に記すが（一九二七年三月二十三日）、「秋の悲歎」がこのような彼にどれだけの衝撃と彼自身への挑戦の意味をもって立ちはだかったかは、十分に想像できるのである。

中原の動揺は、「秋の悲歎」の衝撃をもろに受けて書かれたと覚しい、

> 最早、あらゆるものが目を覚ました、黎明は来た。私の心の中に住む幾多のフェアリー達は、朝露の傍では草の葉つぱのすがすがしい線を描いた。

というような詩句にはじまる、その名も「ランボオばり」の「或る心の一季節——散文詩」に明らかだが、この詩から数ケ月を経て書かれる「秋の愁嘆」は、一見手軽な「秋の悲歎」へのパロディと見えて、中原が硬質で「新しい」富永の詩にたいするに一見古めかしい「うた」をもってすることを方向として示した、おそらくははじめての試みだったのである。

「秋の愁嘆」は、このように書かれる。

　あゝ、秋が来た
　眼に琺瑯《はふらう》の涙沁む。

あゝ、秋が来た
胸に舞踏の終らぬうちに
もうまた秋が、おぢやつたおぢやつた。
野辺を　野辺を　畑を　町を
人達を蹂躙《じうりん》に秋がおぢやつた。

その着る着物は寒冷紗《かんれいしや》
両手の先には　軽く冷い銀の玉
薄い横皺《よこじわ》平らなお顔で
笑へば籾殻《もみがら》かしやかしやと、
へちまのやうにかすかすの
悪魔の伯父さん、おぢやつたおぢやつた。

（「秋の愁嘆」一九二五年）

彼がこの詩に、あえて「秋の愁嘆」という題を付け、当時の草稿としては例外的に「（一九二五・一〇・七）」と制作日付を残しているところを見れば、中原は、その自分の選択の意味に、この時、十分に自覚的だったかも知れない。彼は富永の詩の、「私は透明な秋の薄暮の中に墜ちる。戦慄は去つた。道路のあらゆる直線が甦る」という詩句に、とりあえず「最早、あらゆるものが眼を覚ました。黎明は来た」というような〝模倣〟と〝屈従〟を強いられるが、「秋の愁嘆」は、この富永の詩の硬質な高度の達成に、同様に高度な達成をもって対峙するのでなく、「あゝ、秋が来た／眼に琺瑯の涙沁む」と、七七五に区切られる、全く違った方向の詩、つまり「うた」をもって向き直ろうとするのである。

　そもそも、「ノート１９２４」と題された一九二四年の彼のダダ詩帖に残された詩篇を丁寧に見ていくなら、そのノートの終末部に近づいて、中原は、無機的なダダイスム詩から何か有機的、とでもいうような「うた」への胎動を示している。

汽車が聞える
蓮華の上を渡つてだらうか

　これは、「ノート１９２４」の最後近くの詩（?）の一部で、詩は一行置いて「内的な刺戟で筆を取るダダイストは／勿論サンチマンタルですよ。」と、前二行の「サンチマンタル」な色合いを〝弁解〟するような詩句で終っている。しかし、この一行目、中原はまず「汽車が遠くから聞える／蓮華の上を渡つてだらうか」と書き、ついで「遠くから」を削除するので、ここには後の「うた」に向かうような模索が、すでにはじまっているとも見られるのである。

つまり、中原の詩の軌跡を、ここでいくぶん微視的にたどれば、中原は当初短歌に手を染め、次にその「うた」を、ダダイスムの詩と私小説風の小説習作に分裂するかたちで、とにかく切断した後、再び「サンチマン」（感情）との新しい接点を求め、やがて、物象的で硬質な「秋の悲嘆」に「ただ一度」大きくブレたのを最後に、以後、明瞭に「古めかしい」ものとしての「うた」を摑み直す方向を、示すのである。「朝の歌」が、その努力の結果約十ケ月後に得られた、はじめての、「秋の悲歎」に作品として拮抗する「うた」だったことは、いうまでもない。因みにつけ加えれば、「詩的履歴書」には、「大正十五年五月、「朝の歌」を書く。七月頃小林に見せる。それが東京に来て詩を人に見せる最初。」と記されているが、中原が、「朝の歌」を書いてなお、二ケ月の間、これを誰にも見せず、一人でその達成の意味を吟味しているらしいところからも、彼が「うた」の選択の意味に自覚的だったことは、それと知られるのである。

この「詩的履歴書」の記述を信じるなら、「朝の歌」は、一九二四年の富永との交遊以来、中原がはじめて得た自分にふさわしい作品ということになるが、彼は、それが得られてからも、しばらく、その「作品」が人にどのように受けとられるか、というより、その「傑作」がどのような傑作であるか、という点に関しての態度を、一人で熟思黙考する時間をとる。この「履歴書」が書かれるのは、一九三六年、彼二十九歳の折りのことだが、五月に書いた詩を七月、小林に見せた、と書くところには、その「朝の歌」で「立」てた「方針」の反時代性ともいうべきものに、十年たってなお中原が重大な意味を認めていたらしいことを、窺わせるものがあるのである。(註14)

ところで、この中原の人知れずなされた「投企」が、これまで余り人に知られないできたと見えるのは、なぜだろう。その理由が、「抒情」、あるいは「うた」ということへの人々の先入主にあることは疑われない。多分、この章の冒頭近く引いた数々の批判を念頭に置いてだろう、中原は一九三六年に「わが詩観」と題する詩論を書くが、その動機は、たとえば、こう書かれるのである。

> 何故之を書くに到つたかといふと、もともと死ぬまでに一度は是非とも書きたいと年来の希望があつたからでもあるが、由来抒情詩人といへば、何にも分らぬくせに抒情だけはどうした拍子でか出来る人間のことだ位に考へてゐるのが一般の有様であり、論議の盛んな当節にあつては、尚更そのやうに考へられる向きも多いので、聊かそれに答へてみたいといふのが、直接の動機である。（「我が詩観」一九三六年）

この生前未発表だった「芸術観」に触れた文章で、中原は彼のいう「神」から「詩」を説くが、ここで重要なのは、彼が「主観的な抒情詩の背後に、如何なる具合に客観的能力が働いてゐるかを示すことこそ、此の小論の主旨でもあるのだ」、と考えてこれを行なっていることである。

彼によれば彼がこの芸術観を身につけたのは、「今より十三年ばかり前」で、その頃は「日に少くも三頁のノートを取らないことはなかつたし、実に多くのことを考へた」。そこで考えられたことを、いま、彼は、「神」と「ユマニテ」と「詩」の関係で述べようというのだが、その同じことを、勿論彼は、一見「古めかしい」抒情詩の背後に、如何なる具合に「新奇な」吟味にたえる芸術観が働いているか、という叙述の方向で語ってもよかったのである。

しかし、結論を先にいえば、この種の試みがすんなりと成功するとは考えられない。それ程に、「由来抒情詩人といへば、何にも分らぬくせに抒情だけはどうした拍子でか出来る人間のことだ位に考へてゐる」一般の有様は、中原をめぐっても依然、根強かったので、中原の最も辛棒強い擁護者である大岡昇平にさえ、たとえば、このような言葉がある。

「中原にはこの後（「地上組織」の後——引用者）まとまった詩論としては、昭和三年の「生と歌」、八—九年と思われる「芸術論覚え書」、十一年の「我が詩観」があるが、いつも、作品が伴わないという現象が見られる」。（全集第三巻解説）

つづけて、「芸術における理論と作品の関係は、いつでもそうなるのだが」と述べてはいるが、中原の詩論は作品を語っておらず、その作品は詩論に語られた詩法を実現していないと、大岡が言明していることに変りはない。

いきおい、中原の芸術観の「新しさ」の説明は状況証拠の累積めいた外観を呈さざるをえなくなる。たしかに、中原自身が、「我が詩観」を「神」と「ユマニテ（人間）」と「詩」の三位一体として語ろうとし、語り終えた後、しかし、やはりこう書いても、自分のいうところは通じない人には通じないだろう、抒情詩人の繰り言としか聞かれないだろう、けれども自分はこの詩観、詩法をこのように形成し、獲得してきたのだ、そのことから逆に、いおうとするところを汲み取って欲しい、とでもいうようにあの「詩的履歴書」を「我が詩観」の末尾に付していたのである。

しかし、丁寧に読みすすめれば、中原がどのような芸術論をとおって「うた」というあり方に辿りついたかは、おおよそのところ解読できる。中原は、「新しい」芸術観を知る知友の中にあって、それを知りつつ、独自の道を進んだというより、「新しい」芸術観ゆえに「古めかしい」詩法を採用したので、厳密にいえば、「新しい」考え方のうちの一方によって、「新しい」考え方のうちの他方を否認し、ついで、「伝統や因襲」を「古さ」と見ない独自のある考え方に従って、これを新たに、受け取り直したというのが、ここで中原の行ったことだったのである。

まず、第一点について見れば、中原は、「我が詩観」に、ふと、とでもいうように、こう括弧して記している。

（凡ゆる誤謬は直観自体の中にはない。それの表現手続きの中に生起するのである。又、凡ゆる思惟の矛盾は、その対象自体の中にあるのではない。思惟の手段、即ち言語――それの不撓性、非同時性等々に由来するのである）。

面白いのは、これに続いて、またこんなふうに、変わった括弧の文が記されていることだ。

それに、（人間に於ける全ての要素は、その配合の比例といふ点や、進化の程度といふ点では様々だとしても、要素の数といふ点では、全く同数だと考ふべきものである。若しその数が異るとするか、人間と人間とが論じ合はうとすることは、全く以て滑稽なこととなる。）

ぼくの考えをいえば、この括弧は、この部分は他人からの「受け売り」だが、という中原らしい断わりなのである。しかしこの断わりによって、逆に、ぼく達は、中原の「うた」の選択、また「伝統」の受け取り直しが、考え方として、どのような思想家、哲学者の考えを後背地としてもつものであるかを、知ることができる。わかり易いほうからいえば、——これはより適切な例が他に見つかるかも知れないが——少くともこの後者の括弧内に語られている思想のオリジンの一つは、デカルト『方法序説』の、次のようなbon sens（良識）に関する記述だろう。

良識《ボンサンス》（bon sens）はこの世のものでもっとも公平に配分されている。なぜというに、だれにしてもこれを十分にそなえているつもりであるし、ひどく気むずかしく、他のいかなる事にも満足せぬ人人さえ、すでに持っている以上にはこれを持とうと思わぬのが一般である。このことで人人がみなまちがっているというのはほんとうらしくない。このことはかえって適切にも、良識あるいは理性《レゾン》（raison）とよばれ、真実と虚偽とを見わけて正しく判断する力が、人人すべて生まれながら平等であることを証明する。

（デカルト『方法序説』落合太郎訳）

また、これがいまの話題により直接に関係する主題なわけだが、この前者の括弧内に語られていることは、ベルグソン『意識に直接与えられているものについての試論』（邦訳題『時間と自由』）序文冒頭に語られているベルグソンの基本命題そのままの祖述なのである。

そこには、こう書かれている。ベルグソンが死んだ時に書かれた、林達夫の追悼文（「ベルグソン的苦行――哲学者の死に際して」一九四一年）から、林の訳を借用して引く。

> 我々は必然的に言葉で自己を表明する、そして我々は大概は空間において思惟する。他の言葉で言えば、言語は、我々が我々の観念と観念との間に、物質的な対象と対象との間におけると同じ明快にして精密なる区別、同じ非連続性を樹立することを要請する。この同一視は実際生活においては有用であり、大部分の科学においては必要である。けれども人は自問することができる。一体、ある種の哲学的問題が持ち上げている打ち克ち難い困難は、人が空間を毫も占めていない現象を空間のうちへ並置しようと固執することから来ているのではないかどうか、また争論の種になる粗雑な形象を捨て去ることによって、人は往々それにキリをつけられるのではないかどうか、と。
>
> （H・ベルグソン『時間と自由――意識に直接与えられているものについての試論』序文冒頭、一八八九年）

このベルグソンの最初の著作は、名高い「ゼノンの詭弁」、アキレスと亀の競争のパラドックス[註15]を解いたものとして知られるものである。要するにベルグソンは、このゼノンのパラドックスを、次のように解いた。このパラドックスは、運動という、本来モノならざるもの——彼はそれを「ひろがり étendue をもたないもの」と呼ぶ——を、モノと同様に線上に分割でき、計測・比較可能なものとみなして考えすすめたために生じたパラドックスである。従ってその前提に立って考える限り、そのパラドックスは解けない。本来モノでないものを、モノでないものとして考え、本来モノであるものだけを、分割したり、比べたりすること。考えすすめるにあたって、そうした厳密さを自分に課すことが必要である。ところで、このパラドックスは一例であって、我々は、本来モノでないものをモノ同然に考えてしまい、そのことに気づかずに考えすすめるため、多くの矛盾にぶつかっているのではないだろうか。たとえば、痛さとか、寒さという感覚は、数では表わせない。三十度は、十五度の二倍暑い、などと我々はいつのまにか思いがちだが、また暑さ寒さをこのように温度にして表わすことは「実際生活においては有用であり、大部分の科学においては必要で」すらあるのだが、しかし、摂氏三十度は摂氏十五度の「二倍」なのではない。つまり三十度だからといって、十五度の「二倍暑い」のではない。暑さという「感覚」——意識に直接与えられたもの——は、広がりをもたないため——モノでないため——数字で表わせず、分割することも、他と比較することもできないから、二倍暑い、という表現自体が本当は虚構なのである。だから、感覚とか直観といった「意識に直接与えられたもの」には、誤りというようなものは入りこむ余地がない。もし誤りが生じるとすれば、それはその「表現手続きの中に生起する」。つまり、多くの場合、思考上の矛盾は、「思惟の手段、即ち言語――それの不撓性、非同時性等々」(?)に「由来する」のである。

ところで、いうまでもなく、中原はここに単に自分の考えを補強するため、ベルグソンを忍びこませているのではない。彼は、自分の考えてきたこと、感じていることが、ベルグソンやデカルトによって、より精密に思惟され、また生きられるのを知って、これを採用し、これにまた、学んでいるので、ベルグソンのこの「意識に直接与えられているもの」とそれを表現する唯一の手段である「言語」の関係の認識は、彼が、それこそ詩を摑む、その最初の時から彼の詩法の中核に据えてきたものだったのである。

「我が詩観」(一九三六年)での彼の言葉、

だが、いよいよ、では詩をやらうかと決心するためには、詩の限界を見定めてからでなくてはならぬと思ふのであつた。
といふことは、言換れば、詩が詩であるために必須な条件は何かといふことを査べることであつた。

中原にとって、「詩が詩であるための必須な条件」とは、それが「意識に直接与えられているもの」の表現である、ということである。その「意識に直接与えられているもの」、即ち、ベルグソンのいう「時間」を指して、中原は「名辞以前」と名づけ、それを「名辞」との対立関係に置く。しかし、それは単なる対立なのではない。「名辞以前」とは「言葉にならないもの」のことだ。しかし、詩は、どのようにしてか、どのような表現手続きをへてか、その「言葉にならないもの」を「言葉」にしなければならない。中原からは多くの「詩」が「言葉」から出来ているもの、言葉にしうるものを、言葉にしているにすぎないものと見えた。十五度の暑さを語るもの、三十度の暑さは、十五度の二倍である所以を描くもの。本来、暑いという感覚の、名辞以前にひそむもの、その言葉にならなさが、そこではすでに忘却されていると見えたのである。しかし詩はそのようなものではない。それはたとえば「悲しさ」のその言葉にならなさをこそ表現する。しかもそれを、詩は言葉で表現するのである。


私が悲しみの中にゐる時、私は「悲しみ」をしてるのではない。世界が名詞を要求する時に於て悲しみと銘打たれる所のそれのみだ。——

私の詩は、原稿紙の上に行つてから初めて生れる。

（日記、一九二七年三月二十七日）

しかし人はどのように「言葉にならないもの」を「言葉」にするのか。そこにはどのような表現手続きが、想定可能か——。

言語にはこれを広義に取った場合、モノとコト、つまり空間性（物象性）と時間性という二つのベクトルがある。そのモノとしてのベクトルを最大限に追求したところに生まれるのが、美術、彫刻といった空間芸術、物象芸術であるとすれば、そのコトとしてのベクトルを最大限に追求したところに生まれるのが音楽という時間芸術である。そこで言語は、音符、という形になって、五線譜の中にとどまり、その中で言語のモノ性は能う限り排除されている。ところで狭義の言語であるコトバは、その色彩絵具と音符という二つの究極の言語の中間に位置し、モノ性とコト性を半分ずつ（？）持つ。ベルグソンによれば、思考上の矛盾は、「実際生活において有用で、大部分の科学においては必要ですらある」この言葉のモノ性から生じていた。即ち、本来モノではない感覚、運動、直観——意識に直接与えられるもの——を、半分はモノである言葉で表現してしまうところから、生じていた。ところで、中原は、この言葉にならないものを、言葉のコト性を最大限に引きだす装置を導入することで、その目的に沿った表現手続きを経ることで、何とか、言葉にしようとする。彼の考えによれば、詩は、「意識に直接与えられているもの」を表現するものであるゆえに、言葉から始まるものではないゆえに、それを表現するため、言葉は、コトとして、時間性によって用いられなければならないのである。それはどのように可能か。

「うた」を中原は、こうして摑んでいるのである。

子供の時に、深く感じてゐたもの、――それを現はさうとして、あまりに散文的になるのを悲しむでゐたものが、今日、歌となつて実現する。

元来、言葉は、説明するためのものなのを、それをそのまゝ、うたふに用ふるといふことは、非常な困難であつて、その間の理論づけは可能でない。

大抵の詩人は、物語にゆくか感覚に堕する。（「河上に呈する詩論」一九二九年）

中原は、自分の考え、行なってきた選択がベルグソンの哲学に合致し、その芸術論に沿うものであることに、少くとも一九二七年、二十歳の時には気づいている。(註16)

北川は、中原の抒情に、立原のそれに見られない「風土にたいする異和」があり、そこが中原の詩の現代につうじる「新しさ」の所以ではないかと、考えるが、一方、その中原も、「心」がその喪失感の深さの果てに、それ自身サイコロのような方形に「凍結」し、「モノ」となることもあるということ、そこから「モノ」への眼差しが生じうることを、見なかったのではないかと、その「新しさ」に限界のあったことを指摘した。

しかし、それはたとえば、サルトルがその「想像力」という一九三六年の処女論文で、ベルグソンの「イマージュ」の考え方について批判しているのと、同じではないが、同じ範疇の問題であって、モノ性を否定していたために、中原の考えが、「新しく」なかったことにはならないのである。

中原は、二十歳の時の日記に、「よくは分らないが、私が私一人、空前絶後に分つたと思つてるのは、ベルグソンの『時間』といふものに当つてるらしい」、「哲学は分るが哲学書は皆目六ケ敷い」などと書いているが（註16〔二五三頁〕参照）、中原にベルグソンの「時間」について教示したのも、「哲学書」を求めに応じて閲読させ「皆目六ケ敷い」と嘆かせたのも、小林だったことに疑いはない。ベルグソンは当時のフランスの最新の思想でもあったことを考えれば、何より、中原は、一方の「新しい」芸術観、ベルグソンのそれに通じる芸術観でもって、――ベルグソンにささえもされながら――物象性を重視する他方の「新しい」芸術観を否定しているので、そのモノ性の欠如を、彼の資質につうじる「古さ」と見ることは、「由来抒情詩人といへば、何にも分らぬくせに抒情だけはどうした拍子でか出来る人間のことだ位に考へてゐる」一般の有様に染まっているばかりでなく、中原の実状に、合わないのである。

3 「古さ」の選択

中原は、こうして言葉の物象性を否認し、富永の「物質観味」を否定するが、このモノ性の否定、言葉の時間性の重視が、文語を用い、七五調を踏襲した「古さ」の選択という形をとるまでには、もう一つの過程を経なければならない。

自分の選択が、同時代人の眼に「古めかしく」映ることに中原が意識的だったことについては先に触れた。それは、たまたま、「古い」形をとったのではない。それは、「古めかしい」ものでなければ、ならなかったのである。

そこには、実をいえば、先の小林の言にいう「伝統や因襲」を「古さ」と見ない、それらのものの受け取り直しの視点がある。その視点によってまた、彼の考えは、同じく先に触れておいた、デカルトの「良識はこの世のものでもっとも公平に配分されている」から、どんなに「気むずかしく、他のいかなる事に満足せぬ人人さえ、すでに持っている以上にはこれを持とうとは思わぬ」という『方法序説』序文冒頭に示された考えに、つうじる傾きをもつのである。

しかし、いまは、彼自身の言葉に帰る。そこから、彼の「新しさ」（モノ性）の否定が、「古めかしさ」の選択として現われた所以を、考えてみる。

角川版全集別巻所収の「詩人座談会」という年末回顧座談会で、中原は、他の同時代の詩人達と、このようなやりとりを交わす。

土方（定一）　中原君の詩には古典的な言葉が使つてあるやうですが、例へば「文藝」の詩のやうにああいふ古典的な言葉、情緒（三好達治君も書いてゐますが）あれに就いてどうお考へですか。

中原　僕はちつとも古典的ぢやないと思つてゐます。テニソンはああ云ふ風には書かないでせう。ドーミエが近代的だといふ意味で近代的だと思ひます。

土方　僕の古典的といふ意味は言葉が日常語でなく、文語的だといふ意味です。

中原（筆記一部脱落）一度解体して見えた今の自分を現はしてゐるんです。よくないのは古典的といふよりもマンネリズムです。いつもト書が決つてゐる。ト書に出てくる月は昔のままの月だ。僕のはさうぢやない。

土方　文語を使ふといふ詩的内容が問題になると思ふな。

中原　それは靴下に髪を吊した絵がありましたね。靴下も髪も昔からある。あれは材料ですからね。材料で何を作るかで決る。

土方　文語といふのは、さういふ意味の材料ぢやないでせう。

（略）

土方　僕達は文語といふものを使へば矢張さういふ言葉を使はざるを得なかつた詩的内容に疑問を持つ。

中原　それは負けたんぢやない。

遠地（輝武）　さつきレーニンの論文は翻訳で読んでも詩を感じるといつたね。あの邦訳文は漢文口調の変なものだけれども、あれから詩が感じられるといふのはイデオロギーが関係してゐるからで、中原君の詩に文語がまじつてゐるとしても、それは問題でない。問題はどれだけ現実にぶちあたつてゐるかに在るのだから、若し文語が交つてゐてもぶちあたる力が強烈であるならそれでよいだらう。

草野（心平）　俺の云ふのは、その人はその人の思想内容なり感情なりをその場合々々に応じて一番適切な言葉をもつて現はす、そのリアリテを考へる文語が強烈に響く場合は無論それでいいのだ。

植村（諦）　そんなレアルがあるか。それではみんな自分の考へた通りに書いてゐるといふだらう。それぢや自然主義もロマンチシズムもみなレアルになる。主観が厳密な客観の批判に堪へ得るところにレアルがある。

中原　が、自分といふものは目がさめたらゐたんですからね。

（「詩人座談会」「詩精神」一九三五年一月号）

中原は、ここで、君の詩は「古い」が、それを君はどう考えているのか、と尋ねられているのだが、それにたいする彼の答えは、次のように要約される。

自分は自分の詩を「近代的」と考えている。なるほど自分は「古い」言葉（文語）を使用しているが、それは「材料」としてであって、自分の「材料」にたいする考えによるのだ。詩自身の価値は「材料で何を作るかで決る」。その作ろうとするものが材料として「昔からある」ものを要求する、ということが、そして、実際にあるのだ。よくないのは時代からかけ離れていることより、「マンネリズム」、つまり紋切型に陥っていることだ。「古い」言葉を使用したからといって、「古い」価値に投降したことにはならない。自分は自分の表現しようとするものを日本語の詩に盛ろうとして「古い」言葉を選んだのだ。なぜ材料として「古い」言葉を選んだか。「自分といふものは目がさめたらゐた」とは、「目がさめたらゐた」自分だけは改変できないということ、自分の中に、ある動かしがたいものがあるということではないか――。

同時代の多くの詩人が、自分を、あるいは自分の詩をどうにかしよう、工夫さえ、でなければ能力さえあれば、どうにかできる筈だと考え、努力に余念のなかった時に、中原が、自分が詩を書く、という行為の中に、自分の努力ではどうにもならないものを多く見ていたことは、特徴的である。彼にとっては、詩に書かれるべきもの――それを彼は「名辞以前」と呼んだ――は、その深浅を努力で変えることのできるようなものを意味しなかった。しかし、だから、努力が不要だというのではない。

「そんなわけから努力が直接詩人を豊富にするとは云へない。而も直接豊富にしないから詩人は努力すべきでないとも云へぬ」。(「芸術論覚え書」)

彼の「名辞以前」は、そのような「どうしようもなさ」で彼の努力と〝碍子〟によって接続される電線のように「隔てられつつ架線される」のである。

また、彼の「詩的履歴書」に記された、彼十七歳の時のはじめての「詩の宣言」。

> 人間が不幸になつたのは、最初の反省が不可なかつたのだ。その最初の反省が人間を政治的動物にした。然し、不可なかつたにしろ、政治的動物になるにはなつちまつたんだ。私とは、つまり、そのなるにはなつちまつたことを、決して咎めはしない悲嘆者なんだ。
>
> （「詩的履歴書」）

ここではもう取り返しがつかないそのことを「決して咎めはしない」悲嘆が、〝碍子〟となって、もうどうしようもないことと、彼の詩作への意欲をやはり「隔てつつ繋ぐ」。彼は「言葉にならないもの」をこそ言葉にしたい。それはほぼ不可能である。しかしそのことと、彼の詩作への意欲は、両立するばかりか、それが彼の詩の「宣言」となるのである。

ところで、同じようなことが、「詩」とその外側にあるものの関係、また、「詩」の材料である言葉についていわれる。というより、日本語で書かれる詩の位置について、いわれる。

「詩と其の伝統」という文章で展開されているのは、ほぼ次のような考えである。

自分はある話を聞いたが、ある山奥に新しく小学校が出来る。毎年創立記念日に作品展覧会を開くことになり、その最優秀作を関東地方のコンクールに出品する。そうすると、一年目の出品作つまり学内最優秀作よりは二年目の方が勝り、二年目よりは三年目が勝るというように、五、六年は、その出品作の水準は目に見えて上がりつづける。しかし「その五六年を過ぎてしまうと」一等賞の水準は「年々おんなじ位」となり、「もうその村が格段開けるとかなんとかしない限り、その出来栄は大体変らない」。

この、「村が格段開けるとかなんとかしない限り」、いくら個人が精進しても、どうにもならない、而もどうにもならないから「詩人は努力すべきではないとも云へぬ」、そのような動かしがたさが、自分の相手にしている詩にはあるのだ、という感覚、それを中原は、この「新体詩創始以来の、空前の試みの時機」（吉田精一「日本近代詩鑑賞昭和篇」）、非常に早くから、例外的に、持っていたと思われるのである。

それはまず、「伝統」として語られる。

「詩も亦 寔《まこと》にそのやうである」。一年目の作があるので、二年目の詩人は得をする。それは理論や練習の問題ではない。「すべて技の進歩といふものは、見やう見真似で覚えることから発する」からだ。

ところで、他の事ではいざ知らず芸術では伝統といふものは大変有難いものである。それを肯定するにしても否定するにしても、まづそれがあつてのことなのである。

（「詩と其の伝統」一九三四年）

中原がいうのは、日本の詩を新体詩以後のものと見ていえば、日本の詩の伝統は「余り豊富だと云ふことが出来ない」。ところで、「『伝統がない』、謂はば『型がない』とか『見本がない』とかいふやうなこと程、詩人にとつて辛いことはない」。「詩人が辛いばかりではない。読者も亦辛い」のだ。なぜなら「期待」は「型」を必要とする。「とまれ無形の期待などというものはない。期待がこれと口に云へない場合にも期待がある限り期待が期待してゐるなんらかの『型』、といふものはある」のだが、伝統がないとは、この「型」がないということであり、「つまり予想出来るその型がないので、大衆の方では詩人に期待しようがものはない」ことになる。ところで「するとなると、今度はそのことは詩人にとつて辛い」。「詩人が孤立するからといふのではない。芸術といふものが、普通に考へられてゐるよりも、もつとずつと大衆との合作になるものだから」である。

他の詩人が、自分のガラス管中の水位の目盛りを少しでも上昇させようと技巧や様々な努力に走っていた時、中原には、そのガラス管が外につながる通底器であるかのように映っている。彼は、詩人一人の努力でどうにかできる範囲はタカが知れている。日本語の詩の困難は、その理由がはっきりしているが、自分にとっては、自分の詩の困難とは、その日本語の詩の困難そのものにほかならない、と考えるのである。

　中原によれば、その困難とは、日本で詩の伝統が浅く、詩といえば、「ああいうもの」という了解が成立していないため、――草を引き抜こうとして根元で切れてしまい、根が土中に残るように――詩人の努力の結果が言葉から持ちあがって来ない、点にあった。「名辞以前」という、海に住む魚を放すとして、彼には、日本語の詩というイケスが大変狭く感じられたのである。詩人の努力はそのイケスをどこまでも深く穿つことができる。しかし魚は縦に回遊できない。

　なぜか。「名辞以前」という魚は、外にひろがる海、人の心という海から獲れる、「心」と同じ材料でできた「魚」にほかならないからである。

　ところで、この魚は、人の心の中でその住む深さを深める一方、短歌や俳句のイケスは広さは十分にあるが、深さに限度がある。そして短歌や俳句の場合、深さを増すことは、そう容易くはない。つまり詩はまだ「詩心界」の中で「一本立ち」できないまま、しかも、「時勢は既に詩歌として短歌・俳句だけでは間に合はない詩的要求の萌芽を見てゐると云ひたいのである」。

　詩とは、何かの形式のリズムによる、詩心（或ひは歌心と云つてもよい）の容器である。では、短歌・俳句とはどう違ふかと云ふに、その最も大事だと思はれる点は、短歌・俳句よりも、度合的にではあるが、繰返し、あの折句だの畳句だのと呼ばれるものの容れられる余地が、殆ど質的と云つても好い程に詩の方には存してゐる。繰返し、旋回、謂はば回帰的傾向を、詩はもともと大いに要求してゐる。平たく云へば、短歌・俳句よりも、詩はその過程がゆたりゆたりしてゐる。（略）で、これ（この詩の特色——引用者）を一と先づ「ゆたりゆたり」と呼ぶことにして、此のゆたりゆたりが、日猶浅く大衆のものとなつてゐないので、つまり「ああいふものか」とばかり分り易いものとなつてゐないので、大衆は詩に親しみにくいのだし、詩人の方も産出困難なのである。（同前）

この日本語の詩の困難を一言でいえば、どういうことになるか。中原がいうのは、詩に、大衆の通念の中での「用途」がなければならない、ということ、そのためには詩が「大衆の通念の中に」位置することが、どうしても必要だ、ということである。

詩といふものが恰度《ちやうど》帽子と云へば中折も鳥打もあるのに、帽子と聞くが早いか「ああいふもの」とハッキリ分るやうに分らない限り、詩は世間に喜ばれるも、喜ばれないも不振も隆盛もないものである。扨《さて》私は、明治以来詩人がゐなかつたといふのでは断じてない。まだ詩といふものが、大衆の通念の中に位置する程にはなつてゐないと云ふのである。大衆の通念の中に位置しない限り、産出される詩の非凡と平凡とを問はず、詩の用途といふものはなく、あるとすれば何か他の物の代用としての用途をしかしてゐないと云へるのである。（同前）

中原が「秋の愁嘆」というパロディめいた「うた」で明示した詩の努力の方向の理由を、少くとも九年後の理解のかたちで、こう受けとることができる。彼は、彼自身の「詩的要求」の深さから、短歌、俳句に見切りをつけるが、伝統のない新体詩以降の日本語の詩のイケスを広げる必要から、「何かの形式のリズムによる、詩心の容器」である「うた」に自分の詩の努力の方向を見定める。ところで、中原のこうした考えは、これを虚心に受けとればたとえば次のようなベルグソンの考えに重なるものである。

詩人とは、その人の内部では、感情が像《イメージ》となり、像《イメージ》自体は、それをあらわすための、リズムにのった言葉となって発展していくような人である。眼前をこれらの像《イメージ》がふたたび行き過ぎるのを見て、われわれは今度はわれわれ自身の方がそれらの像《イメージ》のいわば情動的等価物である感情を感じるのである。

ところでベルグソンは、これにつづけて、次のようにいう。

しかしこれらの像《イメージ》は、リズムの規則正しい運動がなかったならば、それほど強力に再現されることはないだろう。リズムによって、あやされ眠らされたわれわれの魂は、夢の中でのようにわれわれを忘れて、詩人とともに考え、ともに見るのである。

（ベルグソン『時間と自由——意識に直接与えられているものについての試論』平井啓之訳）

なぜ、中原の詩が時間性としての言語のうえに立つかが、ベルグソンのこの前段の詩人についての定義に重なるものであるとすれば、なぜその「リズム」の詩が、「うた」という「古めかしい」形を取らなければならなかったかが、この後段の、「われわれ」と「詩人」をつなぐ「リズムの規則正しい運動」によって語られている、といってよい。

なぜ詩は「大衆との合作になるもの」なのか。ここにいう「リズム」が、詩人の個人の努力ではどうにもならない、——ソシュールの言語学でいえばパロールにたいしてのラングにあたる——「大衆との合作になるもの」であって、リズムが「規則正しい運動」をもてるかどうかは、大きくこの「大衆との合作」部分に依存するからである。

つまり、中原の詩の努力は、精妙なもの、言葉にならないものを言葉に定着すべく、自分の詩のイケスを深くする方向を持ったが、同時に、そのイケスを広くする方向をもとる。前者は彼から短歌を取り去るが、後者は、彼からダダ詩を取り去り、彼が摑むのは、「秋の愁嘆」から「朝の歌」にいたる「古めかしい」詩の形なのである。

しかし、なぜ彼に彼の詩のイケスは、深くすると同時に、広くもしなければならないと感じられたか。先の比喩のままでいえば、彼の「名辞以前」という魚が、人の心の海から獲られ、人の心と同じ材料からできた、あの、「縦には回遊できない」魚だったからである。

彼の「名辞以前」そのものに、あの「ゆたりゆたり」というに似た、詩のイケスの「広さ」をこそ必要とする、「広い」イケスの中に放たれないでは定着されえない性質のもの、つまり「大衆の通念」の中に放たれて十分に定着を見る何かが、ひそんでいたからである。

それが、彼の「名辞以前」が、人の心の海から護られ、人の心と同じ材料からできているということの意味にほかならない。

それは、具体的には、どのようなことか。

中原の二十歳の時の日記には、このような言葉が見つかる。

私は私の身の周囲《まはり》の材料だけで私の無限をみた。　（一九二七年四月二十四日）

また「一つの境涯」という、これは一九三五年、彼二十八歳の頃に書かれた文章だが、そのエピグラムに「筆者不詳」として引かれている文章に、このようなものがある。

普通に人々が、この景色は佳いだのあの景色は悪いのだのと云ふ、そんなことは殆んど意味もないことだ。人の心の奥底を動かすものは、却て人が毎日いやといふ程見てゐるもの、恐らくは人々称んで退屈となす所のものの中にあるのだ。

（「一つの境涯」一九三五年頃か）

中原にとって、詩が「古めかしい」形をとらなければならなかったのは、そうすることで、少しでも詩を「大衆の通念」の中に位置するものとすることが、彼には重要と考えられたからである。なぜ彼に、詩を「大衆の通念」の中に位置させることが重要事とみなされたかといえば、そうでなければ、彼のあの「名辞以前」は、十分に詩に定着されないと彼には見えたからである。

彼の表現しようとしたものが、「古めかしい」詩の形をとったについては、二つの側面があった。一つの側面は、なぜ彼が短歌に再び戻ることなく、「古めかしい」詩を書く方向に進んだか、ということであり、もう一つは、なぜ彼が、富永の「秋の悲歎」のような方向に進まずに「朝の歌」を書いたか、という側面である。彼が短歌を棄てたのは、彼の書こうとするものが、もはや短歌には盛りきれないと考えられたからであり、また彼が「新しい」詩を採らなかったのは、彼独自の考えから、あの「物質観味」の否定に傾いたことと、ここにいう、「古めかしさ」を、自分の「名辞以前」に照らして、必要と考えたこととのためである。

しかし、彼が自分の「名辞以前」に照らして、詩形の「古めかしさ」を必要と考えたについても、実は二つの側面があると見なくてはならない。なぜなら、彼は「名辞以前」に照らして、——彼の中の「感情が像《イメージ》となり、像《イメージ》自体は、それをあらわすための、リズムにのった言葉となって発展していく」過程で——「リズムの規則正しい運動」に助けられることを必要とすればこそ、言葉のいわばコト（時間性）としての力の重視によって成りたつ文語と五七調の採用に踏み切るが、一方、その彼の「名辞以前」自体が、中原にけっしてそれ自体世の中から隔絶した「固有なもの」、先験的な存在としてとらえられていたわけでは、なかったからである。彼はこの「名辞以前」について、たとえば、

「これが手だ」と、「手」といふ名辞を口にする前に感じてゐる手、その手が深く感じられてゐればよい。

（「芸術論覚え書」一九三四年）

と語るが、ここにいう「『手』といふ名辞を口にする前に感じてゐる手」は、「手」という名辞があればこそ、それを「口にする前」に感じられてゐる「手」なので、つまり奇妙な言い方になるが「名辞」の後に来る「名辞以前」なので、別に、「名辞」がなくとも存在する何か、というように、中原にとらえられているわけではないことが、ここで重要なのである。

彼に「名辞以前」の深浅は、そのまま、大衆の通念における詩の「用途」の深浅に通じるものと見える。たしかに、小林が「故郷を失つた文学」で自負したように、「社会化されえない私」ともいうべき自意識のありようを身をもって体験し、「新しい」文学によってでなければ表現されえないものを、生きた、という世代は、小林の世代をもって嚆矢とする。ある「新しい」世代が、大衆の通念から突出した「名辞以前」に摑まれ、大衆の通念と隔絶した文学表現をとるということは、ないわけではない。しかし、それが、当初大衆の無理解にさらされ、後に、徐々に人々に理解されはじめ、ついにはその時代を越えて生き延びる「古典」ともなるのは、大衆が無知で「遅れ」ていたためというより、その当時の通念から突出した形である「新しい」個人に摑まれた「名辞以前」が、本来、「大衆の通念」の中に位置を占める文学の「用途」を満たす要件を備えていたからである。多く「大衆の通念」を突出した「新しい」試みが、単に、「大衆の無知」のために理解されないだけでなく、時代を経ると共に「古」び、忘れさられていく中で、ある種のものだけが例外的に、人々の物の見方を変え、人々を動かすのはなぜかといえば、そのような作品が、当時人々の気づいていない、しかも、気づかれないまま人々を動かしているものに根ざし、そのようなものをこそ、そこに、定着させているから、といわなければならないのである。

小林自身が、やがて、あの、「社会化しえない私」という「新しさ」を捨てて、数年後、「自意識の過剰といふ事を言ふが、自意識といふものが、そもそも余計な勿体ぶつた一種の気分なのである」と、かつて自分を動かしたものは、「余計な勿体ぶつた一種の気分」だったというにいたることについては、先に触れた（「自己について」一九四〇年）。それは、小林が「社会化しえない私」という「新しさ」をもちこたえられなかったためというより、また、小林が、自意識の苦しみなど、気分の問題にすぎない、と思うようになったため、というより、その「社会化しえない私」が、「大衆の通念」の中での「用途」を満たす要件を備えていなかったための結果、と考えるべきなのである。つまり、あの「社会化しえない私」を「大衆の通念」の中に位置せしめる、その回路を小林が見出すことができず、結局、「社会化しえない私」自身を放棄するにいたった、ということを意味しているのである。

言葉を変えるなら、小林が、「社会化しえない私」としてとらえたあのものを、中原は「言葉にならないもの」、〝名辞以前〟としてとらえる。しかも、小林が、この「社会化し

郵 便 は が き

料金受取人払郵便

小石川局承認

1135

差出有効期間
令和７年10月
31日まで

１１２-８７３１

東京都文京区音羽２—12—21

講談社文芸文庫出版部

愛読者アンケート係

文芸文庫をご購読いただきありがとうございました。文芸文庫では永年の読書にたえる名作・秀作を刊行していきたいと考えています。お読みになられたご感想・ご意見、また、文芸文庫としてふさわしい作品・著者のご希望をお聞かせください。今後の出版企画の参考にさせていただきますので、以下の項目にご記入の上、ご投函ください。

ご住所	郵便番号 □□□-□□□□ 都道府県 様方 メールアドレス				
お名前		年齢		性別	

TY 000051-2307

ご購入の文芸文庫の書名（　　　　　　　　　　　　　　　　　　　　）

A　あなたは……　⓪①学生　⓪②教職員　⓪③公務員　⓪④会社員
⓪⑤会社役員　⓪⑥研究職　⓪⑦自由業　⓪⑧サービス業　⓪⑨自営業
⑩その他

B　この本を知ったのは……
⓪①新聞広告、雑誌広告、その他の広告（具体的に：　　　　　　　　）
ネット書店（具体的に：　　　　　　　　）
⓪②書評・新刊紹介（具体的に：　　　　　　　　）
⓪③書店で実物を見て　⓪④人のすすめで　⓪⑤その他

C　どこで購入されましたか？
書店（具体的に：　　　　　　　　）
ネット書店（具体的に：　　　　　　　　）

D　よくお読みになる作家・評論家・詩人は？

E　ご意見・ご推薦の作品などをお聞かせください。

アンケートにお答えいただきありがとうございました。記載の情報については、責任を持って取り扱います。また、文芸文庫の「解説目録」をお送りしております。ご希望の方は下記の□に○をご記入ください。

□　文芸文庫の「解説目録」を希望します

えない私」を「社会」と対立し、全く「社会」から隔絶した実験室として考えるところ、中原は、その「言葉にならないもの」は、「大衆との合作」であればこそ、詩は「大衆の通念」の中に位置を占め、それ本来の「用途」をもたなければ、詩人自身が「産出困難」に陥いると、考えるのである。

つまり中原は、自分の「名辞以前」に照らして「古めかしい」詩形を選ぶが、それは、自分の「名辞以前」が、詩の現にある「生存態」、あの「大衆の通念」の中への位置し具合に逆照される存在でもあると考えればこそ、そうしているのである。

つまり「古さ」が問題なのではない。「古さ」だけが、問題なのではない。むしろ、詩が大衆の通念の中に位置を占め、本来の「用途」をもつべく書かれることが、読み手にとって必要であり、またそのような読み手のいることが、詩人にとって必須事であることを痛感すればこそ、中原は「古い」詩形の方角を選ぶ。「秋の悲歎」を眼前にして、「秋の愁嘆」というパロディめいた詩を書いた時、中原は、「七五調」というだけでない、「パロディ」という要素、つまり「古さ」だけではない、ある「美」に抗うあり方、「普通に人々が、この景色は佳いだのあの景色は悪いのだのと云ふ、そんな」あり方への否認をも、ここに提示していたと考えるのが、よいのである。即ち、あるありふれたもの、どこにでもあるものを盛る容器として「うた」を選んだと考えるのが、より、適切なのである。

これを別にいえば、「朝の歌」は、彼が「秋の悲歎」に対して置いた二つのものの、一方の達成にほかならなかった。中原は、富永の「新しい」詩にたいして、「うた」を置いたが、実はその「うた」は「朝の歌」から、たとえばこのような「お道化うた」にいたる要素をも含む、どこにでもある、ありふれたもの、あの「人々称んで退屈となす所のもの」の選択という意味も、中原のなかでは、になわされていたと考えられるのである。『在りし日の歌』には、このような〝お道化うた〟が見つかる。

月の光のそのことを、
盲目少女《めくらむすめ》に教へたは、
ベートーヴェンか、シューバート？
俺の記憶の錯覚が、
今夜とちれてゐるけれど、
ベトちゃんだとは思ふけど、
シュバちゃんではなかったらうか？

（「お道化うた」前半部）

後に触れるように、『在りし日の歌』に収録されたこの種の〝お道化うた〟に関して、たとえば三好達治は最大級の否定を投げつけるのだが、結論を先にいえばこうした「下手糞」な詩にこそ、中原の、一時は「朝の歌」に一つの達成を見た「古さ」の選択のより深められた形は、現われているというべきなのである。

4 「下手」さへ

秋山駿は、その中原論『知れざる炎——評伝中原中也』の中で、『山羊の歌』から『在りし日の歌』へといたる過程で詩人がある奇妙な折り返し地点を通過していると見て、これをこの二つの詩集の違いという観点から、こう述べている。

中原中也の詩を読めば、これは誰しも気がつくことだろうが、『山羊の歌』と『在りし日の歌』との、微妙だが判然と異なった、詩の根底を貫く二つの調子というものに出合う。同一の人間の声だが、まるで生が色変りでもするように、何かひどく違ったものがある。ところが、この二つの詩集の作品の制作年次は、一部分重なっているのである。すると、誰だってごく自然にこんな疑問が浮んでくる——いったいこの詩人は、なぜその二つの調子の区別ということに、それほどにも鋭敏に意識的だったのか。そして、その二つの調子の相違と区別というところに、どんな意味が見出されるのか、と。

（『知れざる炎——評伝中原中也』一九七七年）

ここで秋山が述べていることは、見ようによっては中原がその『在りし日の歌』で、彼自身語っていることでもある。中原は、『在りし日の歌』後記に、こう書いている。即ち、ここに収めたのは、「『山羊の歌』以後に発表したものの過半数」であって、「作ったのは、最も古いのでは大正十四年のもの、最も新しいのでは昭和十二年のもの」である。ところで、「序でだから云ふが、『山羊の歌』には大正十三年春の作から昭和五年の春迄のものを収めた」[註17]と。

これをいいかえれば中原は、自分はこの第二詩集に第一詩集では収録しなかったものを新たに収録した、と述べている。彼は、『在りし日の歌』を編集している自分の詩についての考えは、『山羊の歌』の時とはずいぶん違っている、そうそれと明言することなしに、読者に語りかけているのである。

秋山は二つの詩集を併せ見て、同じものが二つの詩集では全く違う視線にさらされているという。『山羊の歌』で、出てくる他人や物は「生の意味を追求しようとするこの詩人の行為に脅迫されて、一つ一つがおのずからな生の意味を背負わせられてしまっている」。

ところが、これに反して『在りし日の歌』では、あれこれの意味を剝がれた、ただ奇妙な現実感だけで立っているような物達が、一つ一つの小さなレアリテとして現われてくる。こういう、他者としての存在を摑むためには、彼にはどうしても、あの

「自分がここにはいない」という視線の成熟が必要だった。それはつまり、彼の内部で、これまで生きてきた過去が亡び、同時に、それが生きた「在りし日」となって歩き出す、ということである——中也は、「少年時」(『山羊の歌』の詩章——引用者)のグループの最終章において、この地点に達する。いわば、青春を葬る心理的自伝の最後のこの場所で、「在りし日」が口を開く。(同前)

これを別にいうなら、中原には自己がモノに生の意味を与えるていの詩とモノが自己から生の意味を奪うていの詩とがあって、前者では詩人が事象に「調子」を与えたのに、後者では生の意味を何かに奪われた詩人の空虚が、彼のリズムの源泉となった。『山羊の歌』には、前者の詩がとられ、そこには「人間がいる。中也がいる。その詩の言葉を食べて生きている者がいる」。『山羊の歌』一巻の底を貫くのは、「彼が十七歳で抱いた、あの——『私は私自身を救助しよう』という声調」であって、「どんな詩の砕かれた一片を採っても、だからそこには、中也の『自己』が輝く。中也の内部の『私』という存在が、至る処で発言している。詩のヴェクトル、生の視線は、その一点へと統制されている」。一方、『在りし日の歌』は、後者の歌をとる。だからそこには「人間はいない。なるほど、何かぶつぶつ言っている男がいるが、その人間はしだいに詩の表舞台からは消え、言葉の背後へと隠れてしまう。これを要するに、中也の『自己』というものが、失せてしまう。

（略）これに代ってそこに出現してくるのは、自分が不在になってしまったにもかかわらず、なお生きねばならぬ者が見出すような、一種の奇妙な生のレアリテである」。（同前）

秋山によれば、『山羊の歌』には、あの、「なるにはなつちまつたことを、決して咎めはしない悲嘆」が輝いていたが、『在りし日の歌』にあるのは、もう何ものにも意味を認めない眼に映る「奇妙な生のレアリテ」なのである。

なぜこのような変化が生じているのか。

秋山がいうのは、中原の内部で「これまで生きてきた過去が亡び、同時に、それが生きた『在りし日』となって歩き出す、ということ」が生じている、ということである。この秋山の見方は、そう事実と違ったことを語っていると思われないが、ここでは、もう少し違った観点からこのことを考える。

つまり、ぼくの考えでは、中原は「朝の歌」で確立した詩法の延長上で、やはりある行き詰りにぶつかっているので、その行き詰りからのさらなる展開が、おそらくはここでぼくのいう「古さ」から「下手」へ、という詩法の変化として現われているものなのである。

先に見たように、中原は富永の「秋の悲歎」という言葉の物象性の上に立った「新しい」詩に対して、言葉の時間性に助けられるものとしての「古めかしい」詩、「朝の歌」を置くことで、「ほゞ」その詩の方針を確立するが、中原に「古めかしい」詩を選ばせたものは、実をいえば日本文化の伝統ということでも、「新しさ」への不信でもない、ありきたりなものへの眼差し、あの、「人々称んで退屈となす所のもの」のうちにこそ「人の心の奥底を動かす」ものはひそむ、という、彼において終生変わることのない確信だった。

ところで、当初、この中原の選択は、詩法として彼の詩作に合致しているように見えた。先の比喩に戻れば、彼には、詩のイケスを広げ、かつ深めることが彼の「名辞以前」に照らして求められていたが、彼は「古めかしい」詩形、「ありきたりの」詩形を採用することでその詩のイケスを広げ、一方、詩作上の個人的な努力をつうじてより精妙なものを言葉に定着し、その詩のイケスを深くすることにも念念がなかったからである。

しかし、ある時点を過ぎて、彼には奇妙な困難が生じる。一言でいえば、彼は精妙で端整な詩、「朝の歌」のような詩を、書こうと思えば書ける。しかし、そのような詩作行為が、彼には、彼の「名辞以前」に照らして、十分にこれを汲んだものとは感じられなくなる。彼は詩を書く。その詩を書くことが、何か彼に、十分に面白いものとは感じられなくなるのである。

これを別にいえば、詩のイケスを広くすることと、これを深くすることとは、両立するのだろうかという問いが彼には生じる。彼は「朝の歌」よりさらに精妙な詩をめざすことができる。しかし、その努力が、その努力自体をつうじて、何かを貧しくさせるように感じられるのはなぜか。あの詩というイケスは、実は、それ自体狭まることによってしか深くはならないのではないか。というより、あの詩のイケスを深くする詩人の努力は、一方でそれを狭めずには、成立しないのではないか。しかも、そのイケスに放される魚が、あの、何より、人の心の海で獲られた、「縦に回遊できない」魚、――「人々称んで退屈となす所のもの」からなる魚――である時、それはほとんど、そこに放たれる魚のごく一部だけを生かす、それ以外の「名辞以前」は自ずと排除されずにいない、イケスの構築を意味しはしないか。

そして、彼のあの「詩的履歴書」を見れば、一九三〇年の同人雑誌廃刊による詩の発表場所の消滅以来、一九三三年まで、彼はたしかに不思議な詩作上の停滞期を経験するのである。

吉田凞生はこの同人雑誌が廃刊になった後、「以後雌伏」と記される「詩的履歴書」の記述を受けて、「不思議なのは、「以後雌伏」と書かれている通り、この廃刊を機に詩作が止まってしまうことである。以後、昭和五年の作品であることが確認できるのは、(略)「夏と私」「湖上」の二篇しかない」と述べているし(評伝『中原中也』一九七八年)、一方、中原の年来の友人安原喜弘は、中原が第一詩集『山羊の歌』の編集を終え、その本文を印刷中の一九三二年九月頃から「魂の平衡」を乱し、「いわゆる神経衰弱的徴候をみせはじめていた」ことを、証言して(「中原中也のこと」一九七六年)、この停滞が一九三三年初頭になってようやく終わることをぼく達に教える。
この停滞期に書かれた数十篇の詩は、『在りし日の歌』には収録されていない。『山羊の歌』には一九三〇年の春までの作を収めたという『在りし日の歌』後記の断わりにもかかわらず、一九三一年、三二年に書かれた三篇の詩が『山羊の歌』に収められて、最終詩章「羊の歌」を形成しているが、これは中原の勘違いというわけではなく、彼はこれらの三篇（「羊の歌」、「憔悴」、「いのちの声」）を、いわば、ある行き詰りの中で、これまでの詩を詩集にまとめるに際しての結語代わりに書いているのである。（註17〔二五四頁〕参照）
中原の行き詰りとは、どのようなものだったか。『山羊の歌』の最後に置かれる詩、「いのちの声」は、このように書かれる。

僕はもうバッハにもモツアルトにも倦果てた。
あの幸福な、お調子者のヂャズにもすつかり倦果てた。
僕は雨上りの曇つた空の下の鉄橋のやうに生きてゐる。
僕に押寄せてゐるものは、何時でもそれは寂漠だ。

僕はその寂漠の中にすつかり沈静してゐるわけでもない。
僕は何かを求めてゐる、絶えず何かを求めてゐる。

恐ろしく不動の形の中にだが、また恐ろしく憔れてゐる。
そのためにははや、食慾も性慾もあつてなきが如くでさへある。

しかし、それが何かは分らない、つひぞ分つたためしはない。
それが二つあるとは思へない、ただ一つであるとは思ふ。
しかしそれが何かは分らない、つひぞ分つたためしはない。
それに行き著く一か八かの方途さへ、悉皆《すつかり》分つたためしはない。

時に自分を揶揄《からか》ふやうに、僕は自分に訊いてみるのだ。
それは女か？　甘《うま》いものか？　それは栄誉か？
すると心は叫ぶのだ、あれでもない、これでもない、あれでもないこれでもない！
それでは空の歌、朝、高空に、鳴響く空の歌とでもいふのであらうか？

（「いのちの声」Ⅰ）

「それに行き著く一か八かの方途さへ、悉皆分つたためしはない」とはいいながら、中原に、「それに行き著く」方途は、たしかにあると感じられている。しかしそうであれば彼はなぜ「恐ろしく憔れて」おり、また、「バッハにもモツアルトにも倦果て」て「雨上りの曇つた空の下の鉄橋のやうに生きてゐる」と自分を感じるのか。「それに行き著く」方途は、「一か八か」ながらたしかにあるのだが、ただ、彼には、「それが何かは分らない、つひぞ分つたためしはない」。というより、何かにようやく「行き著く」、その時、その行き著いた「何か」が、本当に自分の求めていたものかどうか分らない。というよりさらに、自分の手にするものを、これまで彼は自分の求めていたものと信じて疑わなかった、そこに疑問は全くなかった。そこに、はじめて、自分のようやく得たもの、詩に定着したもの、それが当初、自分の言葉に定着しようとしていたそのものなのか、という疑問が生じて、彼に一つの奇妙な停滞は訪れているのである。

彼は、この「絶えず」「求めてゐる」何か、しかも「つひぞ分つたためしはない」何かに関し、「否何れとさへそれはいふことの出来ぬもの！」と述べ、さらに、「それよ現実！汚れなき幸福！　あらはるものはあらはるまゝによいといふこと！」という詩句をとおりすぎて、最後、あの、

　ゆふがた、空の下で、身一点に感じられれば、万事に於て文句はないのだ。

の一句にいたる。

しかし、ここに、彼が萩原について述べる、「我は強き時弱く、弱き時強し」というパ

ウロの言葉を思いだすのは、つまり「弱き時」の「強さ」、息たえだえの印象をもつのは、ぼくだけだろうか。[註18]

ぼくの考えでは、この時中原がぶつかっていたのは、あの、彼が後に「技巧論の不可能」という言葉で呼ぶ困難である。一九三六年に書かれた「我が詩観」の中で、彼は、自分は「神は信じたが」宗教家になりたいという気も起らず、神学者になりたいとも思わず、また、「ユマニテは信じたが」社会事業にどれといって縁も生ぜず、「さりながら、詩には心ときめいた」と、こう自分と詩の関係を述べている。一部重複するが、そのままに引く。

> だが、いよいよ、では詩をやらうかと決心するためには、詩の限界を見定めてからでなくてはならぬと思ふのであつた。
> といふことは、言換れば、詩が詩であるために必須な条件は何かといふことを査べることであつた。
> 其の間の探究を、茲に掲げることは、徒労に帰する。
> 不十分に、さては断片的に、誌すことは出来るにしても、少くもこの小論中に書くとしたら全くの無意味でさへある。ボオドレエルが「技巧論の不可能」となすものが、茲で泌々《しみじみ》と思ひ出されるのだと云つておかう。

が、強ひて一口に云つてみるなら、私は自分の文体を、全くギリギリの所で捉へたのである。
（「我が詩観」一九三六年）

この「技巧論の不可能」については、一九三四年の「芸術論覚え書」に、このような言及がある。

技巧論といふものは殆んど不可能である。何故なら技巧とは一々の場合に当つて作者自身の関心内にあることで、殊に芸術の場合には名辞以前の世界での作業であり、技巧論即ち論となるや名辞以後の世界に属する所から、技巧論といふものはせいぜい制作意向の抽象表情を捉へてそれの属性を述べること以上には本来出ることが出来ない。
（「芸術論覚え書」一九三四年）

いわれているのは、技巧というものが詩作の「一々の場合に当つて作者自身の関心内にある」抽象不可能なものを本質とする以上、それについて論じ、語ること、つまり「技巧論」はほとんど不可能だ、ということに尽きるが、おそらく、このような言葉で中原がいおうとしていたことは、技巧論ならぬ技巧それ自体の不可能、という言葉によってより正確にいいあてられることなのである。なぜ、それでは中原は、これを「技巧の不可能」とはいわなかったか。その言い方で、いおうとするところが、ほぼ、誰にも通じないことが十分に予想できればこそ、彼は、これを「技巧論の不可能」として語っている。逆からいえば、そうでなければまた、なぜ中原が、あれ程「技巧論の不可能」ということを、最後に強調しているか、ぼく達はその真意を測りかねることにもなるのである。

なぜ技巧は、かつて中原に可能でありながら、いま彼に不可能となるのか。

当初彼にとって問題だったのは、あの、彼の中の「言葉にならない」ある思い、彼を詩作にかりたててやまないものを、何とか、言葉に定着しようということだった。彼は詩作の「一々の場合に当つて」その詩人としての「手」の命じるところに従い、技巧上の努力を積み、さまざまな作品を産んだ。詩の多様性を追求した。しかし、いまその詩の多様性が、彼の眼には一様の努力の等質の所産と映る。彼は大理石で多くの彫琢品を作って、人に示すが、それら彫琢されたものの出来映えの良非、趣向、声調の多様性が、いまやモノトナスな大理石の産物と見えはじめるのである。詩作において彫琢は、書くべき何かをこそ大理石にするのではないか。盥を満たす水に鑿をふるう。空をゆく雲に鑿をふるう。すると鑿をふるうというそのことが、水を、また空の雲を、大理石にする。つまり彫琢可能なモノにする。その彫琢可能な大理石を彫琢して成るのが、いわゆる詩の技巧を駆使して書かれる「卓れた詩」なのではないか。

かつて彼は、詩人の個人的な努力が詩というイケスを深めこそすれ、けっして広めはしないからと、その「大衆との合作」の部分に眼を向け、「古めかしい」詩を書いたのだが、いま彼は、その詩人のイケスを深める努力が、そこに放たれる魚を殺すのではないか、イケスを深めようとして、詩人は実は彼自身の心に棲む魚のあるものを死なせているのではないかと、いわば詩のイケスを広くする詩人の努力、彼のなかのさまざまの「名辞以前」を殺さない詩人の個人的努力ということに、眼を向けるのである。

精妙なあるものを追いかけるとは、他のものを石にして、捨ててそれを追うということであり、他の多くのものを捨ててそれを追うことは、それ自体で実はその追われるものの表現を頑なにする。どのように精緻に刻まれても、刻むという行為が知らず知らず、刻まれるものを別のモノに変えてしまっているのではないか。その結果、いつの間にか、自分は自分の中のさまざまな声、それこそあの「人々称んで退屈となす所のもの」の中にある声を、——彫琢できない声を——彫り刻んで別物として詩に定着してきていたのではないか。

彼は詩のイケスを広くする詩人の個人的な努力もありうる、と考える。それはどのように可能だろう。詩の技巧の習熟それ自体から離れること。技巧の不可能ということが、最も高度な技巧論の問題として彼に現われるのである。

詩を、大いに推敲しようとするな。

詩はまた生き物である。
いぢくりまはせば死す。

（日記、一九三五年五月二十五日）

彼は「下手糞な」詩を書く。下手糞な詩が素晴しいからそうするのではない。あの、人の心の海から獲られる魚が、それを求めるから、それを求める時には、そうするのである。

『在りし日の歌』には、このような詩が収められる。「夏の夜に覚めてみた夢」。先に見た「お道化うた」と同様の、いわゆる「下手糞な」詩である。

眠らうとして目をば閉ぢると
真ッ暗なグランドの上に
その日昼みた野球のナインの
ユニホームばかりほのかに白く――

ナインは各々守備位置にあり
狡さうなピッチャは相も変らず
お調子者のセカンドは

相も変らぬお調子ぶりの
扨《さて》、待つてゐるヒットは出なく
やれやれと思つてゐると
ナインも打者も悉《ことごと》く消え
人ッ子一人ゐはしないグランドは

忽《たちま》ち暑い真昼《ひる》のグランド
グランド繞《めぐ》るポプラ並木は
蒼々として葉をひるがへし
ひとときはつづく蟬しぐれ
やれやれと思つてゐるうち……眠《ね》た

（『在りし日の歌』所収）

この詩を、第二聯まで引き、「以下略」と断わって、「こんな風なレアリズムを、主観のとぼけた対象への捕はれ方を、私はやはり非詩として根こそぎの否定を以て否定しないではゐられない」と書いたのは、中原の死の翌年、一九三八年の三好達治である。三好はこう続けている。

『在りし日の歌』の著者は、その異常な体質と、その異常に執拗な探究力とで、まことに奇異な詩的世界まで踏みこんだ詩人だつたが、彼にはつひ《ママ》に最後まで、極めて初歩的な認識不足、——外部からは窺知しがたい宿命的な、それが彼の長所でもあつた不思議に執拗な独断に根ざした、その認識不足からつひ《ママ》に救はれずに終つたやうである。

その唐突な形容詩句や、その非効果的な字余り字足らずも、彼のさういふ深所にあつた独断に根ざしたもの、独断そのもののやうに私には思はれるのである。

（「ぶつくさ」一九三八年五月）

三好は実は、中原がこのような詩を書いたことにたいして怒りを向けているのではない。また、このような「非詩」を書く「異常な体質」の持主を、当代きっての批評家、小林秀雄や河上徹太郎が友人の誼みで好遇しているのは不適当ではないかと怒りを発しているのでもない。この小文は、中原の死の直後に現われた『在りし日の歌』の書評として書かれているが、たとえば、ここに収録されている「六月の雨」について三好はその詩が発表された直後、「詩情の若々しさと詩技の習熟とを兼ね備えた作品として、近頃最も感心した作品」と、ほぼ手放しで賞讃しており、中原の詩人としての力量は高く評価している

からである。（「燈下言」、「四季」一九三六年七月）

それでは、この詩集の何が、三好をこれほどまでに激昂させているかといえば、三好は、中原がこのような「非詩」をこともあろうに詩集に他のすぐれた詩同様収録していることに我慢ならないものを感じている。

なぜ中原は、一方で「六月の雨」のような誰の眼にもしっかりした詩を書く技倆と修錬を身につけていながら、他方、「夏の夜に覚めてみた夢」のようなとんでもない「非詩」を、詩集採録とするような愚行をあえてして、恥じようともしないのか。三好の「逆鱗」に触れているのが、「夏の夜に覚めてみた夢」の「非詩」ぶりであるというより、それを「詩」として公衆の面前に差し出す中原の意図、つまりその詩集採録の事実にあっただろうことは、疑いないのである。

それは彼に一個の瀆聖行為のように映る。それへの怒りが余りに強くて、三好は、なぜ中原がこんな「非詩」を詩集採録としているか、と問うべきところ、中原は「異常な体質と、その異常に執拗な探究力」の持主であったために、「極めて初歩的な認識不足」から「つひ《ママ》に救はれずに終つたやう」だ、と、自分を動かしている怒りの原因に気づかないまま、内容の指摘を欠いた「初歩的な認識不足」への言及でその文章を終えるのである。

中原が、三好の

太郎を眠らせ、太郎の屋根に雪降りつむ
次郎を眠らせ、次郎の屋根に雪降りつむ
（「雪」）

の詩に「燃えるような憎悪」を抱いていたことを、大岡昇平は伝えているが（「詩人」）、この挿話はただちに中原の二十歳の時の日記中の、「実現性の手近にある奴を／憎悪す」（一九二七年三月三十一日）という言葉を思いださせる。三好はおそらく、どのような理由があろうとこんな「とぼけた」「非詩」は認容できない、という立場だったろう。一方中原は、こうした三好の「端整な」破格のない落着いた詩が、「実現性の手近にある」トコロテンのように単に一方向の努力に押されて生まれる詩と見えるような場所に、身を置いていたのである。

中原と三好の違いは、何より、その「詩以前」、彼らがそこに定着しようとしているものの違いにあったと、いわなければならない。

二人は彼らの生きた時代にあって、文語、定型詩に関心を示した点、また詩以前に、短歌、俳句等に手を染めた点で共通しており、それが彼らの相互関心の原因でもあっただろうが、その「古さ」への関心、詩以前に手に染めたものの彼らにおける意味、ことごとく、その内実は二人の間で違っていたのである。

萩原朔太郎が死去した時、彼に「唯一最上」と映ったこの詩人を、三好はこのように詩にうたった。

幽愁の鬱塊《うつくわい》
懐疑と厭世との　思索と彷徨との
あなたのあの懐かしい人格は
なま温かい熔岩《ラヴァ》のやうな
不思議な音楽そのままの不朽の凝晶体——
（略）

そしてあなたはこの聖代に実に地上に存在した無二の詩人
かけがへのない　二人目のない唯一最上の詩人でした
あなたばかりが人生を　ただそのままにまつ直ぐに混ぜものなしに歌ひ上げる
作文屋どもの掛け値のない　そのままの値段で歌ひ上げる
不思議な言葉を　不思議な技術を　不思議な智慧をもつてゐた
（略）
（「師よ萩原朔太郎」一九四二年）

三好にとって詩とは、「懐疑と厭世」、「思索と彷徨」との——「なま温かい熔岩《ラヴァ》」のような――「幽愁の鬱塊」である。彼の「唯一最上」の詩人は、人生を「ただそのままにまつ直ぐに混ぜものなしに」歌い上げる「言葉」、「技術」、「智慧」の持主だった。この詩の作品としての評価はここでさし控えるが、少くともここには、三好のいう「詩技の習熟」、彼の「詩」に定着をめざしたものの性格がよく現われている。萩原が死んで、――自分のかけがえのない師友が死んで、中原であれば「その後、自分が何を思つたか」が詩になるところ（「小詩論」[註19]）、三好は萩原が自分にとってどのような存在だったかを語り、描写する。それが三好の「詩」になる。

　三好の先の中原否定は、サロン派の名匠がゴッホの絵の「下手糞ぶり」を滅茶苦茶にけなしている、という図を連想させる。中原の詩が、仮りに「下手糞」だとして、――ゴッホの絵のように「下手糞」だとして、――この二つの「下手」にはどのような共通点が見出されるか。

　その、「下手」の「上手」に包摂されない点。これらの「下手」が、共に、「上手」のうちに含まれないばかりか、「上手」の表現できないものを、表現している点。――中原の詩には、たとえば三好の詩の統辞法、その美自体を、単調このうえもない、退屈な代物、ずいぶんと貧しいもの、と感じさせるていのものが、含まれるのである。先に引いた、「お道化うた」はこのように書かれる。もう一度引く。

月の光のそのことを、
盲目少女《めくらむすめ》に教へたは、
ベートーヴンか、シューバート？
俺の記憶の錯覚が、
今夜とちれてゐるけれど、
ベトちゃんだとは思ふけど、
シュバちゃんではなかつたらうか？

霧の降つたる秋の夜に、
庭・石段に腰掛けて、
月の光を浴びながら、
二人、黙つてゐたけれど、
やがてピアノの部屋に入り、
泣かんばかりに弾き出した、
あれは、シュバちゃんではなかつたらうか？

かすむ街の灯とほに見て、

ウヰンの市《まち》の郊外に、
星も降るよなその夜さ一と夜、
虫、草叢にすだく頃、
教師の息子の十三番目、
頸の短いあの男、
盲目少女《めくらむすめ》の手をとるやうに、
ピアノの上に勢ひ込んだ、
汗の出さうなその額、
安物くさいその眼鏡、
丸い背中もいぢらしく
吐き出すやうに弾いたのは、
あれは、シュバちやんではなかつたらうか？

シュバちやんかベトちやんか、
そんなこと、いざ知らね、
今宵星降る東京の夜、
ビールのコップを傾けて、

月の光を見てあれば、
ベトちゃんもシュバちゃんも、はやとほに死に、
はやとほに死んだことさへ、
誰知らうことわりもない……

（「お道化うた」）

引用をしていてよくわかることだが、この一見冗長な、ではない、冗長な詩は、一見、第三聯の十三行を省略して引用しても、この詩の感じは幾分伝えられるのではないか、という気に引用者をさせる。彼は、第三聯を「（略）」としてこの冗長な詩を引いて、その略された引用詩から、この詩のある感じの決定的に失われていることに気づき、改めて、この詩の核心がどこにあるかを知るのだが、この詩は一見冗長な詩なのでなく、「冗長」であることを本質とする詩、冗長ということを先の彼の詩観にいう「ゆたりゆたり」の具に用いた詩なのである。

この詩の中に封印された「言葉にならないもの」が、第一聯から第四聯までの三十二行の「冗長さ」と、第五聯の三行の「短かさ」の対照にあることはいうまでもない。この三十二行とこの三行が、詩の秤の皿に載り、つりあう。それをつりあわせている三行の側の、眼に見えない、「言葉にならないもの」が、この詩のぼく達に送り届けてくる、「ある

感じ」である。

中原は彼の詩集に、「冗長な」詩を入れる。その理由は、「冗長」でなければ語られないもの、無駄なものをこそぎ落として得られるものの中に、どうしても含まれないものがある、と考えるからである。いいかえるなら、彼は、「詩技の習熟」それ自体によって失われるものがある、と考える。彼はいわば、「とぼけた」「下手糞な」〝非詩〟でなければ語られないものがあると、それも、自分のあの「名辞以前」のただなかに、それがあると考えればこそ、このような「とぼけた」詩を「亡き児文也の霊に捧ぐ」という献辞をもつ――彼にとって神聖このうえない――詩集に収めるのである。

その「下手」な詩は、ゴッホの「下手」な絵同様、「唯一最上」の眼前の美のヒエラルキーそれ自体に向きあっている。それはそのヒエラルキーの上位にあるものに、下位に身を置くことによって対抗しているというより、その美のヒエラルキーを疑い、それに異議申立てするものとして、「上手」と「下手」を無化する外側から対峙しているのである。

柳宗悦は、これは「上手」と「下手」そのままではけっしてないが、工芸上の「上手《じょう》」と「下手《げて》」について、こう書いている。工芸にいう「下手物」はゲテモノと呼び、「上手物」に対する。ここで「下」というのは「並」の意、「手」は「質《たち》」とか「類《たぐい》」の謂で、「下手」物とは、いわば「普通の品物」、雑器の類を指す。では、なぜ工芸上の美について語ろうとして、名匠の手になる「上手物」ならぬ粗末で無名の工人の手になる「下手物」に語り及ばなければならないのか。

（「上手物」に――引用者）意識の超過や作為の誤謬に陥つてゐないものは稀の稀だと云はねばなりません。有想の域に止つて加工の重荷に悩んでゐます。「上手物」に見られる通有の欠陥は技巧への腐心なのです。従つて形も模様も錯雑さを増して来ます。そこには丹念とか精密とかはありませうが、それは直ちに美の事ではないのです。よし美があつても華美に陥る傾きが見えてゐます。従つて大概は繊弱に流れて生命の勢ひが欠けてきます。大部分が用途に適しませぬ。併し用を離れて工芸の意義がありませうか。用ゐ得ない事に於て、美も亦死んでくるのです。

（『美と工藝』一九二八年）

柳は名匠中の名匠の作、あるいは、「上手物」中最もすぐれているものは、「下手物」をこそ「其の美の目標」としているという。「日本の陶工の中で、作から云つて一番傑出してゐる一人」である潁川の赤絵の作はなぜ美しいか。「実に明清の下手《げて》な赤絵が彼の美の標的でした」。その「驚くべき才能」がよく「下手」の赤絵の真髄をとらえたから、潁川の作は美しいと柳は、見るのである。

陶器には実際に「下手」の美があるのに比して、詩篇に「下手物」は広範囲に存在することがありえない以上、中原の「下手《へた》」の選択をそのまま柳のいう穎川の「下手《げて》」指向のありように重ねあわせることはできない。しかしこれまで見てきたところから明らかなように（柳はまた「上手物」と「下手物」をそれぞれ、「個性」と「伝統」の産物と見ている）、この二つの事例には、相通じあうところもけっして少くはなく、中原の晩年の志向が「下手」の選択という形をとったからといって、これは少くとも日本の文脈の中でそう意想外の身振りでもなかったのである。

中原の「下手《へた》」は、「上手」の自己否定の運動であると同時に、あの「人々称んで退屈となす所のもの」へのさらなる一歩の近よりを意味する。彼は、黙っていれば上昇していくエスカレーターを、逆に降りようとする。その努力が、技巧の、美の、芸術の位階を上昇していく努力にくらべ、より容易いものかどうかを、ぼく達は一概にいうことができないのである。

あの『山羊の歌』の最後に置かれた「いのちの声」から五年後、彼に「つひぞ分つたためしはない」あの「何か」は、全く別のありようで彼の眼前にある。

あれはとほいい処にあるのだけれど
おれは此処で待つてゐなくてはならない
此処は空気もかすかで蒼く

葱の根のやうに仄かに淡い

決して急いではならない
此処で十分待つてゐなければならない
處女《むすめ》の眼《め》のやうに遥かを見遣つてはならない
たしかに此処で待つてゐればよい

それにしてもあれはとほいい彼方で夕陽にけぶつてゐた
號笛《フイトル》の音《ね》のやうに太くて繊細だつた
けれどもその方へ駆け出してはならない
たしかに此処で待つてゐなければならない

さうすればそのうち喘ぎも平静に復し
たしかにあすこまでゆけるに違ひない
しかしあれは煙突の煙のやうに
とほくとほく　いつまでも茜の空にたなびいてゐた

（「言葉なき歌」一九三六年）

ここで「あれ」と呼ばれているものは何か。中原はもうそれを「自分に訊いてみ」ようとはしない。またそれは、彼に、それに「行き著く一か八かの方途」が、どこかにあって、それがまだ自分には「悉皆《すっかり》分つたためし」がない、とそう考えられているわけでもない。それに「行き著く」方途は、ここで、五年前のように、（自分には十分にわからないながら）たしかにある、とは考えられていない。それではここで、

あれはとほいい処にあるのだけれど
おれは此処で待つてゐなくてはならない

とうたわれている「何か」は、実はこの二行の間に、中村稔がいうような

（おれはすでにあれを見失つてしまつているから）

という一行を隠した、「失われた時」、「見失われた何か」に類する存在、あの悔恨の対象、あるいは一度あり、もう今はない彼のいう「全生活」のような存在なのだろうか。中村は、そうとでも考えなければ、「あれはとほいい処にある」のに（そこに出かけてゆく

のではなく）「おれは此処で待ってゐなくてはならない」とつづく二行は理解不可能だというのだが(註20)、それはそうではなく、ここで中原は、文字通りあの「技巧の不可能」ということが彼においてもっている意味を明らかにしているのである。

即ち、あれは遠いところにあるのだが、おれがあれのある場所まで「行き著」こうとすると、あれはいつのまにか色を失い、萎れてしまう。「あれ」があすこで生き生きとしてあることと、「おれ」がここで平静のままいることとが、どこか、見えない秤の上でつりあっている。この二つのことの間には関係がある。どのような関係かはわからない。「それにしても」あれは「とほいい彼方」で夕陽にけぶる。あれを豊かにするための「詩人の努力」などというものはありえない。「而も直接豊富にしないから詩人は努力すべきでないとも云へぬ」。（「芸術論覚え書」）いずれにせよ、それは「いのちの声」におけるように、たしかに、方法さえ摑めれば、「一か八か」でそこに「行き著く」ことのできるもののように考えられているのでもなければ、中村のいうように、「すでに失われた」何か、と考えられているのでもないのである。

あれがあすこにあるということが、いきいきと維持されるためには、そこに近づくという行為が拒否されていなければならない。そこには、全く別の「あれ」と「おれ」のつながるみちすじがある、――ここに想定されているのは、ほぼこのような感慨であり、関係なのである。自分が、この自分の場所から腰をあげ、外に赴いて、何ものかを獲得したとしても、それは、根元から先の草の葉っぱを引き抜くのと同じことで、何ら、何かをなしたことにはならない。それは、自分が自分でなくなって、何かをなす、というにすぎないのではないか。しかも、自分が自分でなくなって、なしうることは限られている。それは詩のイケスを深くする。しかし深いイケスに棲む魚は、本来、深いイケスからしか獲られることはないのだ。彼が「決して急いではならない」と書く時、彼の中にあの「名辞以前」がいわば個人の力ではどうしようもないもの、しかし、個人の力を越えて、――というより個人の力の閾をくぐって――「人の心の奥底」を動かすものとして抱えられていたことは疑いがない。それをぼく達は勿論「伝統」という言葉で呼ぶこともできる。しかしその時には、「伝統」というコトバが、あの「人々称んで退屈となす所のもの」という試金石《タッチ・ストーン》によって、験されなければならないのである。

5　小林と中原——社会化と社会性

中原は、小林など当時の「新しい」批評家、学者達の手になる『ジイド全集』に寄せて文章を依頼された折り、このように書いた。

ジイド全集ももうあと三冊で完了する。寔《まこと》によく読まれよく評されて来た。今更私なぞがジイドのことを書くにも当るまい。ジイドのことを書けとて与えられた紙面ではあるが、そのやうなわけで今はよもやまの話をさせて貰はうと思ふのである。

（「よもやまの話」一九三四年）

こう書いて、中原は、まず、「ソクラテスからジイド迄、いやもつと前からジイド迄かも知れぬ、僅々七十年間に、一とわたり読破した我が日本の力といふもの」は、「世にも恐ろしい力」だという。しかし、また振返ってみると、そこには「可なりな消化不良」がないとはいえない。たった七十年という短期間に「ソクラテスからジイド迄」読破できたというのは、もとより「負けじ魂」による。「が、注意すべきは、その負けじ魂といふよりかも、我等が粗朴であつたからである」。なぜなら、我々が粗朴でないとしたら、「かくも厖大な文献の前に、突然身を置いた我等として、その一冊一冊に取掛からうとするまへに、かくも厖大な文献の前に突如連れて来られたといふ我等の運命に就いて先づ考へようとしたであらう。即ち、文献を見る前に、文献の存在といふことに思ひを致したであらうといふのである。どうせ短い人間一生の前には、その日まで全然見も知らずにゐた西欧二千年の文献の、余りに奇異にも厖大であつたことは当然である」。

それを兎も角も手当り次第に手を付けたといふことは、我が同胞の、粗朴であつたればこそである。而して、勿論それは好もしいことであると同時に、その裏にはまた少々悲しい事情もなかつたとは云へぬ。

即ち、統一だの全体性だのと称ばれるものは、其処に欠乏してゐたのである。云換れば、其の西欧二千年の文献の、そのあれやこれやが、誰かの口によつて少し唱へられさへすれば、人々はその方へドヤドヤと寄り、それを一通り見た頃にはもう飽き飽きしてゐたのである。其処に、「自分」といふものは甚だ稀薄であり、一種の流行が

あつたばかりといふも強ち過言ではないのである。（同前）

中原がいうのは、これを多分にここでの文脈にひきよせて解するなら、いわば「大衆の通念」の中に本来の「用途」を見出さないものは、どのように「新しい」ものでも、また「古い」ものでも、早晩消え去って、何の不便も生じない仕儀になる、ある「新しさ」がどのように「大衆の通念」の中にそれ固有、本来の位置を占め、「用途」を見出すにいたるか、そこにこそ「新しさ」をめぐる問いの核心はある、ということである。一時期の流行として消え去るのは何も「新しい」ものばかりではない。敗戦によって消滅した諸制度のうち、今後日本がどのように復古化しようと、たとえばあの「華族制度」だけは二度と復活されないだろう。「古い」からではない。それは中原のいう「大衆の通念」の中に、先も、いまも、本来の「用途」をもたない存在だったからである。

ここで中原が「統一だの全体性だのと称ばれるもの」と呼ぶものは、だから言葉を変えると、吉本隆明のいう「日本の近代社会の構造」の「総体のヴィジョン」にほぼ重なる。吉本はその「転向論」（一九五八年）で、転向を「日本の近代社会の構造を、総体のヴィジョンとしてつかまえそこなったために、インテリゲンチャの間におこった思考転換」と定義するが、ここで中原がいうのも、明治以降の西洋の文物摂取が「統一だの全体性だのと称ばれるもの」をほとんどの場合、顧慮することなく行われており、その「新しい」思想が「大衆の通念」の中に本来の「用途」をもつにいたっていないということなので、「故郷を失つた文学」の翌年に書かれたこの一文で、中原は既に数年後の小林のジイド離れ、あの「社会化されえない私」として摑まれた「自意識」からの離反を、予言しているのである。

ところで小林のあのジイド離れ、「私小説論」における「社会化しえない私」からの離反はどのように起こるか。

一九三四年、小林はジイドに導かれて、「広大な深刻な実生活を活き、実生活に就いて、一言も語らなかつた作家、実生活の豊富が終つた処から文学の豊富が生れた作家、而も実生活の秘密が全作にみなぎつてゐる作家、而も又娘の手になつた、妻の手になつた、彼の実生活の記録さへ、嘘だ、嘘だと思はなければ読めぬ様な作家、かういふ作家にこそ私小説問題の一番豊富な場所」はある、「出来る事ならその秘密にぶつかりたい」と述べて、「ドストエフスキイの全作を読みかへさうと思つてゐる」と記すが（「文学界の混乱」）、小林をジイドから引き離すのは、このドストエフスキイ、別にいうなら、「新しい」思想と「大衆の通念」における本来の「用途」との間の回路の模索という、小林にとってこれまでにない〝新しい〟思想的課題なのである。

小林の『ドストエフスキイの生活』は一九三五年一月より「文學界」に連載を開始されるが、ほぼ二年後、つまり「私小説論」からも一年余りたって、それは、たとえばこのように語られる。

彼（ドストエフスキー——引用者）の民衆礼拝に、久しい以前から附纏つてゐた主題は、ロシヤと西欧との対立であつた。（略）この対立は、ロシア国内では、西欧化されたインテリゲンチャとロシヤの伝統を守つている農民との対立に移された。

さらに、

彼は、国民とインテリゲンチャとの間の深い溝を、単に観察したり解釈したりしたのではない。又、この溝に架橋する為に実際的な政策を案出したのでもない。彼は溝の中に大胆に身を横たへ、自ら橋となる事が出来るかどうかを試したのだ。彼の理想はさうしなければ語る事が出来ない理想だつた。

（『ドストエフスキイの生活』「作家の日記」一九三六年）

ここに語られているのは、一八七七年、トルコとの開戦に際して、

「我々自身にもこの戦争は必要である。単に、トルコ人に虐げられてゐるスラヴの同胞の為ばかりではない。我々は自分等の身を思つて奮起するのだ」

「賢者等は、博愛と人道とを説く。彼等は、流血を心配してゐる。（略）さうだ、戦争はいかにも不幸だ。併し、彼等の考へには多くの間違ひがある」

と「作家の日記」に書いて発表したと述べられる、ドストエフスキイのことだが、それはまた、小林自身のことでもある。僅か三年前に、彼は、「一時代前には西洋的なものと東洋的なものとの争ひが作家制作上重要な関心事となつて」おり、前代の作家達には「まだ失ひ損つたもの」が残っていた、それを「失う」ことによって、自分達がようやく西洋文学を「正当に忠実に」理解できるにいたったと思えば、「私達はいつそさつぱりしたものではないか」、という意味のことを書いた（「故郷を失つた文学」）。しかし彼はいま、その「正当に忠実に」理解され、また生きられもした同時代西洋文学の核心的課題と、彼の生きる社会の「大衆の通念」との間の「溝の中に大胆に身を横たへ、自ら橋となる事が出来るかどうかを試」そうとする。彼はようやく、あの「新しさ」と「古さ」の共存という事態を彼の思想的課題として引き受けようとするのである。

しかし、実際に小林に生じたことは、彼がドストエフスキイに仮託して語った通りのことではなかった。ここに生じたことは、奇妙なこと、「新しさ」と「古さ」の共存を、思想的課題に据えることで、彼自身の中の「新しさ」――かつての「新しさ」――を捨て去り、彼に固有の「新しさ」と「古さ」の共存という事態、それを生きるということを、回避するということだったからである。

つまり、小林はジイドに導かれてドストエフスキイに至るが、ドストエフスキイにぶつかって摑まれた「新しさ」と「古さ」の共存という問題を、ジイドから受け取った「社会化しえない私」を捨て去って——かつて彼自身自負した「新しさ」を捨てた手に——握り直すのである。

一九三七年七月、彼の生きる社会にも彼の描いたドストエフスキイのロシアと同様、「戦争」が起こる。両者の違いは、小林にとっては、ツァーリの宣戦のあるなし以外になかった。そういってよい程、小林はこれを、彼の描いたドストエフスキイさながらに、受けとめるのである。

一九三七年十一月、彼は、ドストエフスキイの「作家の日記」を思わせる、これまでの彼の立場から、ある意味で一八〇度転換したありようを示す、「戦争について」を書くが、これと同時に、「夏よ去れ」という不思議な詩を、別の雑誌に発表している。

これは注意されてよいことだが、小林は生涯に二度、詩を発表している。つまり、二度、詩という形でしか書けないことを、詩にしている。一つは、名高い「死んだ中原」であり、一九三七年十月二十六日の中原の死後、書かれ、一九三七年十二月号の、「文學界」中原追悼号に掲載された。ここにいう「夏よ去れ」はそのもう一つにあたる。彼はこれを「文學界」十一月号に発表している。吉田凞生によれば、当時の「文學界」は「前月十日が印刷日」であり（『別冊國文學』第四号、「中原中也必携」一一三頁）、小林はこの詩を一九三七年十月十日以前に書いている。この詩は、十月五日に発病し、翌日入院、同じ月の二十二日に死んだ中原をモチーフにしたものではない(もしそうなら、翌月「死んだ中原」はあのようには書かれなかったろう)。それでは「夏よ去れ」という詩は、なぜ書かれているか。

小林は、一九三七年の日中戦争の勃発を眼の前にして、おそらくは誰にも気づかれないまま、あのドストエフスキイに仮託して語った「理想」を自らに課そうとした。彼は、いまこそ、あの「事変に黙つて処した」——と彼に見えた——国民とインテリゲンチャとの間の溝に「身を横たへ、自ら橋になる事が出来るかどうかを」試そうとした。それは具体的には何を意味したか。小林は、自分のやろうとすることをよく弁えていた。つまり、それが、これまで彼の語ってきたこと、あの西欧の知識人に尺度を置いたあり方、考え方からの〝転向〟を、客観的には意味することを、十分に知ったうえで、小林は、それが自分の住む社会に「棲みつかぬ」ものであるなら、自分から「失せ行け」、とある〝訣《わか》れ〟を、その一歩の踏み出しに際して、ひそかに彼自身のあの「新しさ」にたいし、表明していたのである。

心明かすな
夏よ去れ

眼を閉ぢて
日蓋はかろし
蜘蛛の絲
雨には切れず
切れぎれに
惑ふわれかな

「夏よ去れ」はこのようにはじまり、間に三聯を置いて、(註21)次のように終わっている。

あゝ　夏よ去れ
心明かすな
棲みつかぬ
季節《とき》よ
失せ行け
切れぎれに
惑ふわれかな

この詩と同じ月の「改造」に発表した「戦争について」で、「作家の日記」のドストエフスキイさながら、小林は、このように書く。

戦争に対する文学者としての覚悟を、或る雑誌から問はれた。僕には戦争に対する文学者の覚悟といふ様な特別な覚悟を考へる事が出来ない。銃をとらねばならぬ時が来たら、喜んで国の為に死ぬであらう。（略）文学者は戦争にどう処するかと問はれると、直ぐ欧州大戦当時、外国の文学者達は一体戦争にどう処したであらうかといふ様な不見識な思索に耽り始める。そして大いに戦争に対して批判的になつた積りでゐる。さういふ人の頭には、実を言へば戦争といふ問題がそもそもないのである。

（「戦争について」一九三七年十一月）

また、

日本に生れたといふ事は、僕等の運命だ。誰だつて運命に関する智慧は持つてゐる。大事なのはこの智慧を着々と育てる事であつて、運命をこの智慧の犠牲にする為にあわてる事ではない。自分一身上の問題では無力な様な社会道徳が意味がない様に、自国民の団結を顧みない様な国際正義は無意味である。僕は、国家や民族を盲信するのではないが、歴史的必然病患者には間違つてもなりたくはないのだ。(略)いろんな主義を食ひ過ぎて腹を壊し、すつかり無気力になつて了つたのでは未だ足らず、戦争が始つても歴史の合理的解釈論で揚足の取りつこをする楽しみが捨てられず、時来れば喜んで銃をとるといふ言葉さへ、反動家と見られやしないかと恐れて、はつきり発音出来ない様なインテリゲンチャから、僕はもう何物も期待する事が出来ないのである。(同前)

この文章が発表された直後、中原は死ぬ。翌月、あの「死んだ中原」と同時に、別の雑誌に発表された追悼文に、小林が書くのは、このようなことである。

先日、中原中也が死んだ。夭折したが彼は一流の抒情詩人であつた。字引き片手に横文字詩集の影響なぞ受けて、詩人面をした馬鹿野郎どもからいろいろな事を言はれ乍ら、日本人らしい立派な詩を沢山書いた。事変の騒ぎの中で、世間からも文壇からも顧みられず、何処かで鼠でも死ぬ様に死んだ。時代病や政治病の患者等が充満してゐるなかで、孤独病を患つて死ぬのには、どのくらゐの抒情の深さが必要であつたか、その見本を一つ掲げて置く。(「中原中也」一九三七年十二月)

こう書いて、小林は、奇しくも、あの、三好が「詩情の若々しさと詩技の習熟とを兼ね備へた（略）近頃最も感心した作品」として賞讃した――また一九三六年七月の「文學界賞」選考で二票を集めた――「六月の雨」をあげるのだが、そのことについて、秋山駿が興味深い観察を示していることについては、後に触れる。ここでは、この小林の中原評が、中原を語っているようでいて、どのように小林自身を語っているか、小林がどんなに中原のやっていたことに通じていなかったか、小林の語る中原と実際の中原が、どのように違っているかについて、少しだけ述べる。

「字引き片手に横文字詩集の影響なぞ受けて、詩人面をした馬鹿野郎ども」から色々いわれながら、「日本人らしい立派な詩」を沢山書いたのは、小林なのである。なぜなら、中原は、小林が、戦争にどう処するかと問われて「字引き片手に」外国の文学者をお手本にしようと左顧右眄する「歴史的必然病患者」の「インテリゲンチャ」に、自分はもう「何物も期待する事が出来ない」、自分はむしろ「日本に生れた」事を自分の運命として生きていく、と訣別状を突きつけようとしていた、ちょうどその頃、そんな小林とまるきり逆に、帰郷してからもういちどじっくりフランス語を勉強し、「横文字詩集の影響」を「正当に忠実に」受けるべく、関西日仏学館に「照会状」を発送中だったからである。

前年十一月の長子の死による精神錯乱から年明けてようやく回復する中原は、そこは小林のいうように「事変の騒ぎの中で、世間からも文壇からも顧みられず」、葛西善蔵など日本の私小説に親しむ一方、あらためてフランス語の勉強に取り組む姿勢を見せる。二月十五日、療養先の千葉寺療養所を退院、同月末鎌倉に転居。しばらくは「臥床」と友人訪問を兼ねた散歩が続くが、一九三七年四月二十五日の頃の日記に、「コンサイス仏和辞典」、「フランス語新考」(中平解著) 等を求む、という記述が現われ、六月十三日には「仏蘭西文学訳註叢書第四ヴィルドラック」が読了されている。やがて、九月十日、「関西日仏学館に照会状発送」。照会先が、東京のではなく、関西の日仏学館であるのは、郷里の山口に帰ってから、本腰で語学に取り組むための配慮である。中原は、しばらく、「多分五十位になるまで」(小林秀雄「中原の遺稿」) 山口にとどまる意向だった。一九三七年の日記。

九月十二日(日曜)

フランス語の勉強をすれど分らぬこと多し。一年も続けて勉強せば、モオパッサンくらゐ寝ころんで読めるやうにならうか? 心配みたいなものだ。何にしろ来年の終りまで、ともかく語学に主力を注いでみることにしよう。

モオパッサン傑作短篇集Ⅲ読了。

九月十三日(月曜)

関西日仏学館初等科及中等科通信講義入会申込書授業料教科書代金発送。仏作文の練習大いに初めようと思ふ。

九月十四日（火曜）
小林訪問。
終日運動。御飯美味、通信講義待どほしくて何も手に付かず。（略）
通信講義待どほしくてならず。

九月十五日（水曜）
朝食前散歩。通信講義今日は来るか？
これよりまた三ケ年（受験科迄行くとして。但中等科より始む。）学校に這入るやうなものなり。楽しみ。多分今日はまだ教科書届かないであらうと思ふと忌々しい。

九月十六日（木曜）
日仏学館より教科書届く。我再び学生なり。

九月二十三、二十四日の両日には『在りし日の歌』の原稿清書が行われている。先に見た、『在りし日の歌』後記の日付は九月二十三日である。

九月二十四日（金曜）
「在りし日の歌」原稿。清書。
日仏学館の宿題来る。第一回答案発送。
高原来訪。Moralité légendaire 及、Vers de Collège を貸す。

あの、「言葉なき歌」に、「決して急いではならない」と書いた中原は、決して急がなかった。小林が「字引き片手に」ランボーの『地獄の季節』を読み、自分達の世代は生れた国の「性格的なものを失ひ個性的なものを失」ったが、その故郷の喪失の深さを代償にしてようやく「西洋文学の伝統的性格を歪曲する事なく理解しはじめたのだ」と語った時、その詩の日本における「大衆の通念の中」への位置し具合と、その「新しさ」つまり伝統の浅さについて触れないではいられなかった中原は、小林が、ランボーから同時代のジイド、さらにドストエフスキイと遍歴して、「字引き片手」の「インテリゲンチャ」に、もう自分は何も期待しない、という時、再び「字引き」を購入し、「西洋文学の伝統的性格を歪曲する事なく」理解に努めようと考えるのである。

この小林と中原の擦れ違いがぼく達に教えるのは何か。それは、一つには、「新しさ」と「古さ」の共存を生きることと、それを思想的課題として受けとることとの、微妙な、しかし確固とした違いである。小林は、ドストエフスキイによって、彼に固有の思想的課題にぶつかったが、彼自身の中の、あの「新しさ」と「古さ」の共存という事態、ランボーと志賀直哉の共存という矛盾にみちた事態は彼によっては生きられなかった。

なぜ小林は、彼の中の「社会化しえない私」をこそ、あの「大衆の通念」の中に位置せしめる、新たな回路の模索を自分の思想的課題にすえることができなかったのだろう。なぜ彼は、「棲みつかぬ/季節《とき》よ/失せ行け」とばかり、彼の西洋文学理解の核心をなす「私のうちの実験室だけを信じて他は一切信じない」という「私」の把握の仕方を、彼の中から棄て去ってしまうのか。彼が、あのドストエフスキイに仮託されて語られた、「国民とインテリゲンチャとの間の深い溝」を自ら橋になることで「架橋する」という理想を理由に、いまや彼の眼に軽薄と映る「社会化しえない私」を捨てていることを思えば、小林はその彼の「軽薄」がどんなに彼の「理想」に不可欠の存在か、その「軽薄」な「新しさ」と「大衆の通念」を架橋することこそが彼にとっての「理想」の中身なのだということを、十分には理解していなかった。彼は先に「社会化しえない私」に立って「大衆の通念」など信ずるに足りないと見た。その彼がいまは、「大衆の通念」に位置することの重要さに触れて、その「社会化しえない私」を軽薄な「新しさ」と見ているのである。

小林に、この「新しい」認識と「大衆の通念」との回路を拓くことこそが、「インテリゲンチャと国民」の間の溝を、その最も深いところで架橋することにほかならないという考えが生じなかったのは、この二つのものの関係を彼が十分に構造化できなかったからだというほかない。この「新しい」認識と「大衆の通念」の関係とは、「私小説論」の概念でいえば、あの、ジイドの「私小説」と志賀直哉の「私小説」の関係ということである。それを彼は、先に見たように「社会化されえない私」と「社会化されていない私」というようにとらえ直し、その両者の関係は「私小説論」の文脈の中では、「私の社会化」（近代化）を間にはさんでの、ポスト・モダニティ（後近代性）とプリ・モダニティ（前近代性）の関係を意味していたはずである。

　しかし、これでは志賀の「私小説」は田山花袋の「私小説」と同じ前近代性の産物ということになってしまう。つまり、モーパッサンの小説から技法的な啓示を受け、自分の前近代性に気づくことなく社会への「告白」が近代性の証し、「私」の社会化であると思い誤まった田山と、こうした〝「私」の社会化〟にこそ虚偽の臭いをかぎとり、これに背を向けた志賀の行なったことが、同じだということになってしまう。しかし小林は、同じく先に見たことだが、志賀を田山とは異なる「私生活を描いて名品を創つた人達」の一人とみなし、志賀における「私」の征服の一点に、モーパッサン、フローベールとの共通項をみとめていたのである。これを一言でいえば、小林は、彼におけるジイド（もしくはランボー）と志賀直哉の共存の意味を、「私小説論」の論旨に移しかえることができなかった。彼は、ジイドの「実験室」の中の「私」に身を寄せて田山花袋以下の日本の私小説家を切り捨てた。つまり、ここでジイドの「社会化されえない私」に対置された「社会化されていない私」の意味は、「大衆の通念」ということでは全くなくて、「まだ社会化されていない私」即ち前近代的な、封建的な自己意識ということだったのである。

しかし、小林を「私小説」の検討にかりたてたものは、けっして自分の中のポスト・モダニティとプリ・モダニティの共存ということではなかった。小林は志賀の小説を前近代的な「私」の所産として提示していない。彼我の「私小説」の比較という観点からすれば、前近代的な遺物として整理されてしまうほかない志賀の「私小説」が、ジイド、ランボー同様に自分をひきつけるのはなぜか、ここにもまた、別様の「私」の征服がある、そう感じられるのはなぜか。そう自問すればこそ、小林はこの「身内」の謎に「狙いをつけて引金を引」こうと、「私小説論」を書いているからである。

小林を動かしていた彼の中の「新しさ」と「古さ」の共存とは、あの「新しい」認識、「社会化されえない私」と、中原に見てきた、「まだ社会化されていない私」ならぬ「大衆の通念」、この二つのものの共存にほかならなかったと思う。「社会化されていない」志賀の「私」が小林をひきつけるのはなぜか。

田山花袋によって代表される自然主義を日本で標榜した私小説がつまらないのは、要は

「私」の社会化、ということを見誤っているからである。彼らの「私」は何らルソーのいう意味で社会化などされてはいない。だから彼らは、自分の「私」をそのようなものとして提示すべきであったのに、何を思い誤ったか、その「私」を、「社会化した私」として提示した。つまり彼らにとっては、「私」を赤裸々に〝世間〟（社会）に告白することが「私」の社会化を意味したのである。しかし志賀によって代表される書き手、「私生活を描いて名品を創った人々」は、このルソー流の「私の社会化」に対して、全く別種の応対をした。彼らは、ルソーのいう意味、というよりは広く西欧の近代で解される意味での「社会化」に、田山達とは違い、憧れなかった。彼らはそのような「社会化」それ自体に、ある疑念をぶつけているので、いわば、ルソー流の「社会化」に対して、自分達はそのような意味では「社会化」されていないが、それで一向に不便は感じない、つまり、あなた方のいうような意味では「社会化」されていないけれども、われらなりに十分に社会的な存在でもあるのだ、と、あの「大衆の通念」の社会性ともいうべきもので、対峙する姿勢を示すのである。

　小林は、この、ルソー流の、あるいは当時のマルクス主義思想流の「私の社会化」という考え方自体に対する、ある根源的な疑念をいいあてようと、あの、「私」の征服、というコトバをかろうじてしるす。モーパッサンがその「社会的我を思想の上で殺した」ように志賀はその「個人的我を私生活の上で殺した」というのは、フローベール、モーパッサンにみられると同様の、とにかく「社会化した私」という考え方への否定が、志賀にはみられるという、彼のぎりぎりの直観の表明なのである。要は、モーパッサンが、社会化してしまった自己を自分の中で「一ぺん」殺すことで小説を書いたように、志賀らはそのありきたりの日常の私生活の縁側に西洋渡来の「個人的我」つまり西欧近代の文脈にいう「社会化」された「私」を、日干しし、〝滅菌〟することで、その「私小説」を書いた。そこに共に見られる「私」の征服が、自分を動かす、小林はそういおうとし、前に述べた理由からこれを果たさず、結局、十一年後、この論旨のもつれを理由に、そう書いた個所を抹消して当時のモチーフそれ自体を自分から「取り外す」というのが、先に、小林の行なったことだったのである。(註22)

結局小林はここで、二つのモチーフにぶつかっている。一つはここにいうジイド、ランボーと志賀の彼における共存の意味、あの、「私」の征服、という言葉で示されるモチーフ、そしてもう一つが、「私」の社会化、という言葉で語られる、いったんルソー流の「社会化」をへなければ、日本に近代的な基盤、西欧に通じる社会的基盤は、生じない、という主張を引きだすところのモチーフである。

「私小説論」の混乱は、この二つのモチーフを小林が十分に、意識化し、構造化することができなかったところから、生じている。そして彼がなぜこの二つのモチーフを構造的に連関できなかったかといえば、彼は、「私」の征服というモチーフの意味するところを、やはりとらえそこなっていたのである。

彼におけるジイド、ランボーと志賀の共存とは、「社会化しえない私」、つまり「私の社会化」の突端につかまれる「社会化」否定の根拠と、「社会化」それ自体への疑念としてある、ある種の社会了解性への信従、この二つのものの共存を意味していた。ここにいう「社会化しえない私」とは、小林に沿っていうなら、あの

「人間」がそのまゝ純化して「精神」となる事に何んの不思議なものがあらうか、人間が何物かを失ひ「物質」に化する事に比べれば。

という「「テスト氏」の方法」の言葉にいう、「精神」と化した私、また「物質」と化した私、即ちコトとしての私、モノとしての私であると考えてよい。それは中原の文脈でいえば「名辞以前」、あの「言葉にならないもの」に重なる。

それでは、ここにいう「大衆の通念」という社会性、つまり「社会化」などととりたてていわなくとも、われらはすでに十分に社会性をもっている、といわれる場合の社会性、――社会了解性ともいうべきものは、どのようなものか。

人間は、ルソーがここにいう「私の社会化」を唱えるまで、つまり「社会」にたいして働きかけ、「個人」としてその前に立つまで社会性を全くもたないというのではなかっ

た。ルソー以前にも人は社会的存在であったし、ルソー以後もその人間の社会性は変わっていないのである。ここでいわれる社会性とは、あの、近代的個人の成立の条件に数えられるていの「社会性」ということではない。いわば、前近代の、中世の村人が、村をなす、古代人が集団をなす、そこに前提される社会性である。

たとえば、ぼく達はここで、井伏鱒二が広島の原爆被災者に取材して書いた『黒い雨』という小説の特異さは、どこにあるか、というように考えてみてもよい。あの小説で井伏は、それまで誰一人として扱わなかった仕方で原爆被災を扱った。どのようにか。たとえばこのように、その違いをいいあててみてもよい。これまで多くの書き手が、政治的、社会的な文脈で、これを告発すべき犯罪として、あるいは災害、それもいわば、人災として描いてきたとすれば、ここで井伏は、これを何か、天災として描いているようでもあるのだ、と。そう描くことによって、はじめて、その「人災」ぶり、犯罪性が、読む者に深く印象される結果になっているのだと。

つまり井伏の『黒い雨』は、近代的な個人、社会的関心にめざめた「社会化された私」の眼から書かれた原爆の小説ではない、もう一つの人間の眼から描かれた原爆の小説なので、これを別にいえばこの小説は、人は、「社会化」などされなくとも、深い社会性、社会了解性ともいうべきものをもっており、その社会了解性こそ、深く「人の心の奥底」を動かすのだと、ぼく達に語りかけているのである。

夢殿の救世観音を見てゐると、その作者といふやうな事は全く浮んで来ない。それは作者といふものからそれが完全に遊離した存在となつてゐるからで、これは又格別な事である。文芸の上で若し私にそんな仕事でも出来る事があつたら、私は勿論それに自分の名などを冠せようとは思はないだらう。

小林は、こう、志賀の言葉をひいて、「私小説理論の究極」が「これ程美しい言葉で要約された事は嘗て無かつた」と書く（「私小説論」）。ぼくに私小説ならぬ『黒い雨』は、この志賀の「美しい言葉」の実現というように感じられるが、作品が「作者といふものから」「完全に遊離した存在」になるとは、作者の中で、あの「私の社会化」が何らかの形で〝換骨奪胎〟されるということなのである。

つまり、これを「私小説理論の究極」の要約とすれば、ここにいわれる「私小説」はもうすでに田山花袋にはじまる、あの「私小説論」で言及された私小説とは別物である。ここに語られているのは、むしろ小林から見ての、「私小説」一般から「私小説の名品」を区別する条件なので、それは自然主義小説一般からその名品を隔て、また多くの詩からたとえばいくつかの例外的な詩を区別させる、その条件ともいいうるのである。

中原が「人の心の奥底」を本当に動かすのは、「人々称んで退屈となす所のもの」だと述べた、あのありふれたもの、ありきたりのものへの信従と、この社会了解性は違うものだろうか。

中原の「言葉にならないもの」は、一方にベルグソンにつうじる「時間」と化した私をもちながら、その他方の極には、この社会了解性を蔵していた。彼が「朝の歌」や、また「含羞」といった高度な詩を書きながら、他方、「下手糞な」詩を必要としたのはそのためである。

しかし小林の「社会化されえない私」は、一方に「テスト氏」の「精神」と化した私、また「物質」と化した私をもちながら、その他方の極を、「大衆の通念」、あの社会了解性にいたらせるということがなかった。そして「無私」や「常識」と彼の呼ぶその社会了解性の場所に彼がたどり着いた時、その彼にかつての「社会化されえない私」は、「そもそも余計な勿体ぶつた一種の気分」、軽薄な、若気の至りと見えたのである。

小林は、中原を機会あるごとに世に紹介し、その詩人としての力量を一人でも多くの人が認めることを願ったが、これは小林にとっても、また中原にとっても不幸なことに、彼は、中原の詩、その詩に現われた思想性、共にこれを理解しなかった。

中原は、中原の詩を本当には理解せず、しかも中原の人間を理解し、これに世に紹介することに個有の理由をもつ人間に、自己を評価され紹介されるという、考えてみるなら、奇妙な不幸を味わうのである。

先に引いた追悼文の終わり、中原のように孤独に死ぬのには「どれくらゐの抒情の深さ」が必要か、「その見本を一つ掲げて置く」、として小林が引くのは、このような詩である。「六月の雨」。

またひとしきり　午前の雨が
菖蒲のいろの　みどりいろ
眼《まなこ》うるめる　面長き女《ひと》
たちあらはれて　消えてゆく

たちあらはれて　消えゆけば
うれひに沈み　しとしとと
畠《はたけ》の上に　落ちてゐる
はてしもしれず　落ちてゐる

お太鼓《たいこ》叩いて　笛吹いて
あどけない子が　日曜日
畳の上で　遊びます

お太鼓叩いて　笛吹いて
遊んでゐれば　雨が降る
櫺子《れんじ》の外に　雨が降る

（「六月の雨」）

これについて、秋山は、先の『知れざる炎――評伝中原中也』でこの詩を第二聯までの引用で打切り、つづいて、こう述べるのである。

私は思わず引用を中断する。そしてほんの少し立腹している。「抒情の深さ」を言うためになぜこの「六月の雨」が必要だろうか。この詩の出来が非常に悪いというのではないが、彼の抒情には、もっと独自の声調のものがある筈だ。生涯の最後をこんな「見本」で飾られては、たまったものではない。

（『知れざる炎――評伝中原中也』）

この秋山の直観は間違っていない。小林には、中原の詩人としての天才、その人間の独自の深さ、その思想の独創性は誰よりも痛く感じられており、小林以上に、中原が世に迎えられることを願った人間も、その生前にはいなかったと思われる程だが、彼には、中原の「物象性」を欠いた詩、その「古めかしい」「うた」、詩が詩としてもつ思想性が、やはり、摑めなかったからである。

小林が中原の詩をはじめて世に紹介した「中原中也の『骨』」の中で、小林は、「骨」を全文引用し、

かういふ詩は古いといふ人もあるかも知れないが、僕は中原君のいまゝでの仕事、そこでは所謂新しい詩の技法といふものが非常な才能をもつて氾濫してゐた。その事を知つてゐるので古いとは思はない。

（「中原中也の『骨』」一九三四年）

と書く。「かういふ詩は古いといふ人もあるかも知れない」。そう感じているのは、小林なのである。彼は中原の一見「古めかしい」詩が、どのような経緯をへて確立されたか、たとえば「朝の歌」が、富永の「秋の悲歎」を眼前に見てようやく中原に摑まれた詩であることを「知つてゐるので」、古いとは思わない。しかし、その了解はいわば状況証拠を集めての推断であり、「詩」という物的証拠に基づく、外面的な判断であり、内面的な理解によるものではない。

彼の詩は、彼の生活に密着してゐた、痛ましい程。笑はうとして彼の笑ひが歪んだ

そのまゝの形で、歌はうとして詩は歪んだ。これは詩人の創り出した調和ではない。(略)彼は、詩の音楽性にも造型性にも無関心であつた。

(「中原中也の思ひ出」一九四九年)

小林はこうも書くが、「痛ましい程」中原の生活に密着していたのは、中原の詩であるというより、小林の、中原の詩にたいする評価のあり方のほうだった。彼はいわば富永が「秋の悲歎」を書いた場所、彼自身が詩を断念したランボオ体験の一点から中原の詩を見た。中原の詩は、小林の眼に、三好の場合と同様、「音楽性」も「造型性」ももたないものと見えたが、小林が何をもって詩の音楽性、造型性と考えたか、の例を、おそらくぼく達は富永のあの「秋の悲歎」に見て、間違わないのである。

小林が『ドストエフスキイの生活』で、捨て、後に、「自己について」で「そもそも余計な勿体ぶつた気分」にすぎないとして否定した「自意識」、あのジイドの「社会化されえない私」は、やがて、やはり「言葉にならないもの」となって、彼に六年もの間、ベルグソンについて書かせ(「感想」一九五八年〜一九六三年、未完)、さらにその晩年の大著『本居宣長』を彼に書かせる。

『本居宣長』上梓後の対談で、小林はこう語る。

話は少々外れるが、私は若いころから、ベルグソンの影響を大変受けて来た。大体言葉というものの問題に初めて目を開かれたのもベルグソンなのです。それから後、いろいろな言語に関する本は読みましたけれども、最初はベルグソンだったのです。あの人の『物質と記憶』という著作は、あの人の本で一番大事で、一番読まれていない本だと言っていいが、その序文の中で、こういう事が言われている。自分の説くところは、徹底した二元論である。実在論も観念論も学問としては行き過ぎだ、と自分は思う。その点では、自分の哲学は常識の立場に立つと言っていい。（略）常識にとっては、対象は対象自体で存在し、而も私達に見えるがままの生き生きとした姿を自身備えている。これは「image《イマージュ》」だが、それ自体で存在するイマージュだとベルグソンは言うのです。この常識人の見方は哲学的にも全く正しいと自分は考えるのだが、哲学者が存在と現象とを分離してしまって以来、この正しさを知識人に説くことが非常に難かしい事になった。この困難を避けなかったところに自分の哲学の難解が現れて来る。また世人の誤解も生ずる事になる、と彼は言うのです。

ところで、この「イマージュ」という言葉を「映像」と現代語に訳しても、「どうもしっくりこないのだな」と小林はいう。彼によれば、宣長も用いている「かたち」という古い言葉の方が余程近い、『古事記伝』にある「性質情状と書いて、『アルカタチ』とかなを振」った、「物」に「性質情状《アルカタチ》」、これが「イマージュ」の「正訳」だというのが、小林の意見である。

大分前に、ははァ、これだと思った事がある。ベルグソンは、「イマージュ」という言葉で、主観的でもなければ、客観的でもない純粋直接な知覚経験を考えていたのです。

(江藤淳との対談「『本居宣長』をめぐって」一九七七年)

「イマージュ」。中原はこれを「名辞以前」と呼んだ。そしてこの「名辞以前」が、適確に、あの「大衆の通念」と二元論の形に置かれ、「新しさ」と「古さ」の間の未知の回路の模索が、彼の詩作上の課題となったのである。小林がここで、「性質情状」といい、また「常識」というのもこれに近い。これは小林においても新しい考えなのではない。彼は、ジイドの「社会化しえない私」を捨てた後、「常識」をいい、やがて「無私」の精神にいたるからである。ただ、小林は、この「社会化しえない私」を「常識」と対置し、この二つのものの間にこそ、「大胆に身を横たへ」、双方を架橋するということをしなかった。彼はいわば、その二つのものの間の河を渡った。たしかに、その最も深いところで、であれ、彼は「社会化しえない私」から「常識」へと、一つの河を渡っているのである。彼はいまや、ベルグソンの「イマージュ」を宣長の「性質情状」と重ね、それと「常識」の間を豊かに架橋する。しかし、架橋する下に、「溝」はない。あのドストエフスキイに仮託されて語られた「理想」、また、「私小説論」を混乱に陥しいれた悪名高い「私の社会化」という理想、それらは、換骨奪胎されることなく、解体構築されることなく、解体さえされることなく、かつて取り外されたまま、こう語る小林の念頭にないのである。

6 「惑い」の場所——終りに

「新しさ」と「古さ」の共存とは、そうぼく達に無縁なありようではないに違いない。小林秀雄と、梶井基次郎と、中原中也。彼らに共通しているのは、彼らが、その二つのものの間に、「深い溝」を見、彼らなりのあり方でそれを越えたということである。「深い溝」を越えるとは何か。人は、そのことの意味に気づかずにしか、あることをやれない。それは、暗がりのなかを、とにかく、模索してすすむ暗中模索の一つの経験である、ということもできる。「新しさ」と「古さ」の共存の中で、人は惑う。しかしその「惑い」が唯一の可能性の根拠という場所が、たしかに在る。

註記

註1（二七頁）「日本近代文学」第二七号（一九八〇年十月刊）に載った伊中悦子氏の「小林秀雄の「私小説論」――〈社会化した「私」〉の可能性」が、「社会化した私」についてここでの論旨と同じ方向の疑問を通説にたいして提示していることを、本文初出形発表（一九八一年十一月）後に、人に教えられて知った。

伊中氏は、「社会化した「私」」という命題は従来の「私」を社会化せよ、という啓蒙的主張とは異質なのではないかと、こう述べている。「〈社会化した「私」〉は、彼（小林）自身の実感から言っても、そうあるべき状態ではない。むしろ、実証主義にしろ、マルクス主義にしろ思想によって〈社会化した「私」〉からの脱出が、この時期の小林自身のテーマでありうる」。

正当な判断だと思う。

ぼくは同じ考えを「言葉にならないもの」から「社会化されえない「私」」というみちすじで考えた。それについては、「完了と断念」という短文（『文芸展望』一九七八年春季号）にほんの少し触れている。

註2（四九頁）百川敬仁（執筆時、桑野敬仁）はその『本居宣長』評の中でこう述べている。

「小林氏の思考は充分晦渋である。だがそんな事より、致命的なのは、宣長歌論の特異性が氏の論理では今ひとつ明瞭でない為に、歌道と古道との相即はたとえ示唆できても両立がうまく解けない事だ。結局なぜ、歌、なのか。氏はこの難点を多分良く承知していたのであって、考えを煮つめながら二年後再び本腰で問題に取り上げた。とはしかしこれも又、（連載時第四二〜四六回の全文削除につづく――引用者註）五一回及び五九〜六九回の消失によって初めて現われ出るような事実なのである。（略）（この宣長歌論の要諦を遂に解さなかった――引用者註）氏は真心の実存的背理に思いを潜める過程で宣長と乖離せざるを得ず、思索は解くべからざる設問に直面し、テーマは殆んど立論の底を破り露頭せんばかりになった。（略）が、――頂きを登りつめ程なく擱筆した氏は全体を振り返る中で、結局、探究の軌跡もろともこの結論を抹消し去るのである。理由を秘したまま、精神の動と静の弁証法の行方を問う思索の劇は解体された。」（書評「小林秀雄著『本居宣長』」『国語と国文学』第五六巻八号、一九七九年八月）。

小林の『本居宣長』は雑誌連載六四回分のうち、「結果的には二割以上を削除して全五〇章の現状に落ち着く。ところでこの整定作業が不体裁な告白の抹消といった程度を遥かに超え」、前記の性格を露わにする、というのが、百川の指摘することである。

註3（四九頁）　たとえば、小林秀雄の書誌作成にこれまで最も精力的に携わってきた吉田凞生は、その「『私小説論』前後」（『講座日本文学の争点』第六巻「現代篇」、一九六九年、明治書院）に註記して、「私小説論」の書誌的事実をこう述べている。

「昭和一〇年五月〜八月『経済往来』の四回連載完結。『私小説論』（昭和一〇年一一月、作品社）および各種『小林秀雄全集』所収。創元文庫『私小説論』（昭和二六年一〇月）収録の際、加筆・訂正・削除が行なわれた。二種の新潮社版全集本文はこの創元文庫版に基づいている」。

しかし、後に見るように、小林は、この一

九五一年（昭和二十六年）十月の訂正削除の他に、一九五六年八月、新潮社版全集第三巻に「私小説論」を収録する際、無視できない程度の訂正、削除を行なっている。このことが気づかれなかったのは、第一回目、一九五一年の加筆訂正時には、これを文末に明記した小林が、第二回目の加筆訂正を明示することなく行なっているからである。第二回目の加筆、削除、訂正による異同は、大小約十ケ所に及ぶ。その多くは、「個人性」と「社会性」をめぐる個所である。

註4（六五頁）　この点に関しては「私小説論」の中に、「私小説論とは当時の言は〞純粋小説論だつたのである」という、久米正雄の「私小説と心境小説」に触れた表現がある。この言葉は、先に見た（五〇頁）第一章末尾近くの削除個所でも、私小説家の名人による「私」の征服に触れて、「これが私小説が心境小説に通ずる所以であり、私小説論とは当時の文人の純粋小説論だと言つた意味もそこに由来する」と、もう一度繰り返されている。因みにつけ加えれば、宇野浩二の「私小説私見」からの引用（五一頁）中、「よく考へて見ると不思議な現象である」は原文では「不思議な現象でもある」で、引用文は、原文の「不思議」を強調する結果になっているが、このようなところにも、宇野浩二の私小説への言及からのインパクトの強さは窺えるかも知れない。この宇野への言及は、「私小説論」中一切ない。しかし、久米正雄の発言も、志賀直哉の夢殿に関する感想も、別個の文だが、共に宇野文からの孫引きの形である。（宇野の「東京朝日」時評からの再引用として、小林が志賀の言葉に言及しているのは一九三四年一月の「文学界の混乱」中「私小説について」）。

註5（九一頁）　鈴木はその『転位する魂――梶井基次郎』の中で、「檸檬」成立の契

機を、「感覚」の独立という点に見るという着眼を示すが、なぜ、「感覚」の独立によって梶井が小説家になりえたか、独自の小説世界を手にすることができたか、という問いまで進むことはない。あの秋山のいう「白樺派流」に対して、これを肯定的に評価するのか否定的に評価するのかも明らかではない。習作「瀬山の話」と「檸檬」の作品としての「価値」の落差は、ぼくの眼に明らかと映るが、「瀬山の話」という「檸檬」の母胎的習作、しかし「白樺派流」にめざされた習作の中絶による「檸檬」の成立という事実を前に、こう書かれている。

「習作『瀬山の話』は、微妙な気持や衰弱した神経の醸し出す歪んだ感覚の羅列を残して放棄されたままである。／わたしはそこに無惨な残骸を見る思いがする。梶井は以後、この習作で見せた奔放な筆づかいを捨てる。（略）そういってよければ、それは表現者の運命を決めた挫折であった」。

しかし、もし梶井に「小説」へのみちすじを想定するなら、まず「白樺派流」からの離脱が前提となるのではないだろうか。つまり、これは挫折と正反対の契機というべきではないだろうか、というのが、ぼくの考えである。

註6（九八頁）「檸檬」が、ある小説の中の登場人物の手記、あるいは、彼に代わっての書き手による代弁といった「小説の中の小説」ではなく、断片のまま放りだされることによって、おそらく脱稿当時、梶井の意識していなかった効果が生じていることを指摘しておく。

「えたいの知れない不吉な塊」という言葉についてこれを見ると、「瀬山の話」では、瀬山（に代わって語り手が、瀬山として）が語る場合、この「不吉な塊」は、具体的には、飲酒放蕩、学業放擲、借金による心理的圧迫であると読者には知られる。つまりこのコトバは素通しのガラスのような存在であって、書き手がこう形容するのは、勿体ぶってもいれば感傷的でもある。即ち、それ以上のものではない。しかし、この断片が、いわば断片のまま独立し、トルソーとして——完成品として——示されると、この同じコトバが違った効果を帯びる。読み手は、この小説全体から、主人公の心を始終「圧へつけてゐる」ものが、いずれ飲酒放蕩、学業放擲、借金といった〝ありふれた〟文学青年の悪癖の皺寄せであることを感知するが、書き手が、それ以上何もいわずに作品を終えることによって、それは感知のままにとどまる。「不吉な塊」というコトバは、曇りガラスのようなものとして読み手の前にたちはだかる。それによって、前記の文学青年的悪癖の諸結果に伴うお定りの「自我」の問題とか「家」との問題とかのカタチを、書き手は、そう大したものではない（から触れない）と考えているというメッセージが、読み手に伝わるのである。「檸檬」が、余計な「問題」意識を振り捨て、トルソーとなり断片のまま作品化されることで、文学作品として秀れたものとなっている理由の一つはここにある。

註7（一〇三頁）　美術出版社刊（石川・阿部訳、一九六五年）一八一頁。訳文を意味が明瞭になるように適宜変えた。

註8（一〇九頁）「瀬山の話」所収「檸檬」の記述。ここに引かれた二個所は、その前後を含め引用すると、こう書かれている。

「察しはつくだらうが金といふものが丸でなかつたのだし。——私の財布から出来る贅沢には丁度持つて来いのものなのだ。そうだ外でもない、それの廉価といふことが、それにそんなにまでもの愛著を感じる要素だつたのだ、——考へて見てもそれが一円にも価するものだつたら、恐らくその様な美的価値は生じて来なかつたゞらう。恐らく私はそれを金のかゝる道具同様何等興味を感じなかつたに相違ない」。(『梶井基次郎全集』第一巻、三八九頁)

また、

「私は家から金がついた時など買つたことはほんの稀だつたが、高価な石鹸や、マドロス煙管や小刀などを一気呵成に眼をつぶつて買はうと身構へる時の、壮烈な様な悲壮な様なあの気持を味はふ遊戯を試るのも其所(丸善——引用者)だつた。それに私には画の本を見る娯しみがあつたのだ」。(同三九三頁)

註9(一一〇頁)　宮内豊「檸檬と爆弾」は、「檸檬」の「えたいの知れない不吉な塊」という文学的表現の背後にあるものを、こう要約している。(「主人公は「えたいの知れない不吉な塊」というがごとき、それこそえたいの知れないフィクションに悩まされているのではなく、度かさなる飲酒放蕩、放擲した学業、堆積する借金といったまったく現実的かつ具体的な問題に由来する〈不安〉に苦しんでいるのである」)。この「檸檬」論は書き手の力量を感じさせるが、この現実的な「不安」を「えたいの知れない不吉な塊」と置き換えた「檸檬」の書き手の行為をどう意味づけるかという点で、ぼくとは考え方が違う。この置き換えがなければ「檸檬」は成立しなかったというのが、ぼくの考えである。

註10(一一六頁)　「檸檬」では、この二分法は明瞭ではない。即ち、まず冒頭近く、「見すぼらしくて美しいもの」として、花火、びいどろ、南京玉が示された後、こうある。

察しはつくだらうが私にはまるで金がなかつた。とは云へそんなものを見て少しでも心の動きかけた時の私自身を慰める為には贅沢といふことが必要であつた。二銭や三銭のもの——と云つて贅沢なもの。美しいもの——と云つて無気力な私の触角に寧ろ媚びて来るもの。——さう云つたものが自然私を慰めるのだ。

そう書いて書き手は、「生活がまだ蝕まれてゐなかつた以前私の好きであつた所は、例へば丸善であつた」とつづけて、オードコロン、香水壜、煙管、小刀、石鹼等を列挙し、「私はそんなものを見るのに小一時間も費すことがあつた。そして結局一等いい鉛筆を一本買う位の贅沢をするのだつた」と書く。この部分をぼくは、「二銭や三銭のもの——と云つて贅沢なもの」は、ここにいう「鉛筆」であろうし、「美しいもの——と云つて無気力な私の触角に媚びて来るもの」はここにいわれる「オードコロン」その他であろう、というように読む。つまりここには三つのカテゴリー、「見すぼらしくて美しいもの」（びいどろその他）、「安くてしかし贅沢なもの」（丸善で一等いい鉛筆一本）、「美しくてしかし媚びて来るもの」（オードコロンその他）があるのである。そして引用部分はこう解釈される。自分には金がなかったが、「びいどろ」などを見て少しでも心の動きかけた自分を慰めるには、贅沢が必要であり、——美しくてしかし無気力な触角に媚びて来るようなものが、必要であり——、自分はそういう場所にいって、結局上等な鉛筆一本を買うようなことをした、と。

ところで、この個所は、繰り返すと、「瀬山の話」所収の「檸檬」断片には、こう書かれている。

（びいどろ等の話につづいて——引用者）察しはつくだらうが金といふものが丸でなかつたのだし。——私の財布から出来る贅沢には丁度持つて来いのものなのだ。そうだ外でもない、それの廉価といふことが、それにそんなにまでもの愛著を感じる要素だつたのだ。

そしてこの原「檸檬」では、後出の「丸善」の個所ではじめて、自分は丸善に「特殊な享楽をさへ持つてゐた」として、オードコロン類が出てくる。ここにあるのは、「見すぼらしくて美しいもの」即ち「廉価でちよつと贅沢なもの」（びいどろその他）とお金が入った時、ほんの稀れに買う「特殊な享楽」の対象（オードコロンその他）という、二つのカテゴリーである。

ぼくは、この二つのカテゴリーが、「檸檬」において、先に見た三つのカテゴリーになったのは、ここで「見すぼらしくて美しいもの」の対極が、「白樺派流」のトルストイ趣味（?）への気がねからか、婉曲に「特殊な享楽」としか語られなかったところ、小説「檸檬」に向けて、——玩物喪志をつうじて——このハードルが越えられ、はっきりと「無気力に寧ろ媚びるもの」と内容が明示されるにいたって生じた分化であると解する。

ぼくが先に見た「檸檬」における三つのカテゴリーから、「見すぼらしくて美しいもの」と「贅沢で無気力な触角に寧ろ媚びて来るもの」という二つのカテゴリーを抽出し、「檸檬」の作品世界を二分する感情要素と考えるのは、このためである。

註11（一一九頁）折口信夫が一九一六年に書いた「異郷意識の進展」は、その四年後に書かれる「妣が国へ・常世へ——異郷意識の起伏」と共に、日本人の他界意識をエキゾティシズムとノスタルジーという観点からとらえた、大変に興味深い論考だが、その冒頭近くにこう書かれている。

「近い頃では、屋上庭園一派の詩人達が、おらんだの、いすぱにやの、さては切支丹の昔語りを懐しんで、現実の世には求め得ぬ、夢幻的な歓楽悲哀を行《ャ》るに、奔放な空想を以てして、一種不可思議な世界を追うてゐたことがある。又永井荷風氏一味の人々が川開きにうちあげる花火よりも、更に美しく更に儚く過ぎ去つた江戸の記憶を夢みてゐるのも、見ぬ世のあこがれと過去の追想との相違はあつても、畢竟は等しく、享楽主義と、頽廃主義との合一して出来た、近代的の回顧趣味で、共に異国情調或は異郷趣味と命《なづ》けらるべきものであつたのである」。

なお、ここには直接関係しないが、エキゾティシズムとノスタルジーについてはこのように書かれる。

「わたしは今、日本の国に就いてのみいふ。それで、いきほひ、日本人が、異郷の意識を発し初めた時から述べねばならぬ。多くの場合において、のすたるぢい（懐郷）とえきぞちずむ（異国趣味）とは兄弟の関係にある」。

註12（一二六頁）井上良雄は、こう書いている。

「人は対象を綿密に「調べる」、そして正確に「写す」。併し写し了つた時、対象はもう死んで了つてゐる。自我と世界との分離といふことは、単に近代の哲学の不幸丈ではなかつた」。（「新刊『檸檬』」）ところでおそらく、このような井上の考え方を念頭においてだろうが、この井上の小文における説を鈴木貞美はこのように要約、紹介している。「梶井評価の最も早い時期に井上良雄は、梶井の方法に〈自己喪失〉を挙げ、そこに展開される世界を主客一如とし、主客分離の近代の不幸の超克と論じた」（「梶井基次郎」『研究資料現代日本文学I』明治書院、一九八〇年）。

註13（一四四頁）大岡昇平の中原中也評伝『朝の歌』には、一九二四年の七月から十二月までを京都に暮した富永太郎が、九月末に小林秀雄宛て、「書けない」理由で同人雑誌勧誘に断わりの手紙を出していながら、十月

二十三日付の手紙で「秋の悲歎」を小林宛て同封していることから同様の推定がなされている。

註14（一四九頁）　この時期については少し説明が必要である。一九二五年十一月十二日の富永太郎の死に前後して、中原と京都より同行した女性長谷川泰子が小林秀雄のもとに去り、中原は「口惜しき男」（「我が生活」）になる。中原は中野区の新しい下宿に移る。それからの半年間の間に、中原が詩作にうち込み、ようやく得るのが、この一人の生活の朝の寝覚めの様子をうたった「朝の歌」である。大岡昇平は『朝の歌』「友情」の項末尾に註記して「「詩的履歴書」に「朝の歌」を「七月、小林に見せる」とあった。しかしこの文章（「友情」――引用者）の執筆時、私はこの記事を疑わしいと思っていた。「東京で人に詩を見せるはじめ」という注記も怪しく」、「我が生活」と題する当時のことに言及した中原文に大正十五年（一九二六年）十一月までに小林との交渉を思わせる記事がない、と述べている。但し、註の主旨は、その後、小林自身よりこの年の「春」中原を訪ねたとの証言を得たことから、この中原の記述の信憑性が心証として高まった、ということである。

また、原典考証の立場からは、次の指摘がある。

即ち、この詩の初出は、一九二八年五月の音楽雑誌「スルヤ」第二輯。「『詩的履歴書』によれば大正十五年五月制作、七月頃小林秀雄に見せたとあるが、初出末尾の日付は同年八月となっている。五月に草稿、八月定稿か。ただし『詩的履歴書』の草稿を見ると、『五月』はいったん『春』と書いて『五月』と訂正され、小林に見せた時期は『六月か七月頃』を『七月頃』に訂正している」。（吉田凞生「作品別『山羊の歌』『在りし日の歌』

解釈資料」、「別冊國文學」四号『中原中也必携』)

いずれにせよ、それは中原自身に後に次のように回想される時期である。一九二五年(大正十四年)十一月、末、長谷川泰子が去る――。中原は書いている。

私が女に逃げられる日まで、私はつねに前方を瞶《みつ》めることが出来てゐたのと《ママ》確信する。つまり、私は自己統一ある奴であつたのだ。若し、若々しい言ひ方が許して貰へるなら、私はその当時、宇宙を知つてゐたのである。手短かに云ふなら、私は相対的可能と不可能の限界を知り、さうして又、その可能なるものが如何にして可能であり、不可能なるものが如何に不可能であるかを知つたのだ。私は厳密な論理に拠つた、而して最後に、最初見た神を見た。
(「我が生活」〈I〉)

しかし「女に逃げられるや」彼はその「嘗ての日の自己統一の平和」を全く「失つ」てしまう。「一つにはだいたい私がそれまでに殆んど読書らしい読書をしてゐず、術語だの伝統だのまた慣用形象などに就いて知る所殆んど皆無であつたのでその(女に逃げられた――引用者)口惜しさに遇つて自己を失つたのでもあつた」かも知れない。

私は苦しかつた。そして段々人嫌ひになつて行くのであつた。世界は次第に狭くなつて、やがては私を搾《し》め殺しさうだつた。だが私は生きたかつた。生きたかつた!――然るに、自己をなくしてゐた、即ち私は唖だつた。本を読んだら理性を恢復するかと思つて、滅多矢鱈《やたら》に本を読んだ。(略)或時は私は、もう悶死するのかとも思つた。けれども一方に、「生きたい!」

気持があるばかりに、私は、なにはともあれ手にせる書物を読みつゞけるのだつた（私はむしになるのだつた。視線がウロウロするのだつた。）が、読んだ本からは私は、何にも得なかつた。そして私は依然として、「口惜しい人」であつたのである。
　その煮え返る釜の中にあつて、私は過ぎし日の「自己統一」を追惜するのであつた。（同前）

「朝の歌」は、このような「煮え返る釜」の中に「過ぎし日の『自己統一』」を凍結するために求められる。おそらくその「定型」、「文語」への意向は、このような側面ももっていたに違いない。ただ、ここからぼくは、このようなあらゆる意味で自分の前に立ちはだかる小林秀雄に、この一篇の詩を見せるにあたって、中原が、多くの自己検証を要したことは確かであり、先の「詩的履歴書」に、五月と七月であれ、「春」と「六月か七月頃」であれ、とにかく制作日、提示月間のズレとして、一定期間が〝明記〟してあるところに、一九二九年（「詩的履歴書」執筆当時）の中原の、そのことへの自覚の証左を見ることができはしないかと、考えるのである。

註15（一五四頁）ゼノンの詭弁とは、アキレスと亀の競争で、亀の後から出発したアキレスが、その健脚で亀を追い抜くことは誰にも分るのに、これを、線上に表記して考えてみると、どうしても、アキレスが亀を追い越せなくなってしまう、というパラドックス。

註16（一五九頁）「精神哲学の巻」と題された中原の一九二七年、彼二十歳の日記は、秋山駿いうところの「内部の人間」中原の思考の実質を余すところなく伝えるが、二月二十七日の項に、「よくは分らないが、私が私一

人、空前絶後に分つたと思つてるのは、ベルグソンの『時間』といふものに当つてるらしい。／私はこの頃地球滅尽前日の幻象《ママ》によつて刹《ママ》到されてゐる」

二日後、三月一日の項に、

「私は孤独の中では全過程である（全純粋持続といつてもい、のかしら？）／私は歌ふ時、《哲学は分るが哲学書は皆目六ケ敷い。》／純粋持続の齎らす終結の数々を掠めて過ぎる」

三月二日の項に、

「こんなに極度な人間がゐた筈がない、こんなに極度な人間がゐた筈がない。」

同三日、

「私は一切を認識した、／《釈迦なんかなんだ、（冗談と思ふなよ。）》（略）」。

そして六日、「神様よ！」という神への呼びかけが現われている。

詳しい論証は抜きにするが、ここで彼が体得しているのは、ぼくの考えでは、たしかに「ベルグソンの『時間』」である。

註17（一八〇頁） 角川版全集第一巻解説で、大岡昇平は『山羊の歌』における最後の詩章「羊の歌」収録の「憔悴」と「いのちの歌」について興味深いことを述べている。『在りし日の歌』「後記」には、『山羊の歌』収録詩篇の制作年代として、「大正十三年春の作から昭和五年春迄のものを収めた」という明記があるが、最終詩章「羊の歌」収録の三篇（前記二篇に「羊の歌」を加えたもの）についてこれはあてはまらない。即ち、「羊の歌」は昭和六年（一九三一年）二月頃安原喜弘宛に送られており「憔悴」の初出（「鷭」一九三四年四月号）は「一九三二・二」という制作日附を持っている。このことは草稿・未定稿が「昭和五年春迄」に書かれている可能性をまったく排除するものではないが、一九三一年二月十六日付の中原の安原

宛書簡における「羊の歌」と目される安原への献詩への言及などから推測して、「憔悴」は、「最終詩篇『いのちの声』と共に、詩集のいわばしめくくりとして書かれたと考えられる」というのが、その内容である。

詩人の意識では、最終詩篇は、詩集の中心部を形づくる作品群とは違ったものと考えられていたと見做してよい。事実「羊の歌」とその前の詩章「秋」の最終詩篇「時こそ今は」との間には、はっきりとした断絶がある。最終詩篇は最後に志を述べることによって、詩集全体に一種のまとめを与えるものと考えられていたのである。（大岡昇平「全集解説」第一巻、一九六七年）

それ以外の詩章の作品群と「違ったものと考えられていた」のが、最終詩章「羊の歌」所収の三篇（「羊の歌」、「憔悴」、「いのちの声」）か、最終詩篇「いのちの声」のみか、明瞭ではないが、仮りにこれを前者と解すれば（ぼくはそう考えるが）、ここで問題になるのは、三篇中、最後の「憔悴」、「いのちの声」の二篇の色合いの違いである。

私はも早、善い意志をもつては目覚めなかつた
起きれば愁はしい　平常《いつも》のおもひ
私は、悪い意志をもつてゆめみた……

とはじまる「憔悴」は、自分の「疲れ」からそのまま吐きだされる言葉の調子《トーン》を持っているのに対し、「もろもろの業《わざ》、太陽のもとにては蒼ざめたるかな——ソロモン」という題辞をもつ「いのちの声」は、その同じ場所から、精一杯、神を仰ぎみる姿勢で書かれている。ここでいってみたいのは、『在りし日の歌』に顕著に感じられる自分の内部の空ろ

を見下ろすような「低い調子」の詩と、「いのちの声」のこの「高い調子」の対照は、中原に意識されて、「憔悴」、「いのちの声」の並置として示されているかも知れないことと、この二つが、それぞれ、中原の詩業の「峠」のような地点を形成していて、「いのちの声」が『山羊の歌』を――過ぎ越し方を――望見し、また自ら代表しているとすれば、「憔悴」はその完結性、閉塞性への違和感から『山羊の歌』に背を向けて、結果的に、『在りし日の歌』のトーンを予告するものとなっているのではないかということである。

註18（一八八頁）一九三七年に書かれた萩原朔太郎の評論集「無からの抗争」の書評「萩原朔太郎評論集」に、中原は、おそらく萩原の批評文の「時にダダッ子みたいに感じられる」外剛内柔的性格（?）を念頭に置いてだろう、こう書いている。

「私は何故だか萩原氏を思ふたびに、次のポオロの言葉をくちずさみたくなる。『我は強き時弱く、弱き時強し』」。

註19（一九八頁）中原は一九二七年の「小詩論――小林秀雄に」にこう書いている。

「此処に家がある。人が若し此の家を見て何等かの驚きをなしたとして、そこで此の家の出来具合を描写するとなら、その描写が如何に微細洩さずに行はれてをれ、それは読む人を退屈させるに違ひない。――人が驚けば、その驚きはひきつゞき何かを想はす筈だが、そして描写の労を採らせるに然るべき動機はそのひきつゞいた想ひであるべきなのだが」。

自分は詩を「『一つの激しい実感を以て』書くといふ態度を、他の顔料は用ひずただそれのみを以て仕上げるといふ態度を」萩原に学んだと書く（「我が愛誦詩――屋上の鶏」）三好の詩についての考え方と、好対照というべきである。

註20（二〇七頁）　中村稔は、「あれはとほい処にあるのだけれど／おれは此処で待つてゐなくてはならない」という二行を引いてこう書いている。

「（この――引用者）二行が素直に理解できればふしぎである。あれが遠い処にあるのなら、おれはゆつくりといけばよい。何故、「待つてゐなくてはならない」かといえば、ここに一行が省略されているからである。「おれはすでにあれを見失つてしまつているから」というような趣旨の一行をこの間においてみてはじめて、「とほいい処にあるのだけれど」の「けれど」とつながるわけである」。（「「言葉なき歌」の魅力」『言葉なき歌――中原中也論』所収、一九七三年）

註21（二一七頁）「夏よ去れ」全行を次に掲げる。

夏よ去れ

心明かすな
夏よ去れ
眼を閉ぢて
目蓋はかろし
蜘蛛の絲
雨には切れず
切れぎれに
惑ふわれかな

夏草よ
光をあげよ
海行かば
水脈は晃めく
今日もまた
空は美し

鏽色の蝦網のべて
指またに

水搔きつくり
風に乗り
何を嘆きし

曇り日の
雲の裏行く
はだけたる胸
汗ばめる腹
颪は死に
黝き山肌
鱗ある
魚を乗せて
野の草の
靡くは何ぞ

あゝ　夏よ去れ
心明かすな
棲みつかぬ
季節《とき》よ

失せ行け
切れぎれに
惑ふわれかな

こうして全行を写しとると、これが小林の「青春」への訣れの歌であることがよく分り、中原との符合に驚かずにはいられない。中原は、一九三七年九月二十三日、本文に記したように『在りし日の歌』をまとめ、後記を書き、翌日これを小林に手渡しているが（吉田凞生『評伝中原中也』による）、その後記はこのように書き終えられている。

私は今、此の詩集の原稿を纏め、友人小林秀雄に托し、東京十三年間の生活に別れて、郷里に引籠《ひきこも》るのである。別に新しい計画があるのでもないが、いよいよ詩生活に沈潜しようと思つてゐる。
扨《さて》、此の後どうなることか……それを思

へば茫洋とする。
　さらば東京！　おゝわが青春！
　　　　　　　　　〔一九三七、九、二三〕

戦後の小林の「中原中也の思ひ出」中の名高い海棠のシインの時のように、小林は、一九三七年九月二十四日、中原の訪問を受け、詩集原稿を托された時、「お前は、相変らずの千里眼だよ」と心で呟いたかも知れない。小林もまた、「扨、此の後どうなることか……それを思へば茫洋とする。／さらば……青春！」というような場所にいたからである。詩の最終聯の「棲みつかぬ／季節《とき》よ／失せ行け」の「季節《とき》」は、やはり、『地獄の季節』の最終詩篇「別れ」の冒頭、

　もう秋か。——それにしても、何故、永遠の太陽を惜しむのか、俺達はきよらかな光の発見に心ざす身ではないのか。——季節の上に死滅する人々からは遠く離れて。

に、その「夏よ去れ」という題と同様、遠く照応しているだろう。一九二四年にランボーを発見した小林は、興奮してその中からこの詩（「別れ」）を当時京都にいた富永に書き送る。富永はこの詩を「大きな紙に書いて壁に張り、毎日眺めている、と書いて来たそうである」（大岡昇平『朝の歌』）。やがてこの詩から、富永の「秋の悲歎」が生まれる。

註22（二二八頁）このモチーフは2章で触れたように、「私小説論」の「2」冒頭の、志賀直哉とフローベールの対照、「己れの作品に作者の名を冠せまい」という「覚悟」の一点での共通性への言及に、なお痕跡をとどめている（この志賀の文章は二三一頁参照）。しかし、見られるように、この指摘は、「私小説論」の論理構造にいまでは、付属品として関与するばかりである。

※

最後に、何かの心覚えとして、次の一文をかかげておきたい。

「新旧論」の初出形は一九八一年十一月に「早稲田文学」に掲載された。その折りに、「日本読書新聞」のコラム「乱反射」にいささか乱暴な形で取り上げられたが、そこに事実に反する中傷じみた記述が混入していたために当時滞在していたカナダより投稿した一文である。十分に展開できなかった「新旧論」初出形の、少くともモチーフはよく語られている。

「終焉」すべき「人間」はあるか
――「乱反射」匿名子に反論する

本紙(日本読書新聞)十一月十六日号の「乱反射」欄に、こたえてみたい。

いいたいことは、二つである。「乱反射」子は、加藤の「早稲田文学」十一月号の小林秀雄の世代にふれたエッセイを取り上げて、いまさら小林秀雄の「私」に拘泥してみたところで、何も出てきやしないのだ、それにこだわるなら、「私」を無化する位徹底してみなければなるまい、と教えてくれている。

しかし、もし小林が、その「私」を無化する位徹底する、ということをすでにやっていたのならどうだろう。しかもその結果、無化した「私」を抱えて「戦争」を通過できなかったのだとしたら、どうだろう。

「私」の社会化を主張したという通説を疑わ

ずに、小林の「社会化された私」に「近代の文学主義」「人間中心主義」をみたうえで、これを「思考の停止」として否定した中上健次の説を、ぼくがどうもおかしいと書いたのも、また「乱反射」子の忠告に、それと同じ感想をもつのも、小林はぼくの考えでは、少くとも昭和初年代に「私」の無化などという地点にまでは、充分に届いていたと考えるからである。

問題はその先にある。そしてその問題は、「私」の無化に関心を寄せるらしい「乱反射」子にも関係している。なぜ小林は、その無化した「私」でもって「戦争」にぶつかり、そのまま戦争を通過できなかったのだろうか。ぼくは、あのエッセイでそういうことを考えてみた。

「私」の無化とか「人間の終焉」とかいうコトバは、ぼくに小林秀雄を思い出させる。「人間の終焉」というコトバをよく味わう必要があるのだ。それは「近代の超克」によく似ているではないか。ぼくはここで、年若い中村光夫に倣って、いったい我々に「終焉」すべき「人間」があるのか、と問いたいと思う。

ぼくはこの歳になって、ようやく、小林多喜二の「蟹工船」「一九二八年三月十五日」などの諸作品を読んだところだ。小林多喜二はぼくを驚かせた。一九六〇年代末にはじまった全共闘運動は、まだ小林多喜二の仕事が要らない、というところまでいっていないと思った。ぼくは、もし万が一、「乱反射」子が日本共産党公認の書ともいうべき小林多喜二の「一九二八年三月十五日」を読んでいないなら、ぜひともこれを読んでみるようすすめるものだ。「乱反射」子は、小林秀雄も余り読んでいないようだが、同じ小林なら、多喜二のほうが彼にとっては意味深いだろう。その作品の最後の行は、「日本共産党　万歳！」というのだが、これを、たとえば「東大全共闘 万歳！」とでもおきかえてみたらどうだろう。そして、味わってみたらどうだろう。勿論それは、「連帯を求めて孤立をおそれず！」というのでも、「日本革命万歳」というのでも、よいのである。

小林は自意識以外何も信じないといったが、多喜二のほうは党意識（？）以外の全てを自分から除外しようとした。一九三二（昭七）年、二人の小林によって書かれた「Xへの手紙」と「党生活者」は、それぞれ自己意識、社会意識以外の何ものをも信じまいとした奇妙といえば奇妙な衝迫の産物である点、相似形である。ここでは「人間」という器がコワれている。ここには、モラルというものの場所がないのである。

第二の点は、事実問題にふれてのことだが、それで終るのではない。

「乱反射」子は、ぼくを当時の革マル派周辺の学生として紹介しているが、これは事実ではないが、ここで一つのことをいっておきたい。事実ではない。

ぼくは当時「全共闘」の一員として、無党派学生として闘争に参加したわけだが、当時の、そしていまの新左翼の各セクトに欠けているものは、やはり全共闘という集団の運動にも欠けていたと考える。つまり、セクトと反セクトの対立よりも、それを共につつむ共通性の方が大きいという判断をもっている。だから、ぼくは、現在の新左翼党派の理論の対立などについては、皆目わからないのだが、この問題について、一つの格率をもっている。それは、どのような理由によるのであれ、イケニエ羊をつくるような態度にはくみすまい、というのである。××派だけが悪いのではない。また△△派と○○派がおかしいのではない。ぼくはそこに、自分の問題が現れている、と考える。

そのようなわけで、ぼくはここに事実を匡すが、ぼくが当時対立したもののなかに、いまは自分の問題をみよう、みたいと考えていることを、明らかにしておきたいと思う。「乱反射」子は、もう少し、志を高くし、世界を広く、歴史を深く見るべきである。もしその「私」が、まだあるならの話だが。

（「日本読書新聞」一九八一年一二月二八日）

魂の露天掘り——小林秀雄の死に寄せて

小林秀雄が死んだ。平凡な言葉だが、死なれてみて、この人がぼくに持っていた意味を考えずにはいられない。

これはぼく一人のこととしていうのではなく、ぼくと同様の多くの人間のいることを確信して、それらの多数者の一人としていうのだが、いったい、全共闘運動というような政治に関わる動きのなかにぼく達が小林秀雄に出会ったというのは、どのようなわけだったのだろう。

ぼくの場合、それは、中原中也、宮沢賢治、小林という形で訪れた。ある一時期、——それは「全共闘運動」などというものが現実にはもう存在しなくなりつつあり、三島由紀夫の死があり、また連合赤軍の事件がそれに続くといった二、三年のことだが、ぼくには殆ど活字の読めないことがあった。部屋には「世界の大思想」が開かれたままに放置され、ぼくはそれらから離れきることもできずに本棚から一冊引き出しては、すぐにそれを投げ出すしかなかった。

先に、中原、宮沢、小林の名をあげたが、この三人が、この時期ぼくの読んだ著者である。

厳密にいえば、小林は、中原中也、宮沢賢治と違っていた。この時期、ぼくが読めたのは宮沢賢治の散文と中原中也の詩ばかりだった。そして、おそらく小林は、これらの著者とぼくの生きる現実の場を架橋するものとして、必要とされたのである。

ぼくは、全共闘運動の中には連合赤軍までいってしまう部分と、べ平連運動の方向に着地していく部分と、その二つが方向として含まれていたと考えるが、小林は、明らかにそうしたものとしての、だから連合赤軍をその可能性の一極に内含するものとしての全共闘運動に繋がっていたと思う。

このようなことを書けば、何を荒唐無稽な、といわれるかも知れないが、全共闘運動における反知識人運動、即ち、既成の知識人エリートに、非知識人として――或いは自己否定した知識人予備軍として――相対していこうという志向の淵源を探っていけば、知識人と大衆の指導被指導関係をはじめて明瞭に否定した吉本隆明の『擬制の終焉』を経由して、たとえば、「戦争について」で痛烈な既成知識人批判を展開している小林にまで辿りつくことは、可能である。

よく知られているように、このエセーは、一九三七年十一月に発表され、小林のそれまでの西欧型自由主義者としての「社会参加」に終止符を打ち、一転して彼が「戦争肯定」論者として現われるきっかけとなった、極めて重要な一文だが、考えてみれば、全共闘運動、ひいては連合赤軍の経験の思想的オリジンを、初期の、リンチ事件を含む日本共産党のそれと同様、これと同時期の小林の思想経験に求めることも、あながち無理なこじつけとはいえない。

一九三二年、小林は「Xへの手紙」を発表しているが、同様に志賀直哉に私淑したもう一人の小林である小林多喜二は「党生活者」を書いている。ところで、「Xへの手紙」が、いわば自己意識以外の何物をも信じない、という極度に純化された意識形態の産物だとすれば、「党生活者」もやはり、「党意識」ともいうべき社会意識以外の全てを抑圧し信じまいとした、つきつめられた意識形態の産物だったのである。

吉本は、小林の影響下に一九四九年「ラムボオ若くはカール・マルクスの方法に就ての諸註」というエセーを書いているのだが、ぼくには、「昭和」初年代、数多くの作家がマルクスに出会って左傾し、いわば「転換」(平野謙)していった動きと、小林達がランボーに衝突して「ポエジーの魔」ともいうべき未知のものへのめりこんでいった動きとは、一対のものではなかったかと思える。マルクスとランボーとは、当時共に全く新たな、技法に解消されない思潮として彼らの前に現われていた。そしていまだに、もし一人の青年が何らかの形で或る行為と精神における「純粋化」「徹底化」を試みようとすれば、そこには必ずや、ランボーもしくはカール・マルクスの影があるのである。

　ぼくが小林と出会ったのは、しかしながらぼくにとってのこうした不徹底きわまりない「純化」過程においてではなかった。ぼくが観念化していく、その過程においてぼくもまたランボーを読まなかったわけではないのだが、そこで知った小林は、まだしもぼくに不可欠ではなかった。

　これは、小林からの影響の受け方としては「邪道」というべきかも知れないのだが、いわば原口統三流の「純粋精神」から「俗人」へと回復するその過程で、小林はぼくに必要不可欠な存在となったのである。

　ぼくは小林に「文章の機微」を学んだ。

　文章の機微、なんと貧しいコトバだろう。しかし、そのことなしにぼくの回復はなかったと思う。小林の文体の本質は、何よりもその演劇性にあるのだが、かぶくことであり、またやつすことであるその華麗といわれる「文体」がどのような小林の生きる貧しさ、生きる上での必要から呼びこまれていたかは、これまでのところ、余り注意されてこなかったように思う。彼はよく、「思想劇」とか「精神の内深の劇」というようなコトバを用いたが、これは、比喩ではない。ここには、「ツネノ言葉サヘ、思フトヲリ、アリノマヽニハ、イハヌモノ也」（本居宣長）という確固とした判断が、処女作以来、一貫してひそんでいた。

最近の批評は、「内面」が「国家」に対応する一個の虚構であり、制度であり、イデオロギーだと教えている。同時代の欧米の最新の思潮がそのことをぼく達に教えるという意味では、これは小林自身の創始した批評の流儀を踏襲している。しかし、「国家」が幻想だからといってユメマボロシのように消えないのと同じく、「内面」も、それが人間を抑圧しかねない虚構だからといってなくなるわけのものではない。最新の批評は小林を古いというのだが、小林自身は、ランボーからジイドまでつねに新しい思潮を追ってきてドストエフスキーという存在にぶつかり、このヨーロッパの田舎の、古い思潮に逆戻りした時はじめて、即ち、自分のやり方に反省を加えた時はじめて、彼の思想上の難問を発見したのだった。

というより、その難問の発見が、彼に従来のやり方ではいかないことを教えたのだ。

小林の仕事を思い浮かべると、魂の露天掘りというコトバが浮かんでくる。彼は、仕事をするということが、それを「やっつける」ことだったといっている。汗がひかり、時には涙をまじえたかも知れない彼の文章をパラパラとめくる。ここには或る極端な経験がある、それは確かだ。エベレストの頂上は、きわめて狭く、二人で立つと酸素ボンベの置き場もなくなる程だという。その雪の下には、ヒラリーの十字架、テンジンのお菓子、日本人のお守り、色んなものが埋められているというのだが、小林の文章には、その雪の下に埋められた鈍いピッケルの味わいがあると思う。

それはあの魂を露天掘りするピッケルである。

それは時に、ひとを登頂に誘うかも知れないが、また、何の因果かそんな場所にまぎれこんだ人間に、下山の仕方も教えるだろう。

ぼくにとって小林は、そのような存在だった。ぼくは彼の登頂には驚かないが、その下山の誠実さには眼を見張る。


（「日本読書新聞」一九八三年三月一四日）

単行本『批評へ』あとがき

これはぼくにとって二冊目の本である。最初の『アメリカの影』は一九八五年四月の刊行だったから、丸二年、というか、二年数ケ月を隔てての二冊目の評論集ということになる。ぼくは一九八三年から、いわゆる文芸雑誌に「文芸評論」というものを書いてきたが、最近は余りこの方面での仕事に勤勉ではないせいもあって、ここにはぼくの文芸評論家としての修業時期(?)の長短とりまぜたエセーの大部分のものと、今回新しくほぼ全面的に改稿し、書き下した「新旧論」という三百五十枚程のエセーと、性格を異とする二種の文章が収められることになった。

性格を異とするといっても、前者は、その時折りの注文に応じて書いた即興的な他流試合、後者は、自分を注文主として書いた〆切りなしの書き下し稿ということで、共に、文学作品を素材とした「文芸評論」である点は変わらない。一応これが、現時点での、職業なることかと思う。

ぼくの積りとしても、ある理由から、これまでぼくは「本格的に取り組んだ」文芸評論というものを書くのを、避けてきている。他人の作品をダシにして、状況論として文学を語る最近の批評家、などという言葉を見ると、自分のことをいわれているか、などと思った時期もあった。自分では、書こうと思えば立派な文芸評論、作品論、作家論（?）が書けないわけでもなかろうくらいの気持でいるのだが、何か一つ、それをいまのままやってしまうと、非常に生きるのがたやすくなるような気がして踏み切れなかったのである。しかし、ここに収めた「新旧論――三つの『新しさ』と『古さ』の共存」は、少くともその素材を小林秀雄、梶井基次郎、中原中也という古典的存在（?）から採っている。そのような意味では、従来の文芸批評上の達成と引照可能な、ぼくとしてははじめてのやや「本格的な」文芸評論ということになるかも知れない。

実をいえば、これもまた、ぼくなりには思想的なエンタテインメントとして書いたというところがある。けれども、たとえばその小林の「私小説論」に関する部分は、世の国文学の研究者にも読んでもらい、批判してほしいと思うし、梶井、中原についての部分も「文芸批評」として存分に諸賢の批判を仰ぎたいという希望をもつ。

この本は本来、ちょうど二年前に出るべく準備されたところ、ここまで刊行が遅れた理由は、ひとえにこの新しく改稿され、書き下された「新旧論」の執筆が遅滞したことによる。初出形は一九八一年十一月号の「早稲田文学」に掲載された。その時の長さが百六十枚程度だったから、最初の五十枚弱を除き、後の百枚が三百枚に膨らむ形で改稿、加筆が行われたことになる。去年の夏、初出形のまま組んだ活版版組みをいったん廃棄したのに、今年になって、再び「組み戻」し（?）、この三月から四月にかけての四十日間に、その大部分を新たに書き下してようやく脱稿することができた。その間、印刷所の方におかけしたご苦労はひととおりのものではない。記して、深く感謝したいと思う。

他に、この本の前半部分を占める文章に執筆と発表の機会を与えてくれた文芸誌の力量ある編集者の方々、特にはじめにぼくをこの世界に引き込んでくれた「文藝」の高木有氏、「群像」の天野敬子氏、今回「新旧論」という名で送りだす文章に最初に執筆と発表の機会を与えてくれた友人鈴木貞美、装丁の東幸見氏、またとりわけ、今回の本の上梓に関して、「筆舌に尽しがたい」ご苦労をおかけした弓立社の宮下和夫氏に、心からお礼を述べたいと思う。

ありがとうございました。

久しぶりに小林、中原の文章に接することができてしあわせだった。中原がどんなに自分に、それも自分の考え方に、影響を及ぼしているかを知ったのも、ぼくには嬉しい経験だった。

最後に、この本の表題について一言。「批評へ」。この言葉には二様の響きがある。批評に向かって、という意味と、批評に対して、というニュアンスと。はじめにこの表題を決定してからも二年たち、ぼくの中で、その二様の響きの強弱はあやしく揺れた。でも、表題はこのままにして、やはり、「北国」の海に向いたその青い尼僧帽姿を思いながら、「批評へ」といっておきたい。

この本を、海の向こう、カナダ、モントリオールで早すぎる死を死んだ友人、ミシェル・クレチアンに献げる。

加藤典洋

一九八七年四月十三日

失われた草稿を批評へ梱包する

解説

瀬尾育生

「新旧論」が書かれた頃のことを考えると、その想像を絶する加筆・改稿作業のことが——そのことを私は伝聞で知っているだけだが——思い出される。

この論稿は最初、「二つの「新しさ」と「古さ」の共存——小林秀雄の世代について」（以下「旧稿」と呼ぶ）という題名で、一九八一年一一月号の「早稲田文学」に発表された。だがそれが本に収められたのは一九八七年、第二評論集『批評へ』においてである。そのときの題名は「新旧論——三つの「新しさ」と「古さ」の共存」（以下「新稿」と呼ぶ）となっている。

当時原稿は手で書かれ、活字は手で拾われていた。そのようにして組まれたゲラのやりとりによって、五年ほどのあいだ、加筆・削除・改稿が繰り返された。私は版元の弓立社の宮下和夫さんからそのことを聞いたのだが、この改稿の過程では、終わりに近く「組み戻し」などということがあったそうだ。加藤自身が「『批評へ』あとがき」で触れているとおり、つまり幾度かの改稿のあとで、それらをなしにして、その前の段階へもどす、ということだ。

それは驚くほどの迂回と、まわりの人々の労苦をも巻き込んだ作業である。だが書き手にはしばしばそういうことがおこる。いったん行きどまり道に踏み込み、それを抜け出すことが不可能となったような場合、答えにたどりつくことを拒むような何かが、たぶんその道筋の最初のところにあったのである。

「新旧論」は加藤典洋の批評家としての生涯の、とても早い時期に書かれた。だからそこに走っている幾筋かの亀裂は、たんに論理的な不整合ではない。問いがはじまるときすでにそこにあった、底深い、たがいに背反しあう衝迫――たとえば「世界を否定すること」と「世界を否定するものとして世界の中に生き続けること」のような――が、軋みあってたてる音なのだ。

＊

加藤典洋は小説を書く人間として出発している。「手帖」（一九六七）「男友達」（一九六八）「水蠟樹」（一九七〇）が書かれる。一九六八年からは最初期のいくつかの文学的・思想的なエッセイが発表されている。それらがいかに当時の私たち同時代・同世代の人間の共有物として大切にされていたか、ひそかに「一世を風靡」していたか、私はすでに別の文章で書いた。*

そのあと加藤に、何も読めず、何も書けない——だがわずかに中原中也だけは読める、中原についてだけ考え、何か書き続けている、という時期——がやってきた。この時期の中原論の一部が、当時の小さな媒体に発表されて残っている。「中原中也の方へ・1——初期詩篇の黄昏」（一九七五年「変蝕」六号）と「立身出世という無垢——中原中也の場所について」（一九七六年「四次元」二号）を読むと、それが加藤の初期の小説世界と、ほとんど地続きであることがわかる。

彼は誰かに向かって語り続けている。その誰かは小説の中では、冬の夜にあたりを雪が降りしきる中、遠くから自分の方へ帰ってくる、語り手自身の（もはや死者であるのかもしれない）「分身」のように設定されていた。この「分身」の位置に、七〇年代の、失語に近かったこの時期、中原中也その人が呼び入れられるのだ。こうして彼の、批評への序奏がはじまる。

*

ところがこの時期の草稿は、まもなくすべて失われることになる。一九七八年、職場から海外への赴任が決まり、家族をともなってカナダへ渡る。多くの荷物を船便で日本からカナダに向けて送るが、なぜかそのうちの一つが届かず、以後それは永遠に行方不明になる。この届かなかった荷物に、それまで数年間、中原について書き溜めた千数百枚の草稿が梱包されていたのである。

加藤の初期は、このときいわば強制終了される。このあとは、思考することが同時に、失われた記憶をたぐりよせることであるような「間隙」が、自らの初期とのあいだに生じる。批評と呼ぶにはいくぶん繊細過ぎたかもしれない草稿は、もうすこし解像度の粗い、別の文体――つまり「批評」として社会に認知されている文体の中に、梱包しなおされることになった。

＊

旧稿が発表された翌年、一九八二年に帰国。その後加藤の「批評家」としての本筋にあたる批評――のちに『アメリカの影』（一九八五年）としてまとめられることになる「『アメリカ』の影――高度成長下の文学」（一九八二年）「崩壊と受苦――あるいは『波うつ土地』」（一九八三年）「戦後再見――天皇・原爆・無条件降伏」（一九八四年）などが、あいついで書かれる。

「新旧論」は、そのあと改稿されて第二評論集『批評へ』に収められる。この本のなかには、この後の加藤の批評の地歩をさだめることになった柄谷行人批判や、何篇かの江藤淳批判、さらに村上春樹、村上龍、中上健次についての最初期の批評などが収められている。

この本のゲラに手を入れてゆく過程で、末尾に置かれた「新旧論」が、大幅な改稿、加筆によって怪物的に膨らんでゆく、ということが起こった。「新旧論」はそれだけで『批評へ』という五〇〇ページを超える大冊の、ほぼ半分を占めることになった。

*

ただしこれらの大幅な書き換えにもかかわらず、ほとんど骨格を変えなかった最初の五〇枚ほどがある。ここにこの論の第一のおおきなピークがあった。それは小林秀雄の『私小説論』を扱った部分だ。

『私小説論』をめぐるおおかたの議論はそれまで、西欧的な「社会化した私」を肯定し、日本の私小説の伝統を「いまだ社会化していない私」として否定の側に置くものであった。だがこうした議論は、小林の主題を正しく受け止めたものではない——「自由・平等・博愛」というフランス革命の理念の変質をたどりながら、加藤は言う。——《ここで注意して欲しいのは、ここにいう「個人」という近代社会の原理のもっている、二重性である。この原理は「社会」「組織」「国家」にたいして、「個人」の原理として現われ、個人の自由、平等、博愛という考えをみちびくが、一方個人の名づけられない内面のなかで

は、いわば社会性として現われるのである。》

《フランス革命は、この意味で、文字通り社会の人間化にほかならなかったが、この人間化された社会は、企ての達成後、逆に個人の内面にたいして、社会性を主張するようになっていった。「自由、平等、博愛」という原理を信奉するようにと命ずる新政府の主張のうちに、人間内面の自由の抑圧をかぎとるサドのような抵抗者を、革命政府は、「自由」の名のもとに弾圧していくのである。》

＊

コインは裏がえる。個人が個人を抑圧する。「私」は二つのまったく異なった姿を見せる。社会・国家にコミットし、その単位となり、自己主張する「個人」を「私1」とすれば、社会、国家と結託して私1が社会的理念として抑圧の側にまわるとき、それによって抑圧される「私」の位置に「私2」があらわれる。

「私1」が十分に社会化した私であるときには、「私2」はその裏側にあって、全社会の秘密の力学を凝縮するものとなっている。この「私2」を研究すること——これがフローベール以来、ベルクソン、ヴァレリー、ジイド、プルーストによって「社会化されえない私」が飽くことなく語られ続けてきた理由だ、と加藤はいうのである。

私1と私2（この用語は筆者のものである）は、西欧の先進性に対する日本の後進性の特性としてではなく、世界史的な普遍のスケールで語られるべき（小林に先立って、そこには北村透谷という先行者がいたが）問題として姿をあらわす。ふたつの「私」を加藤が小林のなかから取り出すのを、息をのむようにして眺めながら、私たちは心の中で大きな喝采を送ったのだと思う。それは私たちがこの時点でまだ手放さないでいた、いわばロートレアモン的な、世界に対する「全否定」性に、ひとつの明確な理路を与えるものだったからだ。

＊

だが「新旧論」は、ここでふたつに屈折しているように見える。新稿でいえば「2 小林秀雄──ランボーと志賀直哉の共存」にあたる部分からあと、それは徐々に方向を転じている。加藤の中の第二の主題──「生き続ける」という意志に向かう主題、「世界に対する否定性を抱えながら、なおかつ世界の中で生き続ける」という主題、単相なラディカリズムに対する批判という主題が、ここで頭をもたげるからである。

一九八二年から一九八七年にいたる「新旧論」後半部の大幅な改稿のあとをたどるのは、とても難しい作業だ。この道筋を細かく辿るかわりに、私はここで、旧稿の中にだけあり、新稿のほうでは削られてしまったつぎの箇所を、ここに引用しておきたいと思う。

──小林秀雄はあるところで、《俺のドストエフスキイ論なんて、世界の一流知識人の書いた評論と同じレベルにまで行かさうと思つてゐるよ》と述べている。この発言を引いて加藤は、ひとつの疑念を述べる。小林が自らの企てを語るときの、この「世界水準」という言葉は、欧米列強と肩を並べその列に加わろうとした日本の近代化イデオロギーと同じ「世界」の遠近法を語っているのではないか？

加藤は言う――《小林は、ドストエフスキイのロシアを「非西欧」の後進国と位置づけたうえで、この「後進国」の大作家を「世界の一流知識人」のそれと「同じレベル」で、論じてみようとするのだが、ここには一つの方法上の錯誤がある。小林が、自分の書くものを「世界の一流知識人の書いた評論」と同じレベルにまで行かそうと思ったならば、まず彼は、自分の位置というものを、世界史的視野に立ってみさだめることが必要だったろう。その時には小林の自己規定は、どのようなものになったか。この点で、中原は、小林にとって一つの鏡になりえた筈である。》

＊

続けて加藤はこう述べる――《その時小林の自己規定とは、明らかに、非西欧の、後進国の、またアジアの――近代化の途上にある国、「西欧化」の途上にある国の――知識人、ということになったのではあるまいか。そしてその時には、小林の「世界の一流知識人」にたいする関係は、彼らと肩を並べ、彼らの列に加わるというのではない、彼らを尊重しつつも、彼らに見えないもの、彼らの視点に欠けているものを、そこに加え、それによって彼らに異議申立てし、彼らのあり方に修正を加えるという関係のとり方に、なっただろうと思う。そこには、マージナルなもの（辺境にあるもの）が、そのマージナルな本質をつきつめることによって、これをマージナルとしているコンテクストを、こわしてしまう可能性がひらかれている。》（傍点引用者）

読者はここで、小林のドストエフスキイ論にかかわる加藤の批判が、のち八〇年代後半からの、彼のポスト・モダニズム批判と同型になっていることに気づくにちがいない――モダンを批判しようとするならば、モダンの先にポスト・モダンを置く、この遠近法自体を、つまり西欧由来のこの世界性自体を、われわれの後進性（プレ・モダン、あるいはプレ・プレ・モダン）のほうから、批判できなければならない。彼はまず《自分の位置というものを、世界史的視野に立ってみさだめる》ことが必要なのだ。

そして加藤はここにこう付け加える――中原中也は、小林秀雄がほんらいたどるべきだったその道筋を、照らし出す「鏡」たりえたはずだ、と。

＊

ではいったい、中原の、どの部分がそうであると言えるのだろうか。

「新旧論」の中で引かれている中原の作品は「秋の愁嘆」「お道化うた」「いのちの声」

「真夏の夜に覚めてみた夢」「言葉なき歌」などである（とりわけ「真夏の夜に覚めてみた夢」は、加藤の晩年の詩集『僕の一〇〇〇と一つの夜』との近しさに驚かされる）。

だが加藤が自らの中原体験の中心をとりだそうとするとき、絶対にはずすことができない、という作品は、これらの作品ではなく、ほんとうは別にあるのではないだろうか。加藤の批評の立ち位置――自らの感性と論理の位置と同じものとしての中原の存在について、確信を加藤に抱かせたものは、じつはここには引用されていない、別の詩なのではないだろうか。

加藤の読者なら、彼が中原に言及するときに、かならずそれに言及することによってはじめる、別の作品があることを知っているはずだ。それは次のような詩である。

ゴムマリといふものが、
幼稚園であるとはいへ
幼稚園の中にも亦
色んな童児があらう
金色の、虹の話や
蒼穹を歌ふ童児、

金色の虹の話や、
蒼穹を、語る童児、
又、鼻だれ、眼はトラホーム、
涙する、童児もあらう

（「修羅街挽歌　其の二」、Ⅲ）

この詩はすでに、加藤のごく初期のエッセイ「最大不幸者にむかう幻視」（一九七一年）のなかに、このとおりの形で、引用されている。秋山駿『知れざる炎』に付された文庫版解説（一九九一年）においても加藤はこれを同じ形で引用している。また晩年の『大きな字で書くこと』の「中原中也その1」（二〇一八年）のなかでもそうしている。遺作である『オレの東大物語　1966～1972』（二〇二〇年）では、のちの加藤夫人であるA子さんが、「中原中也だといって、こんな詩をみせてくれたことがあった」と書いている。例はほかにもあるにちがいない。

ながいあいだ、加藤はこの詩を繰り返し、この形で引用する。引用されるのは、つねにこの三連だけである。

この詩が、加藤以外の人によってこれまで引用されたことがあったかどうか、私はよく知らない。これは未発表作品であり、ほとんど人の目に触れない（『新編・中原中也全集』（角川書店）には「草稿詩篇〈1931－32〉／未発表詩篇」の項に収められている）。この詩が書かれたのは一九三二年の年末。中原はこのとき、泰子に去られ、友人たちに去られて極度の神経衰弱の状態にあり、妄想や幻聴にさいなまれて、加藤の小説の主人公がそうであるように、冬の夜を一人で、誰かが訪れてくるのを待つようにして過ごしている。

＊

ところで加藤によるこの引用は、間違ってはいないが、中原作品の引用として、かならずしも正当なものではない。

なぜならこの詩「修羅街挽歌　其の二」Ⅲは、引用箇所に先行して《強がつた心といふものが、／それがゴムマリみたいなものだといふことは分る／ゴムマリといふものは／幼稚園ではある》という四行からなる第一連を持つ。また上の三連のあとには、《いづれみな、人の姿ぞ／いづれみな、人の心の、折々の姿であるぞ》という二行からなる第五連を持っているからである。

なにが起こっているのだろう？　ダダ体験が可能にした語法によって、論理を壊してでも、ある衝迫が言葉をつらぬいてゆく道筋がありうることが告げられている。詩というものはそれを可能にする。そしてそのことが、前後の連をはずすことによって、いっそうあらわになっているのである。

省略された前後の部分は、中原の心をかろうじて人々の心性に繋いでいた「枠」部分である。加藤はそれをとりはずし、傷を生のまま剝きだすようにして、この詩を引用している。いわば近代詩を現代詩として引用している。いいかえると近代の詩を、近代がなくなった後の詩として、あるいは近代がなりたたない前の詩として引用している。近代が疑わしくなることによってこの詩は、加藤の批評の立ち位置——感性と論理が一体になって指し示している位置と、ぴったり重なるのである。

＊

もし前後部分があったなら、この作品はこの「新旧論」の「論旨」に、そのまま重なるものになったことだろう。「新旧論」（新稿）は、近代詩としての中原に寄り添うように書かれている。だが「論旨」がそのようなものだったからこそ、加藤は旧稿と新稿とのあいだの、徒労と苦闘にみちた迂回路をたどらなければならなかった、と私には見える。

加藤はほんとうは、この「新旧論」においても「修羅街挽歌　其の二」Ⅲの三連を、他の場合と同じように引用して、そこから論をはじめるべきではなかったろうか？　そうすれば、この論は加藤自身の感性と論理の出発点とぴったりと重なり、五年にわたる加筆と改稿は、必要なかったのではないだろうか？

なぜならこの詩は、いわば詩自身の身体を開き、直接に読者に、つまり加藤に――きみは生きていてOKだ、きみは生きてゆかなければならない。世界に対する否定性を生き延びさせる方法は、きみが生き続けてゆくことの中に必ず見つかる――と告げていたからである。

＊

加藤はここで、「修羅街挽歌　其の二」Ⅲの三連が与えてくれた確信だけは、しっかりと受け取ったうえで、だが、それを引用しない。「詩」という幻惑的な言語の形式が、加藤自身の問いの答えとなることをよしとしなかった。

問われているのはモダンとは何か、モダニティとは何か、ということだが、加藤はこの論でその答えを出さない。その問いを『日本という身体――「大・新・高」の精神史』（一九九四年）『日本の無思想』（一九九九年）『日本人の自画像』（二〇〇〇年）『もうすぐやってくる尊王攘夷思想のために』（二〇一七年）へと続く、遠まわりする、ゆたかな批評の道に向かって、開いたのである。

＊「はじまりの加藤典洋」（二〇〇〇年、加藤典洋『日本風景論』講談社文芸文庫解説）

年譜

加藤典洋

一九四八年（昭和二三年）
四月一日、山形県山形市に生れる。父光男、母美宇の次男。父は山形県の警察官。
一九五三年（昭和二八年）　五歳
幼稚園の入園試験に落第。
一九五四年（昭和二九年）　六歳
四月、山形市立第四小学校入学。
一九五六年（昭和三一年）　八歳
六月、父の転勤に伴い新庄市立新庄小学校に転校。
一九五八年（昭和三三年）　一〇歳
四月、鶴岡市立朝陽第一小学校に転校。一〇月、山形市立第八小学校に転校。
一九五九年（昭和三四年）　一一歳
四月、高校受験を控えた三歳年上の兄光洋を山形に残し、一家は転勤に伴い引っ越す。尾花沢市立尾花沢小学校に転校。家にあった『シートン動物記』全六巻を愛読。貸本屋に入りびたり、白土三平、つげ義春などの漫画、講談社版『少年少女世界文学全集』などを耽読する。家にテレビが入り、草創期のテレビで米国の番組、とりわけ無名時代のジェイムズ・コバーンの出る「風雲クロンダイク」に夢中になる。
一九六〇年（昭和三五年）　一二歳
四月、尾花沢市立尾花沢中学校入学。

一九六一年（昭和三六年）　一三歳
四月、山形市立第一中学校に転校。志賀直哉、井上靖『あすなろ物語』、吉川英治『宮本武蔵』などのほか、デュマ『モンテ・クリスト伯』と間違って借り出したロマン・ロラン『ジャン・クリストフ』などに親しむ。
一九六三年（昭和三八年）　一五歳
四月、山形県立山形東高等学校入学。弓道部ついで文芸部に入部。ヘルマン・ヘッセ『デミアン』、堀辰雄『聖家族』などに親しむ。
一九六四年（昭和三九年）　一六歳
友人戸沢聰、村川光敏と同人雑誌を発刊。六月、家にあった『文學界』バックナンバーに連載中の大江健三郎『日常生活の冒険』を読み、同時代の日本文学の面白さに驚倒。手に入る大江健三郎の小説作品すべてを買い求めて読む。県立図書館から借り出した奥野健男の評論集『文学的制覇』を手がかりに倉橋由美子を知り、愛読。ほかに島尾敏雄、安部公房、三島由紀夫などを読む。コリン・ウィルソン『アウトサイダー』を手引きにドストエフスキー、ニーチェなどを知る。
一九六五年（昭和四〇年）　一七歳
二月、新潮社より刊行された『現代フランス文学13人集』によってヌーヴォ・ロマンを知る。四月、父が鶴岡に転勤になり、一人山形に残って下宿。県立図書館から現代詩のシリーズを借り出し、鮎川信夫、田村隆一らの『荒地』グループを知る。『現代詩手帖』、『美術手帖』を愛読。詩人では特に長田弘、渡辺武信を好んだ。また市内の映画館でジャン・リュック・ゴダール「軽蔑」、フランソワ・トリュフォー「突然炎のごとく」、「ピアニストを撃て」を見、フランス現代映画のとりことなる。秋、山形東高文芸部誌『季節』第三〇号に小説「午後」と映画評「『軽蔑』について」を発表。山形北高の教師津金今朝夫氏にロレンス・ダレルの存在を教えられる。

一九六六年（昭和四一年）　一八歳
四月、東京大学文科三類入学。東京都狛江市のアパートに兄と同居。近所に住んでいたクラスの友人斎藤勝彦の影響で小林秀雄を読みはじめる。九月より杉並区高井戸に一人引っ越す。本屋で見つけたJ・M・G・ル・クレジオの『調書』に刺戟を受ける。ドストエフスキー、ヘンリー・ミラー、カフカ、リルケ、ゲーテ、トーマス・マンなどを読む。学内サークル「文学集団」に所属。竹村直之、若森栄樹、石山伊佐夫らを知る。初夏、ビートルズ来日。フーテン風俗周辺の新宿東口、歌舞伎町、新宿二丁目、渋谷百軒店界隈でジャズなどを聴き、那須路郎、星野忠、鈴木一平らと遊ぶ。

一九六七年（昭和四二年）　一九歳
四月、応募小説『手帖』が教養学部の銀杏並樹賞第一席入賞、学友会雑誌『学園』第四一号に掲載。一二月、同じ作品を『第二次東大文学』創刊号に転載。「文学集団」の一学年下に芝山幹郎、藤原利一（伊織）、平石貴樹がいた。ロートレアモン、ランボオ、ジャリ、アルトー、ダダイズムの諸作品などを耽読。フィリップ・ソレルス、ジャン・ルネ・ユグナンなど初期『テル・ケル』の書き手などに親しむ。受賞をきっかけにクラス担任の教師でもあった仏文学者平井啓之先生の知遇を得る。九月、杉並区阿佐谷に引っ越す。一〇月八日、第一次羽田闘争。前日友人に誘われ、断っていたが、翌日朝の新聞で炎上する装甲車を空から撮った写真を見、京大生山崎博昭が死亡したことを知って衝撃を受ける。一一月一一日、エスペランチスト由比忠之進が首相佐藤栄作の北爆支持に抗議して焼身自殺。翌一二日、第二次羽田闘争で生まれてはじめてデモに参加する。

一九六八年（昭和四三年）　二〇歳
三月、一月以来の医学部の無期限ストライキのあおりを受け、東大卒業式中止。四月、東京大学文学部仏語仏文学科に進学。本郷に移るが、雰囲気になじめず、一年間の休学を決め、友人荻野素彦夫妻の住む大阪釜が崎・喫茶「銀河」付近で寄食生活をするが、大学闘争が全学に広まる気配となり、六月、帰京。その間、五月、パリで五月革命。七月、医学部を中心に東大闘争が全学に広がるにつれ、学友会委員に名を連ねていたことなどから闘争にしだいに関与する。四月、鈴木沙那美（貞美）、窪田晌（高明）らの同人雑誌『変蝕』第一号の特集「フィリップ・ソレルス『ドラマ』をめぐって」に「ソレルスに関しての試み・1」を、一〇月、同誌第二号に小説「男友達」、評論「〈意識と感受について〉前書き――ソレルスに関しての試み・その2」を発表。同月、東大全学無期限ストを決定。同月二一日、国際反戦デー新宿騒乱。一二月、東大次年度入試中止決定。世田谷区松原に引っ越す。なお、この年より、受験生対象の学生組織である東大文化指導会の機関誌『αβ』の編集部員となり、九月、同誌にエッセイ「閉ぢられた傷口についての覚え書」を、一二月、「岸上大作ノオト――ぼく達のためのノオト」（無署名）を寄稿する。

一九六九年（昭和四四年）二一歳

一月、『αβ』に李賀の詩にふれ「巻頭言」（無署名）を寄稿。同月一八、一九日、安田講堂攻防戦。三月、下宿を出るように言われ、武蔵野市吉祥寺に引っ越す。五月、『αβ』の特集「東大を揺るがした一カ年」にエッセイ「黙否する午前――〈東大闘争〉の提起している問題」を寄稿。九月、日比谷野外音楽堂での全国全共闘連合結成大会、赤軍派の出現を目撃。これを契機に以後全共闘運動は終熄にむかう。この年、プルースト、ジュネなどを読む。

一九七〇年（昭和四五年）二二歳

無期限ストに終結宣言が出ないため、時々孤立した文学部共闘会議の少数の集まりに参加するほか、部屋で無為にすごす。講義には出ず、卒業論文はスト続行中につき、指導教員なしで執筆することを決める。ただ一人読める日本語の書き手として中原中也の詩と散文を読みつぐ。『ガロ』の漫画家安部慎一の作品を偏愛する。五月、『現代詩手帖』にエッセイ「〈背後の木〉はどのように佇立しているか」を、九月、友人藤井貞和のすすめで『犯罪』第一号に小説「水蠟樹」を発表。またこの年、北海道大学新聞に表現論を数回にわたり、また『都市住宅』に芸術論「〈未空間〉の疾駆」を発表。秋、東京大学をやめ、海外に向かう平井啓之先生と会食。一一月、『現代の眼』編集部の竹村喜一郎氏（現ヘーゲル研究者）から依頼を受け、評論を執筆中、三島由紀夫の自決にあう。この年、東大仏文の大学院の試験を受け落第。

一九七一年（昭和四六年）　二三歳

一月、『現代の眼』特集「現代の〈危険思想〉とは何か」に「最大不幸者にむかう幻視」を、三月、同誌の特集「総括・全共闘運動」に「不安の遊牧――〈全共闘〉をみごもる〈表現〉とは何か」を寄稿。世田谷区北沢に引っ越す。以後、就職のため、いくつか出版社を受けるがすべて落ちる。題目を長年準備してきたプルーストからロートレアモンに代え、一二月、指導教員なしのまま卒業論文を提出する。

一九七二年（昭和四七年）　二四歳

二月、連合赤軍事件起き、衝撃を受ける。東大仏文の大学院を受けるも再度落第。三月、『現代の眼』に「言葉の蕩尽――ロートレアモン覚え書」を発表。四月、唯一受かった国立国会図書館に就職。閲覧部新聞雑誌課洋雑誌係に配属。以後四年にわたり新聞雑誌の閲覧受付と出納業務、洋雑誌の管理に従事する。一〇月、清野宏、智子の長女清野厚子と結婚。一一月、はじめて妻と中原中也の生まれた山口県湯田を訪れる。
一九七四年（昭和四九年）二六歳
六月、『新潮』に小説「青空」を発表。一一月、長女彩子誕生。
一九七五年（昭和五〇年）二七歳
この年、勤務のかたわら、時折りボクシングの世界タイトルマッチを義弟の運び込むテレビで観戦するほかは中原中也論の執筆に没頭。一二月、『変蝕』第六号に「中原中也の方へ・1」として「初期詩篇の黄昏」を寄稿。
一九七六年（昭和五一年）二八歳
一月、『四次元』第二号に「立身出世という無垢——中原中也の場所について」を発表。四月、国立国会図書館で整理部に異動となり、同第一課新収洋書総合目録係に配属。以後二年間、年に数十万枚に上るカードの整理に従事する。この前後、中原中也論の執筆を継続。
一九七七年（昭和五二年）二九歳
一〇月、長男良誕生。中原中也について書き続けている間生まれた子どもの誕生日がそれぞれ中原の亡児文也の死亡の日（一一月一〇日）、誕生の日（一〇月一八日）と重なったことに因縁を感じる。
一九七八年（昭和五三年）三〇歳
一一月、応募が受理され、国会図書館よりカナダ・ケベック州モントリオール大学東アジア研究所図書館に派遣される（一九八二年二月まで）。モントリオールに降り立ったのがその年最初の吹雪（タンペート）の日だった。同地でフランス語圏カナダ初の日本関係の研究および図書施設の拡充整備業務の傍ら、同大学の研究者に協力し、研究活動のコーディネイト業務等に従事。研究者のロバート・リケット（元和光大学教授）、アラン・ウルフ（元オレゴン大学教授）のほか、同じモントリオールにあるマックギル大学に勤める太田雄三氏（現同大名誉教授）と交遊を深める。日本より送った荷物のうち中原中也論草稿一千数百枚を入れた箱が届かず数年間の仕事が水泡に帰した。

一九七九年（昭和五四年）　三一歳

夏、家族でプリンス・エドワード島で保養。

九月、マックギル大学に客員教授としてやってきた鶴見俊輔氏の講義を聴講する（一九八〇年春まで）。当時マックギル大学にいた辻信一（現明治学院大学名誉教授）を知る。鶴見氏の人柄に接し、世の中を斜に構えて生きるのは美しくないことをさとる。この年、ロバート・リケットとニューヨーク行。はじめての米国訪問。またアジア学会に参加するため、アラン・ウルフとワシントン行。

一九八〇年（昭和五五年）　三二歳

この年、車の運転をおぼえ、秋、フランス、スイス、イタリア、スペインを二十数日にわたり、家族で自動車旅行。何度か運転のまずさから死にかかるが、数千キロを走破して無事生還。

一九八一年（昭和五六年）　三三歳

九月、勤務するモントリオール大学東アジア研究所に客員教授として多田道太郎氏を招聘。多田氏との交遊はじまる。一一月、友人鈴木貞美のすすめで鈴木が編集委員をしていた『早稲田文学』に梶井基次郎、中原中也、小林秀雄にふれた評論「二つの新しさと古さの共存」を寄稿。

一九八二年（昭和五七年）　三四歳

二月、ニューヨーク、ロサンゼルス、ハワイに立ち寄った後、帰国。横浜市金沢区の狭い公務員住宅に落ち着く。国立国会図書館の蘆原英了コレクション準備室に配属。四月、同調査局調査資料課海外事情調査室に転属。フランス語担当として、国会議員を対象としたフランスの新聞記事の講読・翻訳紹介の業務に従事する。同調査室の客員調査員として同僚にロシア専門家の袴田茂樹氏、アメリカ担当の田久保忠衛氏（現日本会議会長）らがいた。八月から一一月にかけて三回にわたり『早稲田文学』に田中康夫の『なんとなく、クリスタル』を手がかりに江藤淳と日米の関係を論じた評論「『アメリカ』の影――高度成長下の文学」を発表。江藤氏より書状をいただく。以後、文芸評論家としての活動をはじめる。

一九八三年（昭和五八年）　三五歳

一月、当時『文藝』副編集長の高木有氏の依頼を受け、二月から一二月にかけ、四回にわたり、『文藝』の「今月の本」欄に新刊を素材とした長編書評を担当。村上春樹、柄谷行人、村上龍、川崎長太郎を扱う。また、夏に勤務先に当時『群像』副編集長の天野敬子氏の訪問を受け、『群像』一一月号に「崩壊と受苦――あるいは『波うつ土地』」を寄稿。

一九八四年（昭和五九年）　三六歳

九月、『文藝』九月号に江藤淳と本多秋五両氏の無条件降伏論争にふれ、世界史への原爆の登場の意味について考える「戦後再見――天皇・原爆・無条件降伏」を発表。

一九八五年（昭和六〇年）　三七歳

一月、『文藝』で竹田青嗣氏とともに江藤淳氏を囲んで鼎談「批評の戦後と現在」を行なう。三月、埼玉県志木市に引っ越す。四月、表題評論に「崩壊と受苦」、「戦後再見」を加え『アメリカの影』を河出書房新社より刊行。またこの年、『文藝』誌上でそれぞれ柄谷行人氏（五月号）、竹田青嗣氏（一一月号）と対談。一二月、『海燕』に新人作家島田雅彦を論じ「君と世界の戦いでは、世界に支援せよ」を発表。文学的内面の現代的な意味をめぐって富岡幸一郎氏と論争を行なう。また、この年、立教大学・シカゴ大学共催のシンポジウムに参加し、大江健三郎、ノーマ・

フィールド、酒井直樹の諸氏を知る。
一九八六年（昭和六一年）　三八歳
四月、一四年間勤めた国立国会図書館を退職し、新設された明治学院大学国際学部の文化部門の一つ、文学の担当教員として就任（助教授）。担当の講義は、二つの演習のほかに現代文学論、言語表現法。同月、『思想の科学』の特集「『戦後世代』107人」に「加藤三郎——小さな光」を寄稿。六月、『中央公論』に「リンボーダンスからの眺め」を、九月、『群像』に吉本・埴谷論争にふれて「還相と自同律の不快」を発表。
一九八七年（昭和六二年）　三九歳
二月、『世界』に「『世界の終り』にて」を発表。七月、弓立社より『批評へ』を刊行。この年、沖縄に研究旅行。同僚の都留重人氏の指導のもとに学部論叢『国際学研究』の創刊準備に携わる。また、多田道太郎氏らが主宰する現代風俗研究会に参加。梶井基次郎と京都新京極界隈にふれて同会例会で発表。一二月、現代風俗研究会年報『現代風俗'87』に「キッチュ・ノスタルジー・モデル」を寄稿。さらに『思想の科学』の編集委員会に顔を出すようになる（後に非会員のまま編集委員となる）。
一九八八年（昭和六三年）　四〇歳
一月、筑摩書房より『君と世界の戦いでは、世界に支援せよ』を刊行。三月、『国際学研究』第二号に「『日本人』の成立」発表。七月、朝日新聞社よりモネの絵画強奪事件に取材したテッド・エスコット著『モネ・イズ・マネー』を翻訳刊行。同月より『群像』に「日本風景論」を隔月連載開始（一九八九年六月まで）。四月、『文學界』でポストモダン思想が席捲するなか難解な用語を振り回す風潮に苦言を呈する座談会「批評は今なぜ、むずかしいか」（高橋源一郎、竹田青嗣両氏と）を行なう。これに批判を加えた浅田彰氏に、八月、『文學界』に「『外部』幻想のこと」を寄稿して反駁。柄谷行人、蓮實重彥らの論者を批判し、いわゆるポストモダン派と論争を行なう。また、この年の暮れより、『中央公論文芸特集』（季刊）に「読書の愉しみ」を七回にわたり連載を開始（一九八八年冬季号から一九九〇年夏季号まで）。

一九八九年（昭和六四・平成元年）　四一歳

一月、昭和天皇死去。毎日新聞に寄稿した文章により数次にわたる電話による脅迫を受ける。六月、中国で天安門事件。七月、宮崎勤事件起こる。八月、『思想の科学』の天皇死去の報道をめぐる特集「天皇現象――一九八九年の日蝕」を編集委員黒川創と企画（後に「図像と巡業」としてまとめ『ホーロー質』に収録）。一一月、現代風俗研究会の年報『現代風俗'90　貧乏』を責任編集。同月、ベルリンの壁崩壊。この年、七月より一年間、『月刊 ASAHI』書評委員を務める。

一九九〇年（平成二年）　四二歳

東欧革命の余震続く。一月、講談社より『日本風景論』刊行。八月、イラク、クウェートを侵攻。九月、『思想の科学』に「帰化後の氏名」、『中央公論文芸特集』秋季号に「中野重治の自由」を発表。一一月、中央公論社より「読書の愉しみ」の連載を『ゆるやかな速度』として刊行、現代風俗研究会年報『現代遺跡・現代風俗'91』に学生との共同研究「東京オリンピック・マラソンコースの発掘」を発表。この年一年間、共同通信の文芸時評を担当する。

一九九一年（平成三年）　四三歳

一月より、『本』に竹田青嗣氏と往復書簡「世紀末のランニングパス」を連載（一九九二年五月号まで）。同月一七日、湾岸戦争勃発。二月、柄谷行人、高橋源一郎から田中康夫、島田雅彦まで若い文学者を中心に組織された「文学者の討論集会」の名で反戦声明が発表されたのに対し、三月『中央公論文芸特集』春季号に「聖戦日記」を、五月、『群像』に「これは批評ではない」を書いてその対応を批判。孤立し、以後しばらく文芸ジャーナリズムから遠のく。六月、河出書房新社から笠井潔、竹田青嗣両氏との鼎談『対話篇 村上春樹をめぐる冒険』を刊行。市村弘正・松山巌両氏らの同人雑誌『省察』第三号に「洗面器を逆さにして、押しこむ……」、「わたしの肖像」を発表。八月、河出書房新社より『ホーロー質』を刊行。

一九九二年（平成四年） 四四歳

一月、平安神宮爆破その他で罪に問われた加藤三郎氏の思想の科学賞受賞作を含む著書『意見書――「大地の豚」からあなたへ』（思想の科学社刊）に解説「この本について――『世界革命戦線・大地の豚』からの声」を寄稿。同月より『太陽』で写真展、新作写真集を対象とした写真時評を担当する（一二月号まで）。三月、『国際学研究』第九号の共同研究報告「戦後日本の社会変動の研究――『高度成長』を鍵概念に」に「『高度成長』論覚え書――『高度』の語感をめぐって」を発表。七月、竹田青嗣氏との往復書簡『世紀末のランニングパス――1991-92』を講談社より刊行。一〇月、『Voice』に「考え方の順序」を、一二月、『思想の科学』に「感情論覚え書」を発表。この年、三ヵ月、終刊まぎわの『朝日ジャーナル』の書評委員を務める。一二月、平井啓之先生死去。

一九九三年（平成五年） 四五歳

一月、「がんばれチヨジ、という場面」を『新沖縄文学』に、二月、東京都写真美術館展「発言する風景」カタログに「風景の終り」を、一一月、『思想の科学』に「理解することへの抵抗」を発表。この年、四月から朝日新聞の書評委員を務め（一九九五年四月まで）、同じく、四月から読売新聞の文芸季評を担当する（一九九五年一月まで）。

一九九四年（平成六年）　四六歳

三月、初の書き下ろし評論として『日本という身体――「大・新・高」の精神史』を講談社より、ヴィジュアルなメディアについて論じた文章を集めた『なんだなんだそうだったのか、早く言えよ。――ヴィジュアル論覚え書』を五柳書院より刊行。春から夏にかけ、東京新聞より原稿依頼を受けたのをきっかけに、戦後の問題について徹底的に考える。八月、『思想の科学』の特集「日本の戦後の幽霊」を企画、中沢新一、赤坂憲雄両氏とそれぞれ「幽霊の生き方――逃走から過ぎ越しへ」、「三百万の死者から二千万の死者へ――戦後に死者を弔う仕方」と題する対談を行なう。一〇月、一連の短文五篇を東京新聞に寄稿（後「敗戦論覚え書」として『この時代の生き方』に収録）。この年あたりから三年間、大学で阿満利麿、竹田青嗣、西谷修の諸氏に岸田秀、瀬尾育生、若森栄樹、百川敬仁の諸氏を加え、明治学院大学国際学部による近代天皇制研究の共同研究を行ない、本居宣長の輪読会、伊勢神宮、幸徳秋水墓所への研究旅行などに参加する。

一九九五年（平成七年）　四七歳

一月、『国際学研究』第一三号にこの間の大学での講義を素材に研究ノート「花田清輝『復興期の精神』私注（稿）（上）」を発表。同月、『群像』に「敗戦後論」を発表。翌月の朝日新聞の文芸時評で蓮實重彦氏に批判を受ける。八月、『世界』で西谷修氏と「世界戦争のトラウマと『日本人』」と題し対談し、高橋哲哉氏の『敗戦後論』批判に答えたことから、以後数年の間高橋氏との間に論争が起こる。一一月より『広告批評』で多田道太郎、鷲田清一の両氏との連載鼎談「立ち話風哲学問答」を開始する（一九九六年一一月まで一二回、一九九八年一〇月から一九九九年一〇月まで一二回連載)。一二月、講談社より『この時代の生き方』を刊行。なお、この年、阿満利麿、竹田青嗣、西谷修らの諸氏と沖縄に研究旅行。『思想の科学』で五回にわたる特集「戦後検証」を企画する。

一九九六年(平成八年) 四八歳

四月、大学からの在外研究派遣により、パリにあるコレージュ・アンテルナシオナル・ド・フィロゾフィの自由研究員として一年間フランスに滞在。家族全員に猫三匹(ジュウゾウ、クロ、キヨ)を同道する。五月、『思想の科学』休刊。七月、福岡市の出版社海鳥社より対談・講演を集成した『加藤典洋の発言』シリーズ(全三巻)の第一巻『空無化するラディカリズム』を刊行。八月、『群像』に「戦後後論」を発表。夏、友人の瀬尾育生・荒尾信子夫妻とオーストリア、チェコ等を旅行。以後、積極的にヨーロッパ各地を旅した。コレージュのセミナーに顔を出し、ハンナ・アーレント論を準備。一〇月、編著『村上春樹 イエローページ』を荒地出版社より、『言語表現法講義』を岩波書店より刊行。一一月、海鳥社より『加藤典洋の発言』第二巻『戦後を超える思考』を刊行。

一九九七年(平成九年) 四九歳

二月、『中央公論』に「語り口の問題」を発表。四月、帰国。八月、「敗戦後論」、「戦後後論」、「語り口の問題」に加筆し『敗戦後論』を講談社より刊行。賛否両論が起こる。六月、『言語表現法講義』が第一〇回新潮学芸賞を受賞。一一月、『みじかい文章――批評家としての軌跡』、『少し長い文章――現代日本の作家と作品論』を五柳書院より同時刊行。またこの年以降、竹田青嗣、瀬尾育生の諸氏とともに共同研究組織「間共同体研究会」をはじめ、橋爪大三郎、見田宗介、大澤真幸といった諸氏を加え、討議を行なう。

一九九八年(平成一〇年) 五〇歳

四月、岩波書店より岩波ブックレット『戦後を戦後以後、考える――ノン・モラルからの出発とは何か』を刊行。六月、『敗戦後論』が第九回伊藤整文学賞を受賞。八月より『群像』で「戦後的思考」を隔月連載（一九九九年六月まで）。一〇月、『敗戦後論』の韓国語訳『謝罪と妄言のあいだで』を韓国・創作と批評社より刊行。同月、『加藤典洋の発言』シリーズの第三巻、講演篇『理解することへの抵抗』を海鳥社より刊行。

一九九九年（平成一一年）五一歳

三月、岩波書店より『可能性としての戦後以後』を刊行。四月、作品社より編著『日本の名随筆98　昭和Ⅱ』を刊行。この月より一年間、大学より特別研究休暇をもらう。五月、平凡社より平凡社新書の一冊として『日本の無思想』を刊行。七月、江藤淳氏自死。九月、『中央公論』に「戦後の地平――江藤淳氏の逝去によせて」を寄稿。八月末から九月にかけ、パリに滞在し、イタリア、オーストリアを訪問。一一月、連載分に加筆し講談社より『戦後的思考』を刊行。この年、筑摩書房より三鷹市との共催の形で復活した太宰治賞の選考委員の委嘱を受ける。

二〇〇〇年（平成一二年）五二歳

三月、岩波書店より『日本人の自画像』を刊行。五月、朝日新聞社より多田道太郎、鶴田清一両氏との鼎談『立ち話風哲学問答』を刊行。五月二六日、猫のキヨ、癌で死ぬ。この間続けてきた日本と戦後に関する仕事では、もうしばらく読者がいないのではないか、という感じに襲われる。七月、ポルトガル、フランスに短い旅行。一一月、径書房より橋爪大三郎、竹田青嗣両氏と『天皇の戦争責任』を刊行。この年、講談社より群像新人文学賞の選考委員の委嘱を受ける（二〇〇八年まで）。

二〇〇一年（平成一三年）五三歳

七月、『一冊の本』で「現代小説論講義」の連載を開始（二〇〇三年一〇月まで）、文芸評論の世界に復帰する。九月、ニューヨークでの同時多発テロ。一一月、先に奈良女子大学で行なった討議をまとめた小路田泰直編『戦後的知と「私利私欲」──加藤典洋的問いをめぐって』が柏書房より刊行される。

二〇〇二年（平成一四年）　五四歳

五月、クレインより『ポッカリあいた心の穴を少しずつ埋めてゆくんだ』を刊行。一〇月、『群像』に「『作者の死』と『取り替え子《チェンジリング》』」を発表。一一月、見田宗介、橋爪大三郎、宮台真司、竹田青嗣の諸氏を迎え明治学院大学国際学部付属研究所主催シンポジウム「9・11以後の国家と社会をめぐって」を企画、司会を行なう。基調発言「『世界心情』と『換喩的な世界』──9・11で何が変わったのか」を発表。一二月、トランスアートより編著『別冊・本とコンピュータ5　読書は変わったか？』を刊行。同月、猫のジュウゾウ死ぬ。この年、新潮社より小林秀雄賞選考委員の委嘱を受ける。

二〇〇三年（平成一五年）　五五歳

一月、『論座』に前年のシンポジウム「9・11以後の国家と社会をめぐって」の記録を掲載。「『世界心情』と『換喩的な世界』」（短縮版）を発表。二月、『群像』に「『海辺のカフカ』と『換喩的な世界』」を発表。春、明治学院大学国際学部の内部事情から早稲田大学に移ることを決める。五月、長野県小諸市郊外浅間南麓に中村好文氏に設計を依頼していたごく小さな仕事小屋が建つ。以後夏は多くその小屋で過ごす。九月、『群像』に「『仮面の告白』と『作者殺し』」を発表。一一月、『国際学研究』第二四号の前記シンポジウム特集に「『世界心情』と『換喩的な世界』」（完全版）を発表。

二〇〇四年（平成一六年）　五六歳

一月、この間『群像』に発表した文芸評論と『一冊の本』の連載をまとめ講談社より『テクストから遠く離れて』を、朝日新聞社より『小説の未来』を同時刊行。三月二七日、母美宇死去。四月、『新潮』に「『プー』する小説――『シンセミア』と、いまどきの小説」を発表。五月、荒地出版社より編著『村上春樹　イエローページ　Part 2』を刊行。七月、『テクストから遠く離れて』、『小説の未来』が第七回桑原武夫学芸賞を受賞。八月、早稲田大学新設学部での英語での講義に備え、カナダ、バンクーバーのブリティッシュ・コロンビア大学英語夏期講座に参加。一一月、東京大学大学院「多分野交流演習」で「関係の原的負荷――『寄生獣』からの啓示」と題し講演。同月、晶文社より『語りの背景』を刊行。

二〇〇五年（平成一七年）　五七歳

二月、鶴見俊輔『埴谷雄高』に解説「六文銭のゆくえ――埴谷雄高と鶴見俊輔」を寄稿。四月、明治学院大学国際学部を辞し早稲田大学国際教養学部教授に就任。米国、カナダ、デンマーク、シンガポール、韓国からの留学生からなる七名の受講生を相手にJapanese Contemporary Literatureの授業を行なう。五月、岩波書店よりシリーズ「ことばのために」の一冊『僕が批評家になったわけ』を刊行。八月、再度、日米交換船の調査をかね、英語研修のためカナダ、バンクーバーのサイモン・フレーザー大学夏季英語講座に参加。九月、Intellectual and Cultural History of Post-War Japanの授業を担当。一〇月、河出書房新社『日本文芸史第七巻　現代Ｉ』に第二部第二章「批評の自立」を、一一月、同第八巻『現代Ⅱ』に第一部第三章「批評」、第二部第二章「批評」を寄稿。同月、六本木ヒルズ森美術館での杉本博司氏の写真展「時間の終わり」展で同氏と特別対談を行なう。一二月、筑摩書房よりちくま文庫の一冊として『敗戦後論』を刊行。この年、講談社より講談社ノンフィクション賞選考委員の委嘱を受ける（二〇一〇年まで）。

二〇〇六年（平成一八年）五八歳

一月、これまで書いた村上春樹に関する文章をまとめ若草書房より『村上春樹論集1』、二月、同『村上春樹論集2』を刊行。二月、『考える人』に「一九六二年の文学」を発表。三月、新潮社より黒川創氏とともに鶴見俊輔氏の戦時の経験を聞き記録にとどめた『日米交換船』を刊行。また、四月より朝日新聞で文芸時評を担当（二〇〇八年三月まで）。九月、編集グループSUREより鶴見俊輔氏他との談論記録『創作は進歩するのか』を刊行。同月、*The American Interest* 第二巻一号に"Goodbye Godzilla, Hello Kitty : The Origins and Meaning of Japanese Cuteness"を発表（翻訳マイケル・エメリック）。これをきっかけに同誌編集委員会委員長フランシス・フクヤマ氏を知る。一一月、『群像』に「太宰と井伏　ふたつの戦後」を発表。同月、猫のクロ死ぬ。

二〇〇七年（平成一九年）五九歳

三月、筑摩書房より筑摩書房ウェブサイトで二〇〇五年から行なってきた人生相談「21世紀を生きるために必要な考え方」をまとめ『考える人生相談』を刊行。四月、『群像』に前年 *The American Interest* 誌に発表した英文論考の日本語原文「グッバイ・ゴジラ、ハロー・キティ」を発表。同月、講談社より『太宰と井伏――ふたつの戦後』を刊行。同月、勤務する早稲田大学国際教養学部のゼミでゼミ内刊行物『ゼミノート』の刊行を開始する（二〇一四年三月まで）。六月、『論座』に「戦後から遠く離れて――わたしの憲法『選び直し』の論」を発表。一〇月、父脳梗塞で倒れる。以後だいぶ機能回復するも後遺症残る。一二月二日、多田道太郎氏死去。

二〇〇八年（平成二〇年）　六〇歳

六月、筑摩書房より前記ウェブサイトの人生相談の二〇〇六年以降分をまとめ『何でも僕に訊いてくれ――きつい時代を生きるための56の問答』を刊行。七月、『中原中也研究』第一三号に前年、中原中也の会で行なった講演「批評の楕円――小林秀雄と戦後」を発表。九月、妻、娘を伴い、パリを経由してイタリア・シチリア島に旅行。同月、『小説トリッパー』に「大江と村上――一九八七年の分水嶺」を発表。一二月、『群像』に「関係の原的負荷――二〇〇八、『親殺し』の文学」を発表。同月、朝日新聞出版よりこれまで行なった文芸時評と直近の文芸評論をまとめた『文学地図――大江と村上と二十年』を刊行。

二〇〇九年（平成二一年）　六一歳

二～三月、プリンストン大学エバーハード・L・フェイバー基金とアジア研究学科より招聘され同大学を訪問、二月二五日、ゴジラと戦後日本について英語の講演（"From Godzilla to Kitty : Sanitizing the Uncanny in Post-war Japan"）を行なう。三月三一日、旧知の編集者入澤美時急逝。四月、『週刊朝日緊急増刊・朝日ジャーナル』に「『連帯を求めて』孤立への道を」を発表。七月、加藤ほか著『ことばの見本帖（ことばのために別冊）』（岩波書店）に「さようなら、『ゴジラ』たち――文化象徴と戦後日本」を寄稿。九月、『群像』に「村上春樹の短編を英語で読む」の連載を開始する（二〇一一年四月まで）。一九八五年刊行の『アメリカの影』を、講談社学術文庫版（一九九五年）をへて新たに講談社文芸文庫として再刊。同月二〇日、早稲田大学で親しかったロシア文学者、水野忠夫氏が急逝。一〇月二四日、思想の科学研究会主催の「『思想の科学』はまだ続く――五〇年史三部作完結記念シンポジウム」にパネラーとして参加。

二〇一〇年（平成二二年）　六二歳

二月、井伏鱒二『神屋宗湛の残した日記』（講談社文芸文庫）解説として「老熟から遠く」を発表。三月一三日、東京工業大学世界文明センターでの『大菩薩峠』研究キックオフ・シンポジウムで「『大菩薩峠』とは何か――文学史と思想史の読み替えの可能性に向けて」を講演。四月より、一年間の特別研究休暇で、デンマークと米国に赴任。前半はデンマーク、コペンハーゲン大学文化横断地域研究学部に客員教授として滞在（九月まで）。その間、ポーランドのオフィチエンシム（アウシュヴィッツ）、北極圏のノルウェイ・ロフォーテン諸島、アイスランド、ハンガリー、バスク地方など、研究をかねて、欧州各地を旅行する。ブリューゲルを手がかりにヨーロッパの南北と東西の構造を取りだしたい関心があった。五月一一日、ケンブリッジ大学ウォルフソン・カレッジのアジア中東学部で“From Godzilla to Hello Kitty”と題し、日本の文化史をめぐり講演。七月、『さようなら、ゴジラたち　戦後から遠く離れて』を岩波書店から刊行。八月二二日、米国紙ニューヨークタイムズに日本がGDPではじめて中国に世界二位の座を奪われたことで「ほっとした」と述べるコラム“Japan and the Ancient Art of Shrugging”を寄稿（翻訳マイケル・エメリック）。欧米の未知の読者から多数のメールが舞い込む。同月二八日、デンマーク、ミュン島での二日間の村上春樹氏のトーク・イベントに観衆の一人として参加。九月一七日、コペンハーゲン大学を離任する。ニューヨークにしばらく滞在の後、カリフォルニア州サンタバーバラへ。二三日以後、カリフォルニア大学サンタバーバラ校（UCSB）学際的人文研究所（IH

C）に客員研究員として赴任（二〇一一年三月まで）。ゼミ、講義、勉強会への参加などを通じ、マイケル・エメリック同大上級准教授、島﨑聡子コロラド大学ボールダー校准教授のほか、ジョン・ネイスン、ルーク・ロバーツ、キャサリン・ザルツマン＝リ、長谷川毅といったUCSBの教授たちと親交を結ぶ。また、友人たちに勧められ、拙著『敗戦後論』への米国での批判に対する反論を執筆する。読んでみて、米国に流通している主な批判が拙著の原テクストをほぼ読まないでなされた杜撰なものとわかったため（しかし、反論はその後曲折を経たあと、いまだ欧米での発表にいたらず）。

二〇一一年（平成二三年）　六三歳

一月一四日、コロラド大学ボールダー校で“From Godzilla to Hello Kitty”と題し、講演。三月、カズオ・イシグロを論じた“Send in the Clones”（翻訳マイケル・エメリック）を*The American Interest*六巻四号に発表。同月三日、UCSBのIHCで先の講演を拡張した“From Godzilla to Hello Kitty: Sanitizing the Uncanny in Postwar Japan”を講演。一一日、東日本大震災、福島第一原発事故が発生。三一日、一年の研究休暇を終え、震災直後の故国に帰国。四月より共同通信で隔月交代コラム「楕円の思想」を担当（もう一人の担当はマイケル・エメリック）、その第一回取材のため、同月六日、友人の住む南相馬市を訪れる。同地域に原子炉爆発後、日本の新聞記者が一人も入っていないことに衝撃を受ける。五月、「死に神に突き飛ばされる――フクシマ・ダイイチと私」を『一冊の本』に、「ヘールシャム・モナムール――カズオ・イシグロ『わたしを離さないで』を暗がりで読む」（先のイシグロ論の日本語版）を『群像』に、「独裁と錯視――二十世紀小説としての『巨匠とマルガリータ』に『新潮』に、それぞれ発表。六月、南相馬市での経験を記し日本のメディアを批判する「政府と新聞の共同歩調」を『週刊朝日緊急増刊　朝日ジャーナル』に寄稿。同月二五日、第一五回ＡＳＣＪ（日本アジア研究学会）大会、第三セッション“Murakami Haruki: A Call for Academic Attention”で司会を務める。七月、米国で書き下ろしたＪポップ論、『耳をふさいで、歌を聴く』をアルテスパブリッシングより刊行。八月、『村上春樹の短編を英語で読む　１９７９～２０１１』を講談社より刊行。九月二二日、東京日仏会館でフランスの詩人・演劇家クリストフ・フィアットと「福島以降、ゴジラをどう考えるか」と題し対談を行なう。一〇月、『小さな天体　全サバティカル日記』を新潮社より刊行、同月、中尾ハジメ著『原子力の腹の中で』（編集グループSURE）に討論者として参加。一一月、夏に書き下ろした論考「祈念と国策」を収録して『３・11　死に神に突き飛ばされる』を岩波書店より刊行。一二月、井伏鱒二『鞆ノ津茶会記』（講談社文芸文庫）解説として「『黒い雨』とつながる二つの気層」を発表。

二〇一二年（平成二四年）　六四歳

三月、「ゴジラとアトム――一対性のゆくえ」を慶應義塾大学アート・センター Booklet 第二〇号に発表。同月三日、山口県立大学で「戦後思想　そのポストコロニアルな側面」を講演。一六日、吉本隆明氏が死去。一七日、『中国新聞』に「此岸に立ち続けた思想――吉本さん追悼」を発表。一九日、『毎日新聞』に「『誤り』と『遅れ』から戦後思想築く――吉本隆明さんの死に際して」を発表。以後、学内の刊行物『ゼミノート』を自らが編集人となって毎週発行態勢に変え、「三・一一以後の思想」の模索を目的に考察をノートし、後に連載「有限性の方へ」へと合流する草稿群の執筆・掲載を開始する。五月、『新潮』に「森が賑わう前に」を発表。同月一四日と二八日、東京工業大学世界文明センターで「三・一一以後を考える」と題し、連続講演。七月、菅野昭正編『村上春樹の読みかた』（平凡社）に「村上春樹の短編から何が見えるか――初期三部作を中心に」を寄稿。同月二日、埼玉高社研修会で「戦後とポスト戦後――その境界をどこに置くか」と題し、講演。一四日、早稲田大学校友会宮城県支部で「三・一一以後の世界をどう考えるか」と題し、講演。八月二六〜二八日、新潟県妻有大地の芸術祭の里での福島からの避難家族を主対象にした林間学校で宮沢賢治「やまなし」を題材に授業を行なう。九月二九日、福岡ユネスコ協会で「考えるひと　鶴見俊輔」と題し、講演。同月、『新潮』に「海の向こうで「現代日本文学」が亡びる――あるいは、通じないことの力」を発表。一三日、朝日カルチャーセンター新宿で「吉本隆明と三・一一以後の思想I――戦後から三・一一へ」を講演。一二月一日、第六七回日本文学協会年次総会で「理論と授業――理論を禁じ手にすると文学教育はどうなるのか」を講演。同月四日、朝日カルチャーセンター新宿で「吉本隆明と三・一一以後の思想II――先端へ、そして始源へ」を講演。一五日、台湾日本語文学会年次大会で「村上春樹の国際的な受容はどこからくるか――その文学の多層性と多数性」を基調講演。

二〇一三年（平成二五年）　六五歳

一月、『ふたつの講演　戦後思想の射程について』を岩波書店より刊行。同月一四日、都心に雪降りしきる早朝、息子加藤良、事故で死ぬ。二〇日、友人の京都・徳正寺僧侶井上迅（扉野良人）の勧めにより埼玉県朝霞市の葬場で葬儀。喪主挨拶を読む。二月、「有限性の方へ」を『新潮』に連載開始（五〜六月を除き、二〇一四年一月まで)。同月六日、三鷹ネットワーク大学で「太宰治、底板にふれる――『姥捨』をめぐって」を講演。三月、黒川創氏との共著『考える人・鶴見俊輔』を弦書房から刊行。四月、大学の基礎演習の教材に『ソクラテスの弁明』・「クリトン」・「パイドン」を選ぶ。五月、高橋源一郎氏との共著『吉本隆明がぼくたちに遺したもの』を岩波書店から刊行。九月、『シンフォニカ』第一号に「小説が時代に追い抜かれるとき――みたび、村上春樹『色彩を持たない多崎つくると、彼の巡礼の年』について」を発表。一〇月一三日、第五二回日本アメリカ文学会年次総会で「overshoot(限界超過生存)――有限性の時代を生きること」と題し、基調講演。サリンジャー研究の先駆をなした米文学者井上謙治氏にお目にかかる。一一月、鶴見俊輔『文章心得帖』(ちくま学芸文庫)解説として「火の用心――文章の心得について」を発表。この月、インターナショナル・ニューヨークタイムズ(以下、INYT)紙の固定コラムニストに就任。以後、天皇、安倍政権の右傾化、沖縄問題、原爆投下などにふれ、月一回、コラムを掲載する(翻訳マイケル・エメリック、二〇一四年一〇月まで)。一二月、上野延代『蒲公英 一〇一歳――叛骨の生涯』に「上野延代という人」を寄稿。同月一四日、早稲田大学RILAS主催シンポジウム「東アジア文化圏と村上春樹――越境する文学、危機の中の可能性」に参加、「六十九年後の村上春樹と東アジア」を発表。中国の小説家閻連科氏と知る。この年、早稲田大学坪内逍遙大賞選考委員に委嘱を受ける。

二〇一四年(平成二六年) 六六歳

二月、河合隼雄『こころの読書教室』(新潮文庫)解説として「そこにフローしているもの」を寄稿。同月一〇日、友人の鷲尾賢也

（元講談社取締役、歌人の小高賢）が急逝。一四日、告別式で友人代表として弔辞を読む。三月、『小高賢』に「まだ終わらないもの──小高賢さんのこと」を発表。同月三一日、早稲田大学国際学術院国際教養学部を退職、同名誉教授となる。四月、二〇〇七年四月から毎週刊行してきた『ゼミノート』を全二〇九号で終刊とする。またこの月より、岩波書店ウェブサイトで「村上春樹は、むずかしい」を月一回更新で連載開始（二〇一五年六月まで）。五月、中尾ハジメとの共著『なぜ「原子力の時代」に終止符を打てないか』を編集グループSUREより刊行。六月、『人類が永遠に続くのではないとしたら』（「有限性の方へ」を改題）を新潮社より刊行。またこの月から、前記『ゼミノート』を引き継ぐ続編『ハシからハシへ』を以後、不定期刊（平均月に二度）、一〇〇部未満の規模で知友に配るウェブ刊行を開始する。同月、『ｋｏｔｏｂａ』で佐野史郎氏と「『ゴジラ』と『敗者の伝統』」と題し対談。『吉本隆明全集7』月報に「うつむき加減で、言葉少なの」を発表。七月、『新編　特攻体験と戦後』（島尾敏雄・吉田満対談）に解説「もう一つの『0』」を発表。同月六日、父加藤光男、死去。同月一日、安倍政権、集団的自衛権行使を閣議決定。一一月一一日、日本記者クラブで「七〇年目の戦後問題」と題し、講演。一二月一三日、東京外国語大学で「33年目の『アメリカの影』」と題し、講演。このあと、翌年八月まで戦後論の執筆に没頭する。

二〇一五年（平成二七年）六七歳

一月、『うえの』に「上野の想像力」を寄稿。二月八〜九日、北川フラム企画の奥能登国際芸術祭キックオフ・シンポジウムにパネラーとして参加。三月、季刊誌『ｋｏｔｏｂａ』に「敗者の想像力」を連載開始（二〇一六年一二月まで）。四月、『ｍｙｂ』新装版第一号に「戦後の起源へ　今、私の考えていること」を発表。五月二四日、大竹昭子、堀江敏幸両氏らの企画「ことばのポトラック v o l. 12」に参加、朗読を行なう。七月、一九九七年刊の『敗戦後論』を、ちくま文庫版(二〇〇五年)をへて新たにちくま学芸文庫として再刊(解説内田樹・伊東祐吏)。同月二〇日、鶴見俊輔氏が死去。二八日、『毎日新聞』に「『空気投げ』のような教え――鶴見俊輔さんを悼む」を寄稿。九月、『すばる』に「死が死として集まる。そういう場所」を発表。同月六日、義母清野智子が死去。一〇月、『戦後入門』をちくま新書より刊行。『世界』に「鶴見さんのいない日」を、『岩波講座現代第一巻　現代の現代性』に「ゾーエーと抵抗――何が終わらず、何が始まらないか」を発表。同月一七日、新潟での坂口安吾生誕祭で「安吾と戦後――戦争・占領・戦後を彼はどう通行したか」を講演。一一月七日、竹内整一名誉教授主宰の東大院臨時「多文化交流演習」『人類が永遠に続くのではないとしたら』書評会に参加、多彩な研究者を迎えて討議。同月一四日、東洋大学国際哲学研究センターで「フィードバックと生体系、コンティンジェンシー、リスクと贈与―『人類が永遠に続くのではないとしたら』、次の問いへの手がかり」と題し、講演。二五日、扉野良人に招かれ京都に滞在(一二月二日まで)。二九日、京都・徳正寺で「戦後ってなんだろう」と題しトーク。扉野の友人ほしよりこと知る。ともに越前海岸の宇佐美爽子氏アトリエを訪問する予定も宇佐美氏体調崩され、果たさず。一二月、『村上春樹は、むずかしい』を岩波新書より刊行。一九九九年刊の『日本の無思想』を『増補改訂　日本の無思想』として平凡社ライブラリーより再刊。同月五日、日本ヤスパース協会第三二回大会で「敗戦という光のなかで――

ヤスパースの考えたこと」と題し、講演。九日、日本記者クラブで「『戦後入門』をめぐって――戦後七〇年目の戦後論」と題し、講演。

二〇一六年（平成二八年）　六八歳

一月、『現代思想』で見田宗介氏と「現代社会論／比較社会学を再照射する」と題し対談を行なう。同月二四日、義父清野宏が死去。二月、『うえの』に「少しずつ、形が消えていくこと」、『法然思想』第二号に「世界をわからないものに育てること――伝記という方法」、『早稲田文学』春号に「水に沈んだ峡谷への探索行の報告（抄）」を発表。三月、『山田太一エッセイ・コレクション3　昭和を生きて来た』（河出文庫）に解説「空腹と未来」を発表。同月二九日、ウェブサイト「10・8　山﨑博昭プロジェクト」に「私の秘密」を発表。四月一六日、桐光学園で「ヒト、人と出会う??:」と題し、講演。五月、『法然思想』第三号に「称名とよびかけ」を発表。同月五日、水俣フォーラム水俣病公式確認六〇年記念特別講演会で「水俣病と私――〝微力〟について」と題し、講演。二三日、この間、交遊のはじまっていた宇佐美爽子氏が急逝。二八～三〇日、台湾淡江大学の村上春樹研究センター主催第五回村上春樹国際シンポジウムで「『1Q84』における秩序の崩壊、そして再構築」と題し、基調講演。ポーランド語の翻訳者アンナ・ジェリンスカ＝エリオットと知る。早稲田大学での教え子、英国ニューカッスル大学准教授のギッテ・M・ハンセンと再会。三〇日、東呉大学で「『小説』をめぐるいくつかの話」と題し、講演。六月、大澤真幸編『憲法9条とわれらが日本　未来世代へ手渡す』（筑摩書房）にインタビュー「『明後日』のことまで考える――九条強化と国連中心主義」（聞き手・大澤真幸）を発表。七月、『新潮』に

「死に臨んで彼が考えたこと」——三年後のソクラテス考」を発表。『図書』で石内都氏と「苦しみも花のように静かだ――永遠のフリーダ・カーロ」と題し対談を行なう。『飢餓陣営せれくしょん5　沖縄からはじめる「新・戦後入門」』に「加藤典洋氏に聞く『戦後』の出口なし情況からどう脱却するか」（聞き手・佐藤幹夫）を、内田樹編『転換期を生きるきみたちへ　中高生に伝えておきたいたいせつなこと』（晶文社）に「僕の夢――中高生のための『戦後入門』」を発表。同月、シンポジウム「鶴見俊輔と後藤新平」にパネラーとして参加、「鶴見と後藤の変換式」を発表。八～一〇月、INYT紙寄稿コラムの日本語版などを収めた『日の沈む国から　政治・社会論集』、文学論を編んだ『世界をわからないものに育てること　文学・思想論集』、吉本隆明氏、鶴見俊輔氏など大事な人々をめぐる文を集めた『言葉の降る日』を月ごと、私的な三部作の心づもりで岩波書店から刊行。八月八日、天皇、生前退位の意向をビデオメッセージで表明。同月一五日、ニューヨークタイムズ紙に“The Emperor and the Prime Minister”（翻訳マイケル・エメリック）を発表。九月一四～一五日、日経ビジネス電子版に「『シン・ゴジラ』、私はこう読む」（前・後編、藤村公平記者インタビュー）を発表。この月、『うえの』に「今年の夏に思うこと」を発表。鶴見俊輔遺著『敗北力　Later Works』（編集グループSURE）に解説を執筆。一〇月、『新潮』に「シン・ゴジラ論（ネタバレ注意）」を発表。同月一五日、朝日カルチャーセンターで「シン・ゴジラの誕生――ゴジラ、3・11以後の展開」と題して講演。二二日、梅光学院大学で「文学、このわけのわからないもの」と題して講演。二六日、足利女子高校のキャリア支援講演で「文章の研ぎ方――おいしいご飯のような文章を書くには」と題して講演。二九日、下北沢B&Bで、近著『日の沈む国から』をめぐってトーク。またこの月、二〇一四年八月より不定期刊でウェブ刊行してきた『ゼミノート（加藤ゼミノート）』の続編『ハシからハシへ』全五巻五〇号を通号二六九号をもって終刊する。一一月、講談社文芸文庫『戦後的思考』を刊行、解説は東浩紀氏。同月二六日、共同通信新春対談のため田中優子氏と対談収録。一二月、『学鐙』冬号に「『複雑さを厭わずに考える』こと」を発表。

二〇一七年（平成二九年）　六九歳

一月、岩波書店の『図書』に「大きな字で書くこと」と題し、一ページの連載を開始（〜二〇一九年七月）。同じく同書店より岩波現代文庫として『増補　日本人の自画像』を刊行。二月、ベン・ファウンテン『ビリー・リンの永遠の一日』（上岡伸雄訳）書評「テキサススタジアムでイラク戦争を。」を『波』に発表。同月二五日、妻方の甥西條央のタイ人女性との結婚式出席にかこつけ、ひとりラオスの古都ルアンプラバンに数日を遊んだ後、タイ奥地ウドンタニ近郊の花嫁の生まれた村で結婚式に出席。その後プーケット島に飛んでリゾートホテルでの披露宴に参列。四月、『myb』第三号に「もうすぐやってくる尊皇攘夷思想のために――丸山真男と戦後の終わり」を発表。同月、黒川創氏の新作『岩場の上から』をめぐり『新潮』で対談。五月二一日、一橋大学で開かれた二〇一七年日本哲学会大会で哲学者森一郎氏が企画された「戦後再考　加藤典洋『戦後入門』を手がかりに」と題するワークショップ討議に参加。この月、『うえの』に「明治一五〇年と『教育勅語』」を発表。集英社新書として『敗者の想像力』を刊行。六月一日、私にとって六〇年代『ガロ』の偶像（アイドル）の一人、マンガ家・鈴木翁二氏を迎える荻窪の書店「Title」でのトークに詩人の福間健二氏とともに参加。七月九日、大阪の河合塾で「三〇〇年のものさし——二一世紀の日本に必要な『歴史感覚』とは何か」と題し、文化講演会の一環として友人・野口良平の企画による講演を行なう。二五日、ジュンク堂書店池袋本店で『敗者の想像力』をめぐりマイケル・エメリックUCLA准教授とトーク。八月二七日、信州岩波講座で「どんなことが起こってもこれだけは本当だ、ということ——激動の世界と私たち」と題して講演。この日、妻厚子、小諸の整骨院にて脊椎を損傷、以後、翌年八月まで圧迫骨折による重度の腰痛に苦しむ。九月一一日、東浩紀氏ほかによる新著『現代日本の批評 1975—2001』をめぐって東氏と対談。この月、幻戯書房より『もうすぐやってくる尊皇攘夷思想のために』を刊行。一〇月一九日、かわさき市民アカデミーで「人が死ぬということ」と題して講演。二〇日、代官山ヒルサイドテラスで北川フラム氏と鶴見俊輔をめぐるトーク。一一月二〇日、ジュンク堂書店池袋本店で松家仁之氏の新作『光の犬』をめぐるトーク。またこの月、長年望んでいた吉本隆明氏との座談会「半世紀後の憲法」、対談「存在倫理について」を収録した『対談——戦後・文学・現在』を而立書房より刊行。嬉しさあり。一二月一～五日、九州を訪問、熊本市で開催された「水俣病展2017」で二日、「加藤典洋さんと映画『水俣病—その20年』を見る」と題して講演。その後福岡に移り、旧知の花乱社社主別府大悟氏らと旧交を温め、秋芳洞をへて中原中也の生地湯田温泉に遊ぶ。

二〇一八年（平成三〇年） 七〇歳

一月、『三田文學』一三二号に「一八六八年と一九四五年——福沢諭吉の『四年間の沈黙』」を発表。またこの月以後、創元社の

「戦後再発見」双書の一冊として刊行する憲法九条論の執筆を開始。二月二日、ブックファースト新宿店で装丁家桂川潤氏と桂川氏新著『装丁、あれこれ』をめぐりトーク。三月六～九日、ニューカッスル大学での村上春樹デビュー四〇周年記念シンポジウム“Eyes on Murakami: 40 Years with Murakami Haruki”に参加。八日、“From 'harahara' to 'dokidoki,' Murakami Haruki's Use of Humour and his Predicament since *1Q84*”と題して基調講演を行う。主宰はギッテ・M・ハンセン同大准教授。翻訳ワークショップも同時開催され、柴田元幸、ジェイ・ルービン、辛島デイヴィッドなど多彩な翻訳者たちが各国から参集したほか、マイケル・エメリック、エルマー・ルーク、ロバート・スワード、アンナ・ジェリンスカ＝エリオットなど旧知の懐かしい友人たちも集合、旧交を温める。一〇日、パリに移動、一五日まで定宿のホテルに荷をほどき息子の旧友北学と数日を遊ぶ。二四日、北海道横超会で「戦後、吉本隆明に『自己表出』のモチーフはどのようにやってくるのか――戦中と戦後をつなぐもの」と題して講演。同地で詩人の高橋秀明氏、写真家の中島博美氏を知る。四月より一年の予定で信濃毎日新聞に「水たまりの大きさで」と題する月ごとのエッセイの連載を開始（～二〇一九年三月）。またこの月から再度、早稲田大学の図書館から大量の本を借り受け、九条論の執筆を本格的に再開。五月九日、太宰賞の選考に出席、これをもって選考委員を辞任する。岩波書店より『どんなことが起こってもこれだけは本当だ、ということ。――幕末・戦後・現在』（岩波ブックレット）を刊行。七月、晶文社より白井晟一の原爆堂をめぐる対話集『白井晟一の原爆堂四つの対話』を刊行。八月、『私の漱石『漱石全集』月報精選』（岩波書店）に「「それ以前」の漱石——世界のはずれの風」が収録される。同月、安岡章太郎『僕の昭和史』（講談社文芸文庫）に解説「一身にして二生をへること」を執筆。一〇月一一日、日仏会館でのカナダ・ケベック州の思想家ジェラール・ブシャール氏の講演「間文化主義とは何か——多様性に開かれたネーションの再構築へ向けて」（司会・伊達聖伸上智大准教授）に対話者として参加。一二日午前、この間打ち込んできた九条論千枚超（四百字詰め原稿用紙換算）の第一稿を脱稿の後、小林秀雄賞贈呈式に参加。『新潮45』問題をめぐる他の賞の委員挨拶に嫌気、途中で退席する。その後、疲労感あり。一一月二一日、先月より続いていた息切れが貧血によるもので実は病気を発病していたことが発覚し衝撃を受ける。同様にショックを受ける妻を面白がらせるため突如、言葉いじりをはじめ、毎日見せるようになり、それが齢七〇歳にしてはじめて「詩みたいなもの」の制作（?）に手を染める端緒となる。三〇日、埼玉医大総合医療センターに入院。治療を開始。

二〇一九年（平成三一・令和元年）七一歳

一月中旬、治療の感染症罹患による肺炎となり一週間あまり死地をさまよう。二月上旬、ようやく肺炎をほぼ脱し、中旬、都内の病院に転院。以後、入院加療を続ける（三月下旬まで）。今後はストレスのかかる批評のたぐいからは手を引くこととする。同月、友人瀬尾育生の導きにより『現代詩手帖』に「小詩集『僕の一〇〇〇と一つの夜』その1」を発表（～四月）。四月、『すばる』に一年前のニューカッスル大学村上春樹シンポジウムで行なった講演の日本語オリジナル版「『はらはら』から『どきどき』へ——村上春樹における『ユーモア』の使用と『1Q84』以後の窮境」を発表。これを日本の文芸誌に掲載してもらうのに一年かかる。感慨深し。『加藤ゼミノート総目次&総索引』とCDのセット（本文全文を含むCDと有機的に連動）を一〇〇名弱の知友、旧知のメディア関係者に送付する。四月、創元社より『9条入門』（「戦後再発見」双書8）を刊行。五月、講談社文芸文庫『完本　太宰と井伏　ふたつの戦後』を刊行。解説は與那覇潤氏。

同十六日、肺炎のため死去。

七月、『群像』に「追悼　加藤典洋」（竹田青嗣「魚は網よりも大きい」、原武史「追憶」）、『小説トリッパー』二〇一九年夏号に「追悼　加藤典洋」（内田樹「加藤典洋さんを悼む」、マイケル・エメリック「「加藤先生」」、津村記久子「加藤先生と私」）、『現代詩手帖』に福間健二「実感からはじめる方法追悼・加藤典洋」、八月、『新潮』に「追悼加藤典洋」（黒川創「批評を書く、ということ」、マイケル・エメリック「加藤先生、その人」）、『すばる』に「追悼　加藤典洋」（橋爪大三郎「加藤ゼミの加藤さん」、ギッテ・M・ハンセン「Old Catoへ」、長瀬海「孤立を恐れない」）、『現代詩手帖』に瀬尾育生「加藤典洋の一〇〇〇と一つの夜　追悼・加藤典洋」、『ちくま』に「追悼　加藤典洋」（橋爪大三郎「主流に抗う正統（あまのじゃく）」、荒川洋治「加藤典洋さんの文章」）、同月一八日、TOKYO FM、FM長野、FM高知、エフエム山形で加藤典洋をめぐる特別番組「ねじれちまった悲しみに」（出演・小川哲、マイケル・エメリック、上野千鶴子、長瀬海、藤岡泰弘、語り・藤間爽子）が放送される。九月、『群像』に高橋源一郎「彼は私に人が死ぬということがどういうことであるかを教えてくれた」が掲載される。一〇月、ちくま学芸文庫『村上春樹の短編を英語で読む　1979〜2011』（上・下）を刊行。解説は松家仁之氏。一一月、岩波書店より『大きな字で書くこと』を刊行。

同月、私家版『詩のようなもの　僕の一〇〇〇と一つの夜』を刊行し、関係者に送付する。一二月、『飢餓陣営』二〇一九冬号に特集「追悼　加藤典洋」が掲載される。

二〇二〇年（令和二年）

一月、『すばる』に遺稿「第二部の深淵――村上春樹における「建て増し」の問題」を掲載。同月、講談社選書メチエ『超高層のバベル　見田宗介対話集』に対談「現代社会論／比較社会学を再照射する」が収録される。岩波現代文庫『僕が批評家になったわけ』を刊行。解説は高橋源一郎氏。同月、別冊 eleking『じゃがたら――おまえはおまえの踊りをおどれ』（Pヴァイン）に「じゃがたら」（『耳をふさいで、歌を聴く』アルテスパブリッシング）が収録される。二月、『わたしのベスト3　作家が選ぶ名著名作』（毎日新聞出版）に「加藤典洋・選　小川洋子」が収録される。三月、『文學界』に松浦寿輝「柔構造の人」（連載「遊歩遊心」第六回）が掲載される。四月、『群像』に與那覇潤「歴史がこれ以上続くのではないとしたら――加藤典洋の「震災後論」」が掲載される。講談社文芸文庫『テクストから遠く離れて』を刊行。解説は高橋源一郎氏。同月、岩波現代文庫『可能性としての戦後以後』を刊行。解説は大澤真幸氏。ゲンロン叢書『新対話篇』に東浩紀との対談「文学と政治のあいだで」が収録される。五月、講談社文芸文庫『村上春樹の世界』を刊行。解説はマイケル・エメリック氏。八月、『文學界』に川崎祐「ポッカリあいた穴を見つめて」が掲載される。同月、『ベスト・エッセイ2020』（日本文藝家協会編、光村図書出版刊）に「助けられて考えること」が収録される。九月、『現代詩手帖』の特集「現代詩アンソロジー 2010–2019」に「たんぽぽ」が収録される。同月、集英社より『オレの東大物語　1966~1972』を刊行。解説は瀬尾育生氏。一〇月、荒川洋治『文学は実学である』（みすず書房）に「加藤典洋さんの文章」が収録される。一一月、『すばる』に橋爪大三郎氏による『オレの東大物語1966~1972』の書評が掲載される。一二月、『現代詩手帖』の「２０２０年代表詩選」に「半分」が収録される。

二〇二一年（令和三年）

五月、ちくま新書『９条の戦後史』を刊行。野口良平「この本の位置――「あとがき」に代えて」が付された。

二〇二二年（令和四年）

四月、『吉本隆明　没後10年、激動の時代に思考し続けるために』（河出書房新社）に高橋源一郎、瀬尾育生と行ったロングインタビュー「詩と思想の60年」が収録される。五月、而立書房より小浜逸郎、竹田青嗣、橋爪大三郎ほかとの討論『村上春樹のタイムカプセル　高野山ライブ１９９２』を刊行。

二〇二三年（令和五年）

二月、岩波現代文庫『増補　もうすぐやってくる尊皇攘夷思想のために』を刊行。解説は野口良平氏。三月、岩波現代文庫『大きな字で書くこと／僕の一〇〇〇と一つの夜』を刊行。解説は荒川洋治氏。四月、『増補版　三田文学名作選　創刊八二〇号』に「見ぬ世の人　江藤淳――江藤淳追悼」が再録される（初出は『三田文学』二〇〇五年冬季号）。同月一五日、毎日新聞に橋爪大三郎氏による『大きな字で書くこと／僕の一〇〇〇と一つの夜』の書評が掲載される。六月、講談社文芸文庫『小説の未来』を刊行。解説は竹田青嗣氏。七月、『群像』に長瀬海「僕と「先生」」（大学の教授と学生という立場で出会った文芸評論家加藤典洋の姿を描くエッセイ）が掲載される（一〇月、二〇二四年一月、四月、七月、一〇月にも掲載）。

二〇二四年（令和六年）

二月、講談社文芸文庫『人類が永遠に続くのではないとしたら』刊行。解説は吉川浩満氏。五月一六日、毎日新聞「『敗戦後論』論争の引き継ぎ方」(「現在の周辺」欄。大井浩一記者執筆)で四月刊の大澤真幸『我々の死者と未来の他者　戦後日本人が失ったもの』が『敗戦後論』の議論を引き継ぐものとして紹介され、併せて論じられる。同月、『現代思想六月臨時増刊号　15歳からのブックガイド』に岩内章太郎「『敗戦後論』「ねじれ」と「よごれ」を生きる」が掲載される。

（著者作成、編集部補足）

著書目録

加藤典洋

【単行本】

アメリカの影　昭60・4　河出書房新社
批評へ　昭62・7　弓立社
君と世界の戦いでは、世界に支援せよ　昭63・1　筑摩書房
日本風景論　平2・1　講談社
ゆるやかな速度　平2・11　中央公論社
ホーロー質　平3・8　河出書房新社
日本という身体——「大・新・高」の精神史　平6・3　講談社
なんだなんだそうだったのか、早く言えよ。——ヴィジュアル論覚え書　平6・3　五柳書院
この時代の生き方　平7・12　講談社
言語表現法講義　平8・10　岩波書店
敗戦後論　平9・8　講談社
みじかい文章——批評家としての軌跡　平9・11　五柳書院
少し長い文章——現代日本の作家と作品論　平9・11　五柳書院
戦後を戦後以後、考える——ノン・モラルからの出発と　平10・4　岩波書店

は何か
謝罪と妄言のあいだで（『敗戦後論』韓国語訳）　平10・10　韓国・創作と批評社
可能性としての戦後以後　平11・3　岩波書店
日本の無思想（新書）　平11・5　平凡社
戦後的思考　平11・11　講談社
日本人の自画像　平12・3　岩波書店
ポッカリあいた心の穴を少しずつ埋めてゆくんだ　平14・5　クレイン
テクストから遠く離れて　平16・1　講談社
小説の未来　平16・1　朝日新聞社
語りの背景　平16・11　晶文社
僕が批評家になったわけ　平17・5　岩波書店
村上春樹論集1　平18・1　若草書房
村上春樹論集2　平18・2　若草書房
考える人生相談　平19・3　筑摩書房
太宰と井伏　ふたつの戦後　平19・4　講談社
何でも僕に訊いてくれ　きつい時代を生きるための56の問答　平20・6　筑摩書房
文学地図　大江と村上と二十年　平20・12　朝日新聞出版
さようなら、ゴジラたち　戦後から遠く離れて　平22・7　岩波書店
耳をふさいで、歌を聴く　平23・7　アルテスパブリッシング
村上春樹の短編を英語で読む　1979〜2011　平23・8　講談社
小さな天体　全サバティカル日記　平23・10　新潮社
3・11　死に神に突き飛ばされる　平23・11　岩波書店

人類が永遠に続くのではないとしたら　平26・6　新潮社
戦後入門（新書）　平27・10　筑摩書房
村上春樹は、むずかしい（新書）　平27・12　岩波書店
日の沈む国から　政治・社会論集　平28・8　岩波書店
世界をわからないものに育てること　平28・9　岩波書店
文学・思想論集
言葉の降る日　平28・10　岩波書店
敗者の想像力（新書）　平29・5　集英社
もうすぐやってくる尊皇攘夷思想のために　平29・9　幻戯書房
どんなことが起こってもこれだけは本当だ、ということ。――幕末・戦後・現在（岩波ブックレット）　平30・5　岩波書店
9条入門（「戦後再発見」双書8）　平31・4　創元社
大きな字で書くこと　令1・11　岩波書店
詩のようなもの　僕の一〇〇〇と一つの夜　令1・11　私家版
オレの東大物語　1966～1972　令2・9　集英社
9条の戦後史（新書）　令3・5　筑摩書房

〈対談・講演集〉

空無化するラディカリズム（対談集、『加藤典洋の発言』第一巻）　平8・7　海鳥社
戦後を超える思考（対談集、同第二巻）　平8・11　海鳥社
理解することへの抵　平10・10　海鳥社

抗（講演集、同第三巻）

ふたつの講演　戦後思想の射程について　平25・1　岩波書店

対談　戦後・文学・現在　平29・11　而立書房

〈共著・編著〉

対話篇　村上春樹をめぐる冒険（笠井潔、竹田青嗣と）　平3・6　河出書房新社

世紀末のランニングパス——1991—92（竹田青嗣との往復書簡）　平4・7　講談社

村上春樹　イエローページ（編著）　平8・10　荒地出版社

日本の名随筆98　昭和Ⅱ（編著）　平11・4　作品社

立ち話風哲学問答（多田道太郎、鷲田清一と）　平12・5　朝日新聞社

天皇の戦争責任（橋爪大三郎、竹田青嗣と）　平12・11　径書房

読書は変わったか？（別冊・本とコンピュータ5）（編著）　平14・12　トランスアート

村上春樹　イエローページ　Part 2（編著）　平16・5　荒地出版社

日米交換船（鶴見俊輔、黒川創と）　平18・3　新潮社

創作は進歩するのか（鶴見俊輔と）　平18・9　編集グループSURE

考える人・鶴見俊輔（FUKUOKA Uブックレット3、黒川創と）　平25・3　弦書房

吉本隆明がぼくたちに遺したもの（高橋源一郎と）　平25・5　岩波書店

なぜ「原子力の時代」に終止符を打てないか（中尾ハジメと）　平26・5　編集グループSURE

白井晟一の原爆堂 四つの対話（白井昱磨ほかと）　平30・7　晶文社

村上春樹のタイムカプセル 高野山ライブ1992（小浜逸郎、竹田青嗣、橋爪大三郎ほかとの討論）　令4・5　而立書房

〈訳書〉

モネ・イズ・マネー（テッド・エスコット著）　昭63・7　朝日新聞社

【文庫】

アメリカの影――戦後再見　平7・6　講談社学術文庫

二つの戦後から（『世紀末のランニングパス』改題、竹田青嗣との往復書簡）　平10・8　ちくま文庫

日本風景論　平12・11　講談社文芸文庫

「天皇崩御」の図像学――『ホーロー質』より　平13・6　平凡社ライブラリー

敗戦後論　平17・12　ちくま文庫

村上春樹 イエローページ1　平18・8　幻冬舎文庫

村上春樹 イエローページ2　平18・10　幻冬舎文庫

アメリカの影　平21・9　講談社文芸文庫

村上春樹　イエローページ3　平21・10　幻冬舎文庫

増補　日本という身体　平21・12　河出文庫

敗戦後論　平27・7　ちくま学芸文庫

増補改訂　日本の無思想　平27・12　平凡社ライブラリー

戦後的思考　平28・11　講談社文芸文庫

増補　日本人の自画像　平29・1　岩波現代文庫

完本　太宰と井伏　ふたつの戦後　令1・5　講談社文芸文庫

村上春樹の短編を英語で読む　1979～2011　上　令1・10　ちくま学芸文庫

村上春樹の短編を英語で読む　1979～2011　下　令1・10　ちくま学芸文庫

僕が批評家になったわけ　令2・1　岩波現代文庫

テクストから遠く離れて　令2・4　講談社文芸文庫

可能性としての戦後以後　令2・4　岩波現代文庫

村上春樹の世界　令2・5　講談社文芸文庫

増補　もうすぐやってくる尊王攘夷思想のために　令5・2　岩波現代文庫

大きな字で書くこと／僕の一〇〇〇と一つの夜　令5・3　岩波現代文庫

小説の未来　令5・6　講談社文芸文庫

人類が永遠に続くのではないとしたら　令6・2　講談社文芸文庫

「著書目録」には再刊本及び『白井晟一の原爆堂四つの対話』と『村上春樹のタイムカプセル高野山ライブ１９９２』を除く四名以上との共著は入れなかった。

（本著書目録は著者作成のものに平成31年以降刊行された書目を編集部が増補いたしました）

本書は『批評へ』（弓立社、一九八七年七月）を底本としました。

明らかな誤記や誤植と思われる箇所を訂正し、一部ルビを調整しましたが、そのほかは底本に従いました。

Kodansha Bungei bunko

新旧論《しんきゅうろん》

三《みっ》つの「新《あたら》しさ」と「古《ふる》さ」の共存《きょうぞん》

加藤典洋《かとうのりひろ》

2024年12月10日第1刷発行

発行者……篠木和久
発行所……株式会社 講談社
〒112-8001 東京都文京区音羽2・12・21
電話 編集 (03) 5395・3513
販売 (03) 5395・5817
業務 (03) 5395・3615

デザイン……水戸部 功
印刷……株式会社KPSプロダクツ
製本……株式会社国宝社
本文データ制作……講談社デジタル製作

ISBN978-4-06-537661-4

講談社文芸文庫

小沼丹 ——小さな手袋	中村 明——人／中村 明——年
小沼丹 ——村のエトランジェ	長谷川郁夫–解／中村 明——年
小沼丹 ——珈琲挽き	清水良典——解／中村 明——年
小沼丹 ——木菟燈籠	堀江敏幸——解／中村 明——年
小沼丹 ——藁屋根	佐々木 敦——解／中村 明——年
折口信夫——折口信夫文芸論集 安藤礼二編	安藤礼二——解／著者———年
折口信夫——折口信夫天皇論集 安藤礼二編	安藤礼二——解
折口信夫——折口信夫芸能論集 安藤礼二編	安藤礼二——解
折口信夫——折口信夫対話集 安藤礼二編	安藤礼二——解／著者———年
加賀乙彦——帰らざる夏	リービ英雄–解／金子昌夫——案
葛西善蔵——哀しき父｜椎の若葉	水上 勉——解／鎌田 慧——案
葛西善蔵——贋物｜父の葬式	鎌田 慧——解
加藤典洋——アメリカの影	田中和生——解／著者———年
加藤典洋——戦後的思考	東 浩紀——解／著者———年
加藤典洋——完本 太宰と井伏 ふたつの戦後	與那覇 潤——解／著者———年
加藤典洋——テクストから遠く離れて	高橋源一郎–解／著者・編集部–年
加藤典洋——村上春樹の世界	マイケル・エメリック–解
加藤典洋——小説の未来	竹田青嗣——解／著者・編集部–年
加藤典洋——人類が永遠に続くのではないとしたら	吉川浩満——解／著者・編集部–年
加藤典洋——新旧論 三つの「新しさ」と「古さ」の共存	瀬尾育生——解／著者・編集部–年
金井美恵子–愛の生活｜森のメリュジーヌ	芳川泰久——解／武藤康史——年
金井美恵子–ピクニック、その他の短篇	堀江敏幸——解／武藤康史——年
金井美恵子–砂の粒｜孤独な場所で 金井美恵子自選短篇集	磯﨑憲一郎–解／前田晃——年
金井美恵子–恋人たち｜降誕祭の夜 金井美恵子自選短篇集	中原昌也——解／前田晃——年
金井美恵子–エオンタ｜自然の子供 金井美恵子自選短篇集	野田康文——解／前田晃——年
金子光晴——絶望の精神史	伊藤信吉——人／中島可一郎–年
金子光晴——詩集「三人」	原 満三寿——解／編集部——年
鏑木清方——紫陽花舎随筆 山田肇選	鏑木清方記念美術館–年
嘉村礒多——業苦｜崖の下	秋山 駿——解／太田静一——年
柄谷行人——意味という病	絓 秀実——解／曾根博義——案
柄谷行人——畏怖する人間	井口時男——解／三浦雅士——案
柄谷行人編–近代日本の批評 Ⅰ 昭和篇上	
柄谷行人編–近代日本の批評 Ⅱ 昭和篇下	
柄谷行人編–近代日本の批評 Ⅲ 明治・大正篇	

講談社文芸文庫

講談社文芸文庫

講談社文芸文庫編-大東京繁昌記 下町篇　川本三郎――解
講談社文芸文庫編-大東京繁昌記 山手篇　森 まゆみ――解
講談社文芸文庫編-戦争小説短篇名作選　若松英輔――解
講談社文芸文庫編-明治深刻悲惨小説集 齋藤秀昭選　齋藤秀昭――解
講談社文芸文庫編-個人全集月報集 武田百合子全作品・森茉莉全集
小島信夫――抱擁家族　大橋健三郎-解／保昌正夫――案
小島信夫――うるわしき日々　千石英世――解／岡田 啓――年
小島信夫――月光｜暮坂 小島信夫後期作品集　山崎 勉――解／編集部――年
小島信夫――美濃　保坂和志――解／柿谷浩一――年
小島信夫――公園｜卒業式 小島信夫初期作品集　佐々木 敦――解／柿谷浩一――年
小島信夫――各務原・名古屋・国立　高橋源一郎-解／柿谷浩一――年
小島信夫――[ワイド版]抱擁家族　大橋健三郎-解／保昌正夫――案
後藤明生――挾み撃ち　武田信明――解／著者――年
後藤明生――首塚の上のアドバルーン　芳川泰久――解／著者――年
小林信彦――[ワイド版]袋小路の休日　坪内祐三――解／著者――年
小林秀雄――栗の樹　秋山 駿――人／吉田凞生――年
小林秀雄――小林秀雄対話集　秋山 駿――解／吉田凞生――年
小林秀雄――小林秀雄全文芸時評集 上・下　山城むつみ-解／吉田凞生――年
小林秀雄――[ワイド版]小林秀雄対話集　秋山 駿――解／吉田凞生――年
佐伯一麦――ショート・サーキット 佐伯一麦初期作品集　福田和也――解／二瓶浩明――年
佐伯一麦――日和山 佐伯一麦自選短篇集　阿部公彦――解／著者――年
佐伯一麦――ノルゲ Norge　三浦雅士――解／著者――年
坂口安吾――風と光と二十の私と　川村 湊――解／関井光男――案
坂口安吾――桜の森の満開の下　川村 湊――解／和田博文――案
坂口安吾――日本文化私観 坂口安吾エッセイ選　川村 湊――解／若月忠信――年
坂口安吾――教祖の文学｜不良少年とキリスト 坂口安吾エッセイ選　川村 湊――解／若月忠信――年
阪田寛夫――庄野潤三ノート　富岡幸一郎-解
鷺沢萠――帰れぬ人びと　川村 湊――解／著者、オフィスめめ-年
佐々木邦――苦心の学友 少年倶楽部名作選　松井和男――解
佐多稲子――私の東京地図　川本三郎――解／佐多稲子研究会-年
佐藤紅緑――ああ玉杯に花うけて 少年倶楽部名作選　紀田順一郎-解
佐藤春夫――わんぱく時代　佐藤洋二郎-解／牛山百合子-年
里見弴――恋ごころ 里見弴短篇集　丸谷才一――解／武藤康史――年
澤田謙――プリューターク英雄伝　中村伸二――年

講談社文芸文庫

加藤典洋

新旧論 三つの「新しさ」と「古さ」の共存

解説＝瀬尾育生　年譜＝著者、編集部

小林秀雄、梶井基次郎、中原中也はどのような「新しさ」と「古さ」を備えて登場したのか？　昭和の文学者三人の魅力を再認識させられる著者最初期の長篇評論。

かＰ９
978-4-06-537661-4

高橋源一郎

ゴヂラ

解説＝清水良典　年譜＝若杉美智子、編集部

なぜか石神井公園で同時多発的に異変が起きる。ここにいる「おれ」たちは奇妙なものに振り回される。そして、ついに世界の秘密を知っていることに気づくのだ！

たＮ６
978-4-06-537554-9